মহামায়া

নির্বাচিত গল্প

莫哈玛娅

泰戈尔短篇小说选

（印）罗宾德罗纳特·泰戈尔　著

董友忱　黄志坤　译

人 民 出 版 社

编者的话

罗宾德罗纳特·泰戈尔（Rabindranath Tagore，1861—1941），不仅是南亚次大陆最伟大的孟加拉语诗人，而且也是杰出的小说家。就其所创作的短篇小说而论，他完全可以与世界著名的短篇小说大师莫泊桑（1850—1893）、契诃夫（1860—1904）、欧·亨利（1862—1910）相媲美。

罗宾德罗纳特从 16 岁（1877）创作并发表了第一篇短篇小说《女乞丐》算起，直到 1941 年 6 月，在他逝世前两个月创作最后的一篇短篇小说《穆斯林的故事》，在这 60 多年的创作生涯中，他共创作了 96 篇短篇小说。

从创作的数量上看，他的小说创作有两个高峰期：1891—1895 年为第一个高峰期，这个期间他创作了 40 多篇短篇小说，其中大部分在《实践》杂志上发表；1898—1917 年为第二个高峰期，这期间他创作了 30 多篇短篇小说，其中大部分在《绿叶》和《婆罗蒂》上发表。

从创作的题材上看，也可以分为两个时期，1901 年之前为第一个时期，以创作农村题材的小说为主。1889 受父亲委托，罗宾德罗纳特前往孟加拉东北部的农村经营祖传的地产，他经常乘坐自己家的木船，沿着帕德玛河及其支流，四处漫游，因此他有机会接触农村广大基层民众，了解他们的生活，耳闻目睹地主、警察、洋人的胡作非为。活生生的农村现实生活，为泰戈尔的小说创作提供了取之不尽的素材。这个时期他创作的小说，真实地展现了当时印度孟加拉广大农村五彩缤纷的生活画卷，反映了农村真实的生活现实，深刻地揭示了农村的矛盾，表达了作者对农村劳苦大众的深切同情。1901年罗宾德罗纳特离开农村，又回到城市，重新生活在知识分子中间。这个时期他创作的题材主要是反映知识分子的生活和情怀，题材比较狭窄。总体说来，在农村生活时期所创作的短篇小说更生动、更感人，佳作也比较多。

纵观罗宾德罗纳特·泰戈尔所创作的短篇小说，可以深切地感受到这样一点：罗宾德罗纳特·泰戈尔的短篇小说处处闪耀着人道主义的善良之光，美与丑的对比，善与恶的矛盾，爱与恨的交织，是贯穿泰戈尔小说创作的一条红线。跌宕起伏的故事情节，生动鲜活的人物形象，凝练诗化的语言，是泰戈尔短篇小说的鲜明特点。

中国读者对泰戈尔的作品并不陌生，特别是他的短篇小说，更为中国读者所喜爱。因此中国一些出版社出版过各种版本的泰戈尔短篇小说，早年出版的都是转译自英文，在新中国成立后出版的版本中，有译自英文的，也有译自印地文的，直到20世纪80年代才出现译自孟加拉原文的版本。

最近，人民出版社出版了《泰戈尔作品全集》，18 卷，共计 33 册，最后附录有作品索引、各卷索引和小说索引。这套书是真正的"全集"，而且除了泰戈尔自己"翻译"的诗集和在国外演讲稿外，全部译自孟加拉原文。《泰戈尔作品全集》为不懂孟加拉语的泰戈尔研究者、喜欢外国文学的人士提供了一套可以信赖的泰戈尔作品全译本。

考虑到一般读者没有那么多时间和精力阅读《泰戈尔作品全集》，因此人民出版社决定陆续推出各类作品的精选本，其中就包括泰戈尔的《莫哈玛娅——泰戈尔短篇小说选》。我受人民出版社的委托，承担选编本书的任务。我希望，我选编的这些作品能给喜欢泰戈尔的读者带来精神上的享受！

董友忱

2016 年 1 月 11 日

于海南省博鳌碧桂园 D-1301 号

目　　录

女 乞 丐

一

在克什米尔有一座小小的村庄，村子四周到处都是绵延起伏、高耸入云的群山。村里的一栋栋小茅屋隐没在幽暗的绿树丛中。几条湍急欢快的小溪，流经成行的树荫，滋润着村中茅屋周围的土地，卷着从树上落下来的花朵和树叶，流入附近的一个湖里。远处有一个平静的池塘——清晨，羞涩的朝霞为它涂上胭脂；中午，太阳为它洒下金光；傍晚，层层彩云在它身上映上倒影。它就像山上仙女的明镜一样，在望月的溶溶月色下闪烁着银光，日夜欢笑着。这个被浓密树林围绕着的幽暗村落，宛如披着一幅黑色面纱，避开人世的吵闹，孤零零地藏在静谧的群山里。远处绿茸茸的草地上，牛儿在吃草；池塘边，村里的姑娘们正在汲水；栖息在村中昏暗的树丛中的林中诗鸟——多愁善感的印度夜莺，正在唱着忧伤的歌儿。

整个村庄就像是诗人的梦境一样。

在这个村子里，住着一对非常要好的男女少年。他俩经常手拉着手在村里游玩；在波库尔树丛中采撷鲜花；当启明星刚刚在天空中隐没，朝霞刚刚为云朵染上红色，他俩犹如

两朵离茎的荷花，并肩击浪遨游在池塘里。宁静的中午，在山顶凉爽的树荫下，16 岁的奥莫尔辛赫，用温和的语调缓慢地朗读着《罗摩衍那》。每当读到为非作歹的罗波那劫走悉多的时候，他就义愤填膺，怒不可遏。10 岁的科莫尔，用她那双沉静的目光望着他的脸，静静地听着他朗读，每当听他读到悉多在无忧林中恸哭的时候，她的睫毛上就会挂满泪花。广阔的天宇渐渐地升起了星光，萤火虫在黑暗的暮色中闪着光亮，这时候他俩便手拉手地回到茅屋。科莫尔自尊心很强，要是谁说了她几句，她就会把脸藏在奥莫尔辛赫的怀里，哭泣不止。如果奥莫尔辛赫对她婉言安慰，小心翼翼地吻着她那挂满泪水的面颊，为她拭去泪水，那么，这个女孩的一切痛苦就会消失。她只有一个寡妇母亲和她所爱恋的奥莫尔辛赫，在世界上她再也没有什么亲人。母亲和奥莫尔辛赫成了她受委屈时候的安慰者和玩耍时候的伙伴。

女孩子的父亲，在村里颇受尊敬。因为他曾经在王宫做过高官，大家对他都很敬重。科莫尔自幼生长在富贵之家，生活在人们所景仰的遥远的天堂，从来没有接触过村里的女孩子们。从童年起，她就和她钟爱的朋友奥莫尔辛赫在一起玩耍。奥莫尔辛赫是军事统帅奥吉多辛赫的儿子。

虽然他们财产不多，却出身高贵，因而科莫尔和奥莫尔就订了婚。有一次曾经有人来说媒，建议把科莫尔嫁给一个名叫莫洪拉尔的富翁的儿子，可是科莫尔的父亲知道他品行不端，没有同意这桩婚事。

科莫尔的父亲已经死去。她家的财产慢慢地消耗光了，用石料建筑的住宅逐渐毁坏。她家的尊严也一点一点地丧失，那众多的朋友一个一个地疏远了她们。无依无靠的寡妇离开破旧的住宅，住进了这座小茅屋，从丰衣足食的幸福天堂，降到极端贫困的茅屋，过着艰难困苦的生活。维护尊严的手段已经远远离去，甚至连维持生命的食品都没有——尊贵的姑娘怎么能忍受这种困苦呢？慈爱的母亲即使要去乞讨，也绝不能让科莫尔遭受贫困的煎熬。

不久，科莫尔就要和奥莫尔结婚。离婚期只有一两个星期了。奥莫尔和科莫尔在村里散步，同时向她讲述未来的幸福生活：他们俩长大之后，将在那座山顶上尽情地游玩，在那个池塘里尽情地游泳，在那个波库尔树林中尽情地采摘鲜花。他深情地谈论着他的向往。姑娘从奥莫尔口中听到他们未来的设想，完全沉浸在幸福和欢乐之中，她用饱含激情的目光凝望着奥莫尔的脸。正当这一对男女少年沉浸在想象中的月色溶溶的幸福天堂的时候，从京都传来了消息：王国的边陲爆发了战争。军事统帅奥吉多辛赫要去参加战斗，并且还要把他的儿子奥莫尔辛赫也带去学习打仗。

黄昏降临了，奥莫尔和科莫尔站在山顶上的树荫下。奥莫尔说："科莫尔，我要走了，往后让谁给你读《罗摩衍那》呢？"

姑娘眼泪汪汪地望着他的脸。

"你看，科莫尔！这落山的太阳明天还会升起，可我再也不会去叩你家的屋门了。那么，你说说看，你以后和谁在一起呢？"

科莫尔什么都没说，只是默然地伫立着。

奥莫尔说道："朋友，如果你的奥莫尔死在战场上，那么……"

科莫尔用她那双小手搂住奥莫尔的腰，哭了起来。她说："奥莫尔，我这样爱你，你为什么要死呢？"

奥莫尔顿时热泪盈眶。他急忙拭去眼泪，说道："科莫尔，走吧。天已经黑了。今天让我最后一次把你送回家吧。"

他们两人手拉着手，向茅屋走去。村里的姑娘们提着水罐，一边唱歌，一边向各自的家里走去，而树林中的鸟儿一只接一只地停止了歌唱。

天上出现了星星。奥莫尔为什么要离开她出走呢？科莫尔仿佛蒙受了委屈。她回到茅屋，把脸藏在母亲的怀里，哭了起来。奥莫尔含着泪，最后告别了科莫尔，回家去了。

这天夜里，奥莫尔跟着父亲离开村子走了。他登上村头的山顶，再一次回首俯瞰：他看到这个山村在月光下沉睡了，湍急的小溪在淙淙流淌；沉睡的村庄停止了一切喧闹；不甚清晰的牧歌，偶尔传到村头的山顶。奥莫尔看见，科莫尔家那座被蔓藤和枝叶围绕的小茅屋，沉睡在朦胧的月色中。他想，在那间茅屋里，那个惆怅迷惘、内心痛苦的姑娘，现在可能把小脸藏伏在枕头上，睁着毫无睡意的眼睛，正为我哭泣。奥莫尔的眼里涌出了泪水。

奥吉多辛赫对儿子说:"你是拉吉普特人的后代!奔赴战场的时候你怎么哭了?"

奥莫尔拭去了泪水。

冬季。白天即将过去。浓密的阴云完全吞噬了高山、低谷、茅屋、森林、溪流、湖泊和田野;雪在不停地下,整个山岭都罩上了一层薄薄的冰雪;凋零的树木头戴白盔,呆呆地立在那里。天气十分寒冷,连喜马拉雅山也仿佛显得很沮丧。在这个凛冽的黄昏,一个面容憔悴、衣衫褴褛的可怜姑娘,穿过氤氲呆滞的云雾,在凄凉的黑暗中眼泪汪汪地沿着山路蹒跚而行。她那两只脚在冰雪里就像石头一样失去了知觉,浑身冻得发抖,脸色铁青;几个行人从她身旁默默地走过。不幸的科莫尔,一再用悲伤的眼睛瞧着他们的脸。她想说什么,但又没有说;泪水浸湿了她的衣襟,雪地上留下了她的足迹。

在茅屋里,生病的母亲饿得起不了床。姑娘整整一天连一口东西都没有吃,从早到晚一直在路上奔波。胆怯的姑娘不敢冒昧地向别人乞讨——她从来没有乞讨过,也不知道该怎样乞讨,不知道对人家该说些什么。如果看一眼她那被蓬乱头发遮盖的可怜的小脸,看一眼她那被严寒冻得发抖的瘦小的身体,石头也会被感动得掉泪。

天越来越黑了。姑娘很失望,她怀着忧郁的心情,两手空空地向自家的茅屋走去。但是她那失去知觉的腿,再也抬不起来了；她因为没有吃东西已经很虚弱，一路奔波又十分疲劳，由于失望又很悲伤，筋疲力尽的姑娘在严寒中再也走不动了，她实在支持不住，于是就倒在路边的雪地里。姑娘明白，她这样虚弱，一旦倒在雪地里就会死去的。她一想到母亲，就哭了起来。姑娘双手合十，说："薄迦婆蒂①圣母，不要让我死啊，请保佑我吧！我要是死了，我妈妈会痛哭的，我的奥莫尔也会哭的。"

科莫尔渐渐失去了知觉。她披头散发，衣服凌乱，半个身子埋在雪里，就像一朵沾满泥土的鲜花，从树上掉到路旁。雪在不停地下。雪花落在姑娘的胸脯上，立刻融化了，但不久渐渐地在她身上覆盖了一层。在这漆黑的夜里，没有一个行人从这条路上走过。天开始下起雨来。夜深了，雪积了厚厚的一层。这个少女独自一人倒在山路上。

二

科莫尔的母亲，躺在茅屋里的病榻上。寒风透过破旧的房舍，猛烈地吹进室内。倒在草铺上的寡妇，冻得瑟瑟发抖。因为没有人点灯，屋里黑洞洞的。科莫尔一大早就出去乞讨，到现在还没有回来。惶恐不安的寡妇一听到脚步声，

---

① 薄迦婆蒂（Bhagabatee）：印度古代神话传说中的女神，也称难近母（或杜尔迦）。——译者注

就以为科莫尔回来了，因而十分激动。寡妇多次想挣扎着起来，去寻找科莫尔，但是她起不来。这位母亲怀有多少热切希望，哭泣着向神仙祈求；有多少次她噙着泪水念叨着："我是个不幸的女人，为什么我还不死去呢？从来不知道怎么去乞讨的一个女孩子，今天就得像孤儿一样站在人家的门外吗？一个小女孩是不会走得很远的——在这漆黑的夜里，在这样的下雪天，她还能活着吗！"

既然起不来，当然也就看不到科莫尔，因此寡妇焦急得捶胸大哭。这时有几个女邻居来看望她，这位寡妇就抱住她们的脚，眼泪汪汪地哀求道："我那迷路的科莫尔不知转到哪里去了，请你们去找一找她吧。"

她们回答说："这样大的雪，天又这么黑，我们是不敢出去的。"

寡妇哭着说："去找一找吧。我无依无靠，又穷得没有钱，我用什么来酬谢你们呢？我那个小女孩，她不认识路，今天一整天她什么都没吃。请你们给我找回来吧。神仙会赐给你们幸福的。"

没人答应寡妇的要求。在那雨雪之夜，谁敢出去呢？他们都分别回到了自己的家里。

夜渐渐深了。虚弱的寡妇哭得疲倦了，精疲力竭地倒在铺上。这时外面传来一阵脚步声。寡妇用恐惧的目光望着屋门，用微弱的声音问道：

"科莫尔！我的孩子，你回来了？"

一个人在外面用粗鲁的声音问道："屋里有人吗?"

科莫尔的母亲在屋里答应了一声。一个手持火把的人走进屋来,对科莫尔的母亲说了些什么。寡妇一听,大叫一声就晕了过去。

三

且说被冰雪弄得疲惫不堪的科莫尔,逐渐苏醒过来。她睁开了眼睛,看到一个大山洞,到处都是巨大的岩石,山洞里烟雾弥漫;在火把的照耀下,几张满是胡须的凶恶面孔,透过昏暗的烟雾,盯着她的脸。墙壁上挂着斧、剑等各种兵器,有几件小家具散放在地上。姑娘惶恐地闭上了眼睛。

科莫尔再睁开眼睛时,一个人问道:"你是谁?"

姑娘没有回答。他握住姑娘的手,使劲摇动着,又问道:"你是谁?"

科莫尔声音颤抖,怯生生地回答说:"我是科莫尔。"

她想,这样一回答,他们就会一下子认出她来。

那个人问她:"今天晚上天气这样糟糕,你在路上转悠什么?"

姑娘再也忍不住,就哭了起来;然后止住眼泪,哽咽着说:"今天我妈妈一整天都没有吃东西……"

大家都笑了——野兽般的狞笑在山洞里回响着,姑娘吓得闭上了眼睛,要说的话梗塞在嘴里。强盗的狂笑,犹如雷鸣震撼着姑娘的心。她胆怯地哭泣着说："把我送回到我妈妈身边去吧。"

大伙儿又一起笑了起来。他们慢慢从科莫尔那里了解到她家的住址、她父亲的名字等等。最后那个人说："我们是强盗，你现在成了我们的俘虏。我们要派人去告诉你母亲，她如果在规定的时间里不给我们一大笔钱，我们就杀死你。"

科莫尔哭着说："我妈妈到哪儿去弄钱呀？她很穷。她再也没有什么亲人了——你们不要杀死我，不要杀死我呀！我没有做过什么对不起别人的事呀！"

大伙儿又笑了起来。

强盗们派了一名代表，去见科莫尔的母亲，他对寡妇说："你的女儿被绑票了。从今天算起，第三天我再来。如果你能交出五百卢比，我们就放了她，不然的话，你的女儿就会被杀死。"

听到这个消息，科莫尔的母亲晕了过去。

穷困的寡妇到哪儿去弄钱呢？所有的东西都一一变卖了。她保存的几件首饰，是准备在科莫尔结婚的时候送给她的，这些首饰也卖掉了。可是连规定钱数的四分之一都没有凑够。再也没有什么东西可卖了。最后她脱下胸衣，在那件衣服上缝她已故丈夫送的一只戒指——她本来想，不管幸福还是痛苦，也不管多么穷困，永远也不会丢开它，她要终生把它藏在胸口——她想让这只戒指伴随着她一直到火葬场，可是现在她也只好流着泪水把它取了下来。

她想卖掉那只戒指的时候，心疼得几乎把胸上的每块骨头都要捶断了，可是没人想买这只戒指。

最后，寡妇开始挨门去乞讨。一天过去了，两天过去了，第三天也到了，但还没有凑足规定钱数的一半。今天那个强盗就要来了。如果今天不把钱交到他手里，那么，寡妇生活中的唯一纽带就会被扯断。

可是她没有弄到钱。她去乞讨，挨门挨户地哭泣，她还垂着衣襟，到她丈夫昔日聘用过的那些官员的家里去乞讨，但是连规定钱数的一半都没有弄到。

惶遽不安的科莫尔在山洞的囚室里渐渐停止了哭泣。她想，她的奥莫尔辛赫假如在这里，就不会发生任何不幸。虽然奥莫尔辛赫还是个少年，但是她知道，奥莫尔辛赫什么都能做到。强盗们经常恐吓她。一看到强盗，她就吓得用纱丽遮住脸。在这黑糊糊的囚室里，在这伙残暴的强盗中间，有一个青年，他对科莫尔不像其他强盗那样粗暴。他温和地问了这位忐忑不安的姑娘许多话，但因为害怕，科莫尔一句话也没有回答。这个强盗来到她身边坐下，姑娘吓得发抖。青年是强盗头目的儿子。他又问科莫尔是否愿意嫁给强盗。他不断地献殷勤说，如果科莫尔嫁给他，他就可以从死神手里把她救出去。可是惶恐的科莫尔什么也没有回答。一天过去了，两天过去了，姑娘惶恐地看着强盗们在一边饮酒一边磨刀。

强盗的使者来到寡妇的屋里，问她钱在哪儿。寡妇将乞讨来的钱都放在这个强盗的脚下，说道："我再也没有了，所有的一切都拿来了。现在我乞求你们，把我的科莫尔送回来吧。"

强盗很生气，把钱扔了一地，并且说："用谎言是骗不了人的。如果你不交出规定的钱数，今天你女儿就会被杀死。我走了——我要去告诉我们的头头说没有拿到规定的钱数，现在让我们用人血来祭奠伟大的迦梨女神吧。"

不管寡妇怎么哀求，怎么哭泣，也没有感化强盗的铁石心肠。强盗准备走的时候，寡妇对他说："你不要走，请再等一会儿，我再去想想办法看。"说完，寡妇就走了出去。

四

莫洪拉尔曾经建议和科莫尔结婚，可是此事并没有办成，因而莫洪拉尔心里有些生气。一清早，莫洪拉尔就听到了科莫尔被绑票的事，立即叫来家族祭司，询问最近是否有举行婚礼的吉日良辰。

在村子里，再也没有像莫洪拉尔这样富有的人家了。忧心忡忡的寡妇最后来到了他的家里。莫洪拉尔用讥讽的语调笑着说："真是少见哪！您怎么居然屈驾光临寒舍了？"

寡妇说："请不要讥笑。我是个穷人，我是到你这里来乞讨的。"

莫洪说："出了什么事？"

寡妇把事情的经过从头到尾讲述了一遍。

莫洪问道："那么，我能做什么呢？"

寡妇说："你应当去搭救科莫尔的性命。"

莫洪说："怎么，难道奥莫尔辛赫不在这里吗？"

寡妇明白他的讥讽，就对他说："莫洪，即使我没有房子不得不流落林莽，没有吃的而饿得发狂，我也不会来向你乞求一根稻草。可是，今天如果你不满足我这寡妇的唯一乞求，那么，你的冷酷心肠将会永远留在我的记忆里。"

莫洪说："你既然来了，那么，我有一句话就对你实说吧。科莫尔看上去并不坏，而且我也不是不喜欢她，所以和她结婚我是没有什么意见的。我实话对你说，无缘无故的施舍，我可没有那笔钱。"

寡妇说："她已经和奥莫尔订了婚。"

莫洪再也没有说什么，他一边翻着账簿，一边在写着什么。仿佛房间里别无他人，仿佛他不是在和别人谈话。时间在流逝，也不知道那个强盗在等着还是走了。寡妇哭着说："莫洪，你不要再折磨我了，时间不等人哪。"

莫洪说："等一下，我要结束这件工作。"

最后，假如寡妇不同意让女儿和他结婚，那么，很难说他一整天能否结束他的工作。寡妇从莫洪拉尔那里拿到钱，交给了那个强盗，于是他就走了。当天，惶恐不安的科莫尔，像一只被吓得发抖的小鹿一样，回到了母亲的怀抱，并且用两只手捂着脸哭了很久，她的心情才平静下来。

然而，这个可怜的姑娘从一伙强盗手中逃出来，又落到了另一个强盗的手里。

岁月荏苒，一晃几年过去了。战火已经熄灭，士兵们解甲归田，返回了家园，寡妇获悉，奥吉多辛赫已经战死，奥莫尔被关进监狱。但她没有把这个消息告诉女儿。

姑娘和莫洪结了婚。

莫洪的怒气一点也没有消减，他那报复的心理并没有随着结婚而消逝。他经常无故地虐待那个软弱无辜的姑娘。科莫尔从温暖的慈母怀抱来到这冷酷的牢房，受尽了种种折磨，不幸的姑娘甚至都不敢哭泣。由于害怕莫洪责骂，眼睛里哪怕涌出一滴泪水，她都会颤抖着把它拭去。

五

朝霞映红的朵朵彩云，嵌缀在白如冰镜的山顶上空。正在熟睡的寡妇，听到有人敲门就醒了，打开门，她看见身着军装的奥莫尔辛赫站在面前。寡妇怎么也没想到，是他站在那里。

奥莫尔急忙问道："科莫尔呢？科莫尔在哪儿？"

寡妇告诉他，科莫尔在她丈夫家里。

奥莫尔一时惊呆了。他曾经怀有多少美好的理想啊——他想，要不了多久他就会返回家乡，从疯狂残酷的战场，回到宁静温柔的爱情怀抱；当他突然站在她家门前的时候，满怀喜悦的科莫尔，就会飞跑出来，倒在他的怀里。他要坐在他们童年时代游玩的那个山顶上，给科莫尔讲述战争中的英雄事迹，最后和科莫尔结成伴侣，在鲜花盛开的爱情花园里度过自己幸福的一生。可是他所憧憬的这种幸福生活，却遭到了霹雳的轰击，因此他十分激动。尽管他心里有许多想法，但是在他那平静的脸上却没有一点表露。

莫洪把科莫尔打发回娘家之后，就到外国去了。15岁的科莫尔，宛如一株花蕾终于开放了。有一天，科莫尔来到波库尔树林里，想编织花环，可是她没有编成，她内心感到迷惘空虚。又有一天，她把童年时代的一些玩具翻出来，然而她没有玩，而是叹息着又把它们收起来。她想等奥莫尔回来，他们俩再一起去编花环，一起去游玩。这么久看不到她童年的伙伴奥莫尔，心情苦闷的科莫尔简直忍受不了这种折磨。每天夜晚，都看不到科莫尔在家里。科莫尔到哪儿去了呢？人们找啊找啊，最后在她童年游玩的那个山顶上找到了她——姑娘满面愁容，头发蓬乱，倒在那里，凝望着缀满无数星辰的广阔天宇。

科莫尔因为思念母亲和奥莫尔而时常哭泣，为此莫洪很生气。莫洪把她打发回娘家之后，盘算着："让她受几天穷困之苦吧，尔后我倒要看看，她是否还会因思念别人而哭泣。"

科莫尔回家后，仍然偷偷饮泣。夜风经常伴着她那悲伤的叹息，她在那孤独的床铺上不知流下了多少泪水，对于这些情况，她母亲是不知道的。

一天，科莫尔突然听说，她的奥莫尔回来了。这些天来，她心里多么激动呀！奥莫尔辛赫童年时代的形象，又萦绕在她的脑际。科莫尔十分痛苦，也不知哭了多久。最后，她走出家门，想去见奥莫尔一面。

奥莫尔坐在那座山顶上的波库尔树荫下，心如刀绞。他一一回忆着孩提时代的所有往事。多少个月夜，多少个黄昏，多少个清新的黎明，都像迷离的梦境一样，一幕一幕地在他脑际闪过。用他那沙漠般的黑暗的未来生活与童年相比，他发现自己已经没有伴侣，没有帮手，没有栖身之所，没有人关心过问，也没有人倾听他的苦衷和对他表示同情——他就像在广阔的天空冲出轨道的一颗闪着亮光的彗星，又像在波涛起伏的无边大海里被风暴追逐的一艘破旧小船，孤独而凄凉地在沉闷的生活中荡游。

远处村子里的嘈杂声渐渐沉寂下来，夜风拂动着黑蒙蒙的波库尔树的枝叶，就像哼着深沉的悲歌。在这漆黑的夜里，奥莫尔独身坐在山顶，听着各种声音：远处的小溪发出淙淙的悲鸣；习习和风，宛如绝望的心灵在深深地叹息；深夜里传来了一种令人心碎的深沉、和谐的声音。他看到整个世界都沉坠在黑暗的海洋里，只有远处的火葬场还亮着焚尸的火光，从这个天边到那个天边，整个黑暗的天宇都被浓密寂寞的云雾笼罩着。

突然间，他听到有人气喘吁吁地叫道："奥莫尔哥哥……"

听到这温柔、甜蜜、梦寐以求的声音，他那回忆的海洋顿时沸腾了。

他转过身来，看见是科莫尔。瞬息间她来到跟前，用手搂住他的脖子，把头贴在他的胸上，叫道："奥莫尔哥哥……"

奥莫尔的心凝固了，他伤心地流下了眼泪。突然他好像羞愧似的，后退了几步。科莫尔对奥莫尔说了许多话，而奥莫尔只回答了一两句。忠厚的姑娘来的时候，心花怒放，笑逐颜开，可是当他们分手的时候，她十分伤心，哭着走了。

科莫尔想道，童年时代的那个奥莫尔回来了，我这个童年时代的科莫尔，从明天开始就可以和他在一起游玩了。奥莫尔内心深处虽然受到了创伤，但他一点儿也没有生科莫尔的气，也没有责怪她。他觉得，不应当妨碍这位已经出嫁的姑娘履行自己的义务，因此第二天他就走了，谁也不知道他到哪里去了。

姑娘温柔的心灵受到了沉重的打击。这位自尊心很强的姑娘想了很久。过了这么多天之后，她终于来到了童年时代的朋友奥莫尔身边，可是奥莫尔对她为什么这么冷淡呢？她怎么也想不通。一天，她把自己的心事告诉她的母亲，母亲向她解释说，奥莫尔辛赫成了军队的统帅，他生活在宫廷的鼓乐声中，可能会把住在草舍茅屋的女乞丐小姑娘忘掉

的。听了这话，就像一把尖刀刺入了这位穷苦姑娘的心。科莫尔一想到奥莫尔辛赫对她如此冷淡，也就不感到痛苦了。不幸的姑娘常常在想："我很穷，没有任何财产，也没有什么亲人，我是个愚蠢的小姑娘，我不配触摸他脚上的尘土。我有什么权利叫他哥哥呢！有什么权利爱他呢！我这个穷困的科莫尔，算是他的什么人呢？竟敢向他求爱！"

整整一夜，她都在哭泣。清早，忧郁的姑娘就登上那座山顶，在那里想着许多往事，她尽管将刺入内心深处的利箭深埋在心底——不向世界上的任何人展示，可是藏纳在心里的那把利箭却在慢慢地吮吸着她的心血。

姑娘不再和别人讲话，只是整日整夜地默默思索着。她不再接触别人，不哭也不笑。每当黄昏，常常可以看到可怜的科莫尔，她脸上蒙着破旧的脏纱丽襟，坐在路边的一棵树下。姑娘渐渐变得瘦弱了。她再也不能爬山了——她常常一个人坐在窗台上，望着远处山顶上的那棵波库尔树。

在微风吹拂下，树叶在轻轻颤抖。她常常呆望着牧童们低声哼着悲伤感人的小曲往家里走去。

尽管寡妇做了许多努力，可还是摸不透姑娘痛苦的原因，因此，也就没有办法除掉她的病根。科莫尔自己明白，她已经走上了死亡之路。她已不再寄托什么希望，只是一再恳求神仙："在临死的时候能让我再见奥莫尔一面。"

科莫尔的病情越来越严重。她一次又一次地昏迷过去。寡妇坐在床头沉默不语，村子里的姑娘们都围站在科莫尔的身边。穷困的寡妇没有钱，又怎么能担负起为她治病的开支呢？莫洪不在国内，即使他在国内，也不能指望得到他的帮助。母亲日夜操劳，卖掉了一切东西，为科莫尔筹备食物。她走遍了所有医生的家门，恳求他们来给科莫尔看一下病。由于她一再地请求，一位医生答应她，今天晚上来给科莫尔看病。

漆黑的夜晚，浓密的云雾遮住了满天的星斗，可怕的雷声在每个山谷中回响，雷电不断地闪光，照亮了每个山岗。霎时间大雨滂沱，狂风大作。山里的居民很久没见过这样的暴风雨了。贫穷的寡妇的小茅屋在摇晃，雨水透过薄薄的屋顶，从上面流到屋里；屋角里放着一盏昏暗的小油灯，它的火苗在不停地跳动着。由于这样的暴风雨，寡妇已经失望了，她认为医生不会来了。

不幸的女人怀着绝望的心情，用痴呆失望的目光，望着科莫尔的脸，每听到响声就怀着对医生的渴望，胆怯地瞧着屋门。科莫尔又从昏迷中醒了过来。她醒过来之后，望着母亲的脸。过了许久，科莫尔的眼睛又涌出了泪水，寡妇哭了，姑娘们也都哭了起来。

忽然传来了一阵马蹄声，寡妇急忙站起来说，医生来了。门开了，医生走进屋来。他从头到脚都被雨衣遮盖着，水珠从湿淋淋的衣服上不停地滴落下来。医生走到姑娘那铺着稻草的床前。科莫尔睁开她那迟钝悲伤的眼睛，看了一下医生的脸，她发现他不是医生，而是那个英俊沉静的奥莫尔辛赫。

姑娘十分激动，她用那饱含爱恋的痴呆的目光，望着奥莫尔的脸，一双大眼睛噙着泪水，安详而苍白的脸上，挂着一丝微笑，闪烁着光辉。

她那病弱的身体是经受不住过分兴奋的。她那双湿润的眼睛慢慢地合上了，心脏慢慢地停止了跳动，这盏灯慢慢地熄灭了。满怀悲痛的女友们，向她的身上抛撒了鲜花。奥莫尔辛赫没有眼泪，也没有叹息，他怀着惆怅的心情走了出去。

从那一天起，悲痛的寡妇就疯癫了，她到处流浪乞讨，每到晚上，就一个人坐在那间破旧的茅屋里哭泣。

1877年斯拉万月—帕德拉月

（董友忱　译）

河边台阶的诉说

　　如果把发生的事情都印在石头上，那么，你就可以在我的每一个台阶上读到许多昔日的故事。你如果想听过去的故事，那就请你坐到我的台阶上来；只要你侧耳细听这潺潺的流水，你就可以听到过去无数动人的故事。

　　我现在还记得从前发生的一个故事。那天也像今天这样，只剩下三四天就该到了阿什温月①。清晨，凉爽而清新的和风，为刚刚苏醒的机体带来了新的生机。娇嫩的树叶在轻轻地拂动。

　　恒河涨满了水，只有四个台阶露出水面。河水和陆地仿佛结下了亲密的友谊。在芒果林下边的河滩上，生长着一片海芋，恒河的水已经漫到了那里。在河湾处有三堆破旧的砖头，已被水包围。系在岸边合欢树上的渔船，随着早晨的潮水漂浮、动荡——充满青春活力的顽皮的潮水，在嬉戏，在击打着渔船的两舷，犹如揪住小船的鼻子，开着甜蜜的玩笑。

　　秋日的晨光照耀着涨满水的恒河，它的颜色犹如纯金和羌巴花一样橙黄。太阳的这种光色，我还从来没有见过。阳光还映照着浅滩和芦苇荡。现在，芦花刚刚绽蕾，还没有全部开放。

　　———————————

　　① 孟加拉历的七月，公历9月至10月间，为30天。——译者注

船夫们念颂着"罗摩、罗摩",解缆开船了。小船扬起小小的风帆,迎着阳光起航,就好像鸟儿在阳光下欢快地展翅飞向蓝天。可以把这些小船比作鸟类:它们犹如天鹅一样在水中遨游,但是翅膀却在空中欢快地翱翔。

婆达恰尔久先生,总是按时提着铜罐来洗澡,有几个姑娘也到河边来汲水。

这是一个不久前发生的故事。你们可能觉得很久了,但是我却觉得这是前几天才发生的事。长期来,我总是在静静地注视着我的日月怎样驾驭着恒河的激流嬉闹而去,所以我就感觉不到时间过得太漫长。我那白天的光明和夜晚的阴影,每天都投落在恒河上,而且每天又都从恒河上消逝,什么地方都没有留下它们的影像。因此,尽管看上去我像个老人,我的心却永远年轻。在我多年来的记忆上虽然覆盖上了一层水草,但它的光辉并没有消亡。偶尔漂来一根折断的水草,沾在我的心上,然后又被波涛卷去。所以我不能说,我这里一无所有。在恒河的波涛触不到的地方,在我的一些缝隙里,长满了蔓藤水草,它们是我过去年代的见证人;它们温柔地保护着过去的年代,使它永远碧绿、优美,永远年轻。恒河一天天从我身边一个台阶一个台阶地退下,而我也一个台阶一个台阶地变得衰老了。

丘克罗波尔迪家里的那位老太太,洗过澡,披着纳玛波丽①,

---

① 纳玛波丽:一种印有天神名字的上衣。

捻着串珠，颤抖着正在赶回家去。那时候她的姥姥还在幼年。我记得，她喜欢每天到河边来玩耍，把一片芦苇的叶子抛向恒河，让它随着流水漂去；在我的右手附近，有一个漩涡，那片芦苇叶子漂到那里，就不停地打起转来，小姑娘放下水罐，站在那儿瞧着它。过了一些日子，我看到那个小姑娘已经长大，并且带着她自己的女儿来汲水；而她的女儿又长成了大人；当她的女儿们在顽皮地互相泼水的时候，她就制止她们，并且教育她们应当互相尊重。每当我看到这一切，我就想起了那漂浮的一叶芦苇之舟，并且感到很有趣味。

我认为，我要讲述的这个故事，不会再次发生了。每当我在讲述一个故事的时候，另一个故事就会顺流漂来。一个故事发生了，然后又逝去，我无法把它们挽留住。只有一个故事，宛如跌入漩涡的那一片芦叶扁舟，在我的记忆里不停地旋转。这样的一个故事之舟，今天又载着它的负荷，转回到我的身边来了，而且眼看着就要沉没。它就像一片芦叶那样渺小，上面除了载有两朵盛开的小花，再也没有什么了。假如那位心肠慈善的小姑娘看见它在沉没，就一定会长长叹息一声，随即返回家去。

你们看，在寺庙旁边。那是公沙伊家的牛圈，它的外边围绕着栅栏。那里有一棵合欢树。在这棵树下，每周开放一天集市。那时候，公沙伊一家还没有住在这里。现在他们家祈祷室所在的那个地方，当时只有一个用棕榈树叶搭成的棚子。

现在这里的这棵无花果树已把它的手臂伸进了我的细胞里；它的根部犹如细长坚硬的手指一样，把我那颗破碎的石心拢在一起。那时候它还只是一棵小小的树苗。但是它很快地抬起了缀满娇嫩绿叶的树冠。每当太阳升起来的时候，它那枝叶的阴影就在我的身上整天地戏耍；它那新生的须根，就像婴儿的手指一样，在抚摩着我的胸脯。要是有人摘掉它的一片叶子，我也会感到心疼的。

当时虽然我的年岁已经不小，但是看上去我还相当笔直。今天我的脊柱已经折断，就像圣贤阿斯达波克罗①一样，弯腰驼背了；在许多地方，出现了如同皱纹似的深深的裂缝；在我的腹部的洞穴里，世界上的青蛙都可以栖息、冬眠，但是当时我并不是这副模样。在我的左手附近，也没有这两堆碎砖头。在那里的一个洞穴里，栖息过一只燕子。每当早晨一醒来，它就舞动着那鱼尾似的双尾，鸣叫着向天空飞去。这时候我就知道，库苏姆该到河边来了。

我现在讲述的这个姑娘，她的同伴们都叫她库苏姆。我觉得库苏姆就是她的名字。

当库苏姆纤细的身影映在水中的时候，我就十分希望能把这身影留住，把这身影刻在我的石阶上；这样的身影简直

---

① 阿斯达波克罗：孟加拉语意为"八道弯"，古代印度传说中的圣贤。当他母亲怀着他的时候，他就指出他父亲错诵了《吠陀经》，父亲一气之下，诅咒他生下来有八道弯。因此，他生来脊柱就有八道弯。——译者注

就是一种美景。每当她踏步在我的石阶上，她那四只脚镯就叮当作声，这时候我身边的水草好像也在翩翩起舞。库苏姆并不喜欢过多地玩耍、聊天或嬉闹，然而，令人惊疑的是，她的女伴并不比别的姑娘少。没有她，顽皮的姑娘们就会感到寂寞。有人管她叫古稀，有人管她叫库什，也有人管她叫拉古稀，而她的妈妈叫她库什米。我常常看见库苏姆坐在河边。她的心仿佛与这河水结下了某种特殊的缘分。她十分热爱这河水。

但是后来我再也没有看到库苏姆。普崩和绍尔诺时常来到河边哭泣。我听说，她们的古稀——库什——拉古稀被接到婆家去了。我还听说，她所去的那个地方没有恒河。那里的人们、房舍、道路、河边的台阶，对她来说都是陌生的，而她就像一株荷花，被人们移植到陆地上了。

我渐渐忘却了库苏姆。一年过去了，到河边台阶上来的姑娘们，已不再更多地谈论库苏姆。一天黄昏，一双久已为我熟悉的脚仿佛突然踏上了我的身躯。我似乎觉得，这是库苏姆的脚。的确是呀，但是我已经听不到脚镯的响声，她的那双脚也没有奏出乐曲。长期以来，我总是同时感觉到库苏姆双脚的触摸和她那脚镯的响声——可是，今天却突然听不到她那脚镯的声音。因此，在这黄昏时刻，河水好像在呜咽，风在拂弄着芒果树的枝叶，悲悲楚楚，凄凄切切。

库苏姆成了寡妇。我听说，她的丈夫在外地工作；她和丈夫在一起只生活了一两天，尔后她就再也没有见到她的丈夫。她从一封信里得知，她的丈夫死了，她当时只有 8 岁。库苏姆擦去头上的朱砂分发线，摘掉首饰，又回到了恒河边上的家乡。但是，她在这里再也没有见到她的女友。普崩、绍尔诺、奥莫拉都已经出嫁，只有绍罗特还在，但是我听说阿格拉哈扬月她也要结婚。现在只剩下库苏姆一个人了。她把头伏在两个膝盖上，在我的台阶上默默地坐着。我仿佛感到，河里的波涛都一起举出手来，向她呼叫："古稀——库什——拉古稀！"

库苏姆一天比一天显得更加俊美和充满青春活力，就像雨季开始的时候恒河一天比一天显得更加丰满一样。但是，她那淡素的服装、忧郁的面容和悠闲的表情，给她的青春罩上了一层阴影，使得一般的人看不见她那充满青春的美。仿佛没有人发现库苏姆已经长大，就连我也没有注意到。库苏姆在我的心目中永远是个小姑娘。她的脚镯确实没有了，但是每当她行走的时候，我就好像听到了她那脚镯声。就这样，一晃十年过去了，村里的人似乎谁也没有发觉她长大了。

那一年的帕德拉月①的最后一天，就像你们所看到的今天一样。那一天的早晨，你们的曾祖母们起来后，看到了就像今天这样的温柔的阳光。于是她们披上头巾，提着水罐，经过洒满晨光的草地，经过高低不平的村中土路，谈笑风生

---

① 帕德拉月：孟加拉历的五月，在公历 8—9 月间。

地来到我的身旁。那时候，她们怎么也不会想到你们将来会降生。这正如你们也无法想到，你们的祖母们从前也曾经有过娱乐玩耍的日月一样；那时节也和今天一样，到处充满着生机。在她们年轻的心里，也有欢乐和忧伤，有时也会心潮起伏，翻滚激荡。可是在今天这个秋季，她们已经不在了，她们的悲欢已经消逝。像今天这样欢乐的阳光明媚的秋日美景，她们当然也是想象不到的。

那一天早晨，北风第一次习习地吹来，缀满花朵的金合欢树将一朵朵花儿抛撒到我的身上。在我的石阶上，凝聚了一串串露珠。就在那天早晨，不知从什么地方来了一位年轻的苦行者。他皮肤白皙，身材细高，容貌俊美；他就在我对面的那座湿婆庙里住了下来。苦行者到来的消息，传遍了全村。姑娘们放下水罐，来到庙里，向这位圣贤致敬。

来的人一天天多起来。这位苦行者仪表堂堂，待人彬彬有礼。他看见孩子，就把他们抱在怀里；母亲们来了，他就询问她们的家务。他在很短的时间内，就赢得了妇女们的尊敬。男人们也经常来他这里。他有时候诵读《薄伽梵书》，有时候宣讲《薄伽梵歌》，有时候坐在庙里，探讨各种经典。有人到他这里来请教，有人来求符咒，有人来探求治病的药方。姑娘们来到河边台阶上，常常议论说："哎呀，他有多美呀！简直就像湿婆师父亲自下凡，来到了这座庙里。"

每天清晨，在太阳升起之前，苦行者站在恒河的水中，面向启明星，用缓慢深沉的语调进行晨祷。每当这时候，我就听不到河水的絮语。每天听着他那晨祷的声音，恒河东岸的天边就升起红日，殷红的霞光映着朵朵彩云，黑暗就像含苞待放的花蕾的一层外皮，慢慢地绽开，向四面退去；而那鲜花般的红色霞光，一点儿一点儿地染红了天池。我觉得，这个伟大人物立在恒河水中，凝望着东方，在念诵着一种伟大的咒语。随着这咒语的每一个字的涌出，那黑夜巫婆的妖术也就跟着失灵，月亮、星辰就会西坠，太阳就在东方冉冉升起，世界的舞台也就发生了变化。他简直是一位具有魔力的人物！沐浴之后，苦行者拖着他那高高的、犹如祭祀火焰般的、熠熠闪光的、圣洁的身躯，从水里走出来，水珠从他的头发上滴落下来。

在晨光照耀下，他的全身都在闪烁着光辉。

就这样，几个月过去了。在恰特拉月①，有一天发生了日食；这一天很多人都来到恒河里进行沐浴。合欢树下开设了大集。人们借此机会来这里，也想看一看这位苦行者。从库苏姆家所住的那个村子也来了很多姑娘。

早晨，苦行者坐在我的台阶上，在诵读圣典。一个姑娘看见他后，忽然拍着另一个姑娘的肩膀说："喂，他就是我们村里库苏姆的丈夫。"

这个姑娘用两个手指把面纱微微拉开一道缝，看了一下

①　恰特拉月：孟加拉历的十二月，在公历3—4月间。

说："我的天哪！真是他呀！他是我们村里查杜久家里的少爷。"

第三个姑娘没有更多地卖弄自己的面纱，她说："可不是嘛，前额、鼻子、眼睛，一点不差！"

第四个姑娘甚至都没有看他一眼，就一边叹息着把水罐灌满水，一边说道："哎，他不是死了吗？难道他还会复活？库苏姆怎么这样苦命呀！"

有的说："他没有这么长的胡子！"

有的说："他没有这么瘦呀！"

有的说："仿佛他也没有这么高。"

就这样，她们没有得出一致的看法，也不可能得出一致的看法。

村里的人都看见了这个苦行者，只有库苏姆没有看见他。因为到这里来的人太多，所以库苏姆就没有到我这里来。一天黄昏，她看到月亮升起来，大概想起了我们旧日的友情。

当时河边台阶上一个人也没有，只有蟋蟀在不停地叫着。庙里的钟锣刚刚敲过，它那最后一声的余波，宛如幽灵，在河对岸的阴暗的树林中回荡，并且渐渐减弱。月光皎洁，潮水呜咽，库苏姆坐在那里，把自己的身影洒在我的身上。微风习习，草木寂寂。

在库苏姆的面前，是洒满月光的宽阔的恒河；在库苏姆的背后，在周围的灌木丛中，在花草树上，在庙宇的阴影里，在残垣断壁上，在池塘的岸边，在棕榈树林中，黑暗用衣襟遮住自己的头和身，静静地坐着。蝙蝠在七叶树的枝杈上轻轻摇荡，猫头鹰在庙的尖顶上哭泣，从人们的住宅附近，偶尔传来豺狼的几声嗥叫，然后又万籁俱寂。

苦行者从庙里慢慢地走出来。他来到河边，走下几个台阶，看见一个女子单独地坐在那里，于是就想转身离去。就在这时候，库苏姆突然抬起头来，向后望去。

纱丽的一端从她头上滑落下来。她抬起头来，月光照在她的脸上，就像一朵仰首盛开的鲜花映着月光一样。在这一瞬间，两个人的目光相遇了。他们仿佛是在互相辨认，好像他们前生彼此相识。

猫头鹰叫着从头上掠过。库苏姆听到这叫声感到恐惧，但她竭力克制自己。她用纱丽一端蒙住头，站起来，向苦行者行了触脚礼。

苦行者向她祝福，并问道："你叫什么名字？"

库苏姆回答说："我叫库苏姆。"

那一夜，他们再也没有说什么。库苏姆的家离这里不远，她慢慢地向自己的家中走去。那一夜，苦行者在我的台阶上坐了很久。最后，从东方升起的月亮已经西坠，苦行者的背影落到他自己的面前，这时候他才站起来，走进庙里。

从第二天起，我就看到，库苏姆每天都来向这位苦行者行触脚礼。每当他宣讲经典的时候，库苏姆就立在一旁聆听着。苦行者做完晨祷，就把库苏姆叫来，给她讲解有关宗教方面的问题。我不知道她是否全能听懂，但她却聚精会神地坐在那里默默静听。苦行者对她有什么吩咐，她都准确无误地去完成。每天她都到庙里来做事——在敬神方面坚持不懈。她采集鲜花供神，从恒河里汲水来洗刷庙堂。

她坐在我的台阶上，思考着苦行者给她讲述的一切。她的视野仿佛在慢慢地扩展，她的心胸也开阔了。她开始看到了前所未见的东西，开始听到了前所未闻的事情。笼罩在她沉静的脸上的一层忧郁的阴影已经消逝。每天早晨，当她满怀虔敬的心情，向这位苦行者行触脚礼的时候，她就像奉献在神仙面前的一朵被露水洗涤过的鲜花。她的全身都在焕发着一种优美的欢乐之光。

在冬季即将过去的时候，冷风还在劲吹。一天傍晚，忽然从南方吹来了一股春风，天际中的寒意完全消失。在过了很多天之后，村里又响起了竹笛，还可以听到歌声。船夫们驾船顺流而下，他们停下桨，唱起了黑天的赞歌。鸟儿在树枝间跳来跳去，突然欢快地互相呼叫起来。春天就这样降临了。

一接触春风，我这颗石头心也好像一点一点焕发了青春。我的内心充满了这种新的青春激情，仿佛我的蔓藤也开满了花朵。在这段时间，我再没有看到库苏姆。她没有再来庙里，也没到河边来，也没看到她坐在苦行者的身边。

我不知道出了什么事。过了一些日子，一天傍晚，库苏姆又在我的台阶上和苦行者见面了。

库苏姆低着头，说道："师尊，是您叫我来的吗?"

"是的。我怎么见不到你? 现在你怎么这样不热心敬神?"

库苏姆沉默不语。

"请把你的心事告诉我。"

库苏姆把脸微微偏过去，说道："师尊，我是个有罪的人，所以我才不敢再像以前那样热心敬神。"

苦行者用十分柔和的语调说："库苏姆，我知道，你的心里很不平静。"

库苏姆感到十分惊奇。她大概在想："我真没料到，苦行者会知道我的心事。"她两眼噙着泪水，用纱丽遮住脸，坐在苦行者的脚下痛哭起来。

苦行者离开她一些，说道："把你的不安都告诉我，我会指给你一条走向安静的路。"

库苏姆用坚定而虔敬的声调述说着，但是有时停顿，有时哽咽。她说："您既然吩咐，那我就告诉您。不过，我可能说不太清楚，但是我感到，您心里会明白这一切的。师尊，有一个人，我敬重他，崇拜他，如同神灵，我的心里充满了这种崇敬的欢乐。可是一天夜里，我做了一个梦:仿佛梦见他是我心灵的主人。他坐在一个波库尔树林里，用左手拉着我的右手，向我倾诉爱情。我当时并没感到这是不可能的，也不觉得惊奇。我醒了之后，梦境却深深地印在我的脑子里。第二天，当我看见他的时候，就觉得他已不像以前那个样子。我的心幕上经常出现那次梦境。由于恐惧，我就远远地避开他，可是那个梦境却总是缠着我。从此我的心就再也不得宁静——我的一切都变得暗淡无光。"

当库苏姆一边擦着眼泪，一边讲述这些话的时候，我觉察到，苦行者使劲用他的右脚踩着我的石阶。

库苏姆的话讲完后，苦行者说道："你应当告诉我，你梦见的那个人是谁。"

库苏姆双手合十地回答道："这我不能说。"

苦行者说："为了你的幸福我才问你。他是谁，你要明确地告诉我。"

库苏姆用力擦着自己那双温柔的小手，然后双手合十地问道："一定要说出他是谁吗？"

苦行者回答道："是的，一定要告诉我。"

库苏姆立即说道："尊师，他就是你呀。"

她自己的话一传到她自己的耳朵里，她就失去了知觉，倒在我那坚硬的怀里。苦行者犹如一尊石像，呆呆地站在那儿。

库苏姆恢复知觉后，就坐起来，这时苦行者慢悠悠地说："我吩咐你做的一切，你都做了；我还要吩咐你一件事，你也应当做到。我今天就要离开这里，我们不应当再见面了。你应当把我忘记。告诉我，你能做到吗？"库苏姆站起来，望着苦行者的脸，用缓慢的语调说："师尊，我能做到。"

苦行者说："那么，我走了。"

库苏姆什么也没说，向他深深地鞠了一躬，抓起他脚上的尘土放在自己的头上。苦行者走了。

库苏姆说："他吩咐我把他忘记。"说完，她就慢慢地走进恒河的水里。

从小她就生活在这河岸上，在这里休息的时候，如果不是这河水伸出手来，把她拉入自己的怀抱，那么，还有谁来拉她呢？月亮已经下山，夜一片漆黑。我听到了河水在絮语，可是我一句也听不懂。风在黑暗中呼呼地刮着；为了不让人们看见任何东西，它仿佛想要一口气吹灭天上的星辰似的。

经常在我的怀里玩耍的库苏姆，今天结束了玩耍，离开我的怀抱走了。她到哪里去了，我无法知道。

1884 年迦尔迪克月

（董友忱　译）

借　债

　　一连生了五个男孩之后，终于生了一个女儿。夫妻俩真是喜出望外，宠爱有加。他们给女儿起名为尼鲁波玛。在这个家庭里，以前还从来没有听说过这样娇滴滴的名字。原先通常都是启用天神的名字，例如，嘎内沙、迦尔迪克、婆婆蒂，等等。

　　岁月飞逝，很快就到了为尼鲁波玛张罗婚事的时候了。她父亲拉姆孙多尔·米特罗四处奔波、多方寻找，可是仍旧没有物色到称心如意的女婿。最后挑选了一位拉伊巴哈杜尔大户人家的独生儿子做女婿。虽然这位拉伊巴哈杜尔家里的祖传田产已消耗得所剩无几，但毕竟是名门望族。

　　男方提出要大量彩礼和大量嫁妆，拉姆孙多尔不假思索，一口就答应下来。他想，这样的女婿可不能轻易放手呀。

　　可是筹集这笔巨款并非易事。拉姆孙多尔想方设法，能当的当了，可卖的卖了，东拼西凑才筹集到小部分款项，还差六七千卢比，然而婚期却一天天逼近了。

　　举行婚礼的日子终于到了。本来有人答应以非常高的利息借给他们所缺的数额，但到时候那人却逃之夭夭，不知去向。为举行婚礼临时搭起的彩棚里，吵闹叫喊，此起彼伏，乱成一团。拉姆孙多尔打躬作揖，一再恳求拉伊巴哈杜尔：“请先把婚事办了，所欠款项一定很快补上。”

拉伊巴哈杜尔断然拒绝，说道：“钱拿不到手，新郎绝不会参加婚礼。”

在这不幸的事件中，对内室的女人们的打击最大，顿时一片哭闹声。这场严重灾难的根源——新娘子，身穿丝绸结婚礼服，戴着各种首饰，前额点着檀香痣，一声不吭地坐着。此时此刻，这位新娘对未来的夫家，绝不可能产生什么敬意或好感。

正在这相持不下、进退两难的时刻，出现了一线转机——新郎鼓起勇气，反对自己父亲的固执做法。

新郎突然对他爸爸说道：“在生意场上讨价还价，我一窍不通。不过，今天我是来结婚的，应该结了婚才走。”

他父亲大为恼火，逢人便说：“先生，你看看，现在的青年变成什么样子了。”

有一两位老于世故的人也不无感慨地说：“这还不是因为完全没有道德教育，不读经书的缘故。”

这位拉伊巴哈杜尔，眼睁睁地看着自己的儿子中了现代教育的毒害，只是无可奈何、垂头丧气地坐着。结婚仪式虽然如期举行，但气氛极为压抑，场面也不喜庆欢乐。

在起程去婆婆家时，拉姆孙多尔紧紧搂着女儿尼鲁波玛，他的眼泪再也忍不住了，簌簌流了出来。

尼鲁波玛忧心忡忡地问道：“爸爸，他们会不会不让我回家来?"

"亲爱的",拉姆孙多尔说,"他们为什么不让你回来呢?我会亲自去接你的。"

拉姆孙多尔常常去看望自己的女儿,可是亲家对他一点也不尊重,连他家的仆人也都不把他放在眼里。有时候,在内室外面单独一间小房间里与女儿见上一面,聊上五六分钟;有时候,甚至连女儿也不让见,只好悻悻而归。

拉姆孙多尔对亲家的这种怠慢和侮辱实在难以忍受,他决定无论如何也要把这笔彩礼费还清。

可是现有债务的重负,已压得拉姆孙多尔喘不过气来,他怎么还敢去借新的债务呢?!况且家里的开销已经非常紧张,难以为继。为了躲避讨债的高利贷,他总是不得不采用各种花招,来应付这些讨债鬼。

另一方面,女儿在婆家的日子越来越难过,整天遭到讽刺挖苦。当她对那些指责娘家的话实在听不下去时,就自己反锁在房里,暗自饮泣。这种情况已是司空见惯了。

尤其是婆婆,更加刻薄,嘴不饶人。要是有人说:"啊哟,你家媳妇长得多漂亮啊!"

她则会怪声怪气地说:"漂亮什么呀,那样人家的女儿会有什么好模样呢!"

另外,媳妇的饮食起居和穿着打扮,根本无人过问,倘若有哪位好心的邻居为她打抱不平,婆婆就会说:"这已经是相当不错了。"

言外之意是，只有父亲付足了彩礼，她才能受到足够的重视。婆家所有的人，都对尼鲁波玛表示出一种鄙夷的神态，认为她根本就无权待在这个家里。她仿佛是以什么欺骗的手段，才混进这个家里来的。

大概，对女儿在婆婆家屡遭轻慢和侮辱的事已有所闻，拉姆孙多尔终于萌生了把住房卖掉以付清彩礼的念头。

可是，关于儿子们将失去住房的事，只能瞒着他们悄悄地进行。拉姆孙多尔打算先把房子卖掉，然后再把房子租下来住。事情最好干得这样巧妙，在他死之前，儿子们根本不可能知道这么回事。

然而，不知怎么搞的，儿子们还是知道了。他们一起来到父亲身边，哭哭啼啼，特别是三个结了婚的儿子，其中有的已有孩子了，他们更是坚决反对卖房子。这样一来，卖房子的事只好搁浅。

当时，拉姆孙多尔只好以极高的利息，从各处零零碎碎地借了一笔钱。这样一来，家庭的日常开销就再也维持不下去了。

尼鲁波玛一看到父亲的脸色，心里就明白了一切。老人的满头白发，布满皱纹的干瘦的脸，以及总是愁眉不展的神情，完全反映出他那穷困潦倒和满腹心事的窘态。当父亲总认为自己在女儿面前是个罪人时，他对自己罪行的忏悔，怎么能够掩饰得了呢？当他在亲家获准与女儿会面极短的时间里，女儿就已从他那强作笑颜中探知了他内心的痛苦。

为了安慰父亲饱受折磨的心，尼鲁波玛已急不可耐地想回家住几天。看到父亲那疲惫枯黄的脸，她再也不能抛开父亲不管了。一天，尼鲁波玛对拉姆孙多尔说："爸爸，接我回家吧！"

拉姆孙多尔说："好吧！"

可是拉姆孙多尔力不从心。他对自己女儿拥有天赋的权利，似乎已做了抵押，顶了彩礼中那笔未付的款项。更为糟糕的是，他还要低声下气地苦苦哀求，才能见上女儿一面。有时不准他见女儿时，他甚至二话没说，转身就走了。

既然女儿自己想回家，做父亲的怎么可以回绝她呢！所以在向亲家就此事提出哀求之前，拉姆孙多尔只好四处求援，至于他遭受了多少屈辱，经受多少轻慢，受了多少损失，才凑起3000卢比的艰辛过程，最好秘而不宣，在此就不必说了。

拉姆孙多尔把3000卢比的纸币用手帕包好以后，就来到了亲家屋里。起先，他满脸带笑地谈着街头巷尾的一些传闻，随后从头到尾详细描述了霍列克里什纳家里被盗窃一空的情况；在比较诺宾马多布和拉达马多布两兄弟时，他对拉达马多布聪明才智和脾气性格倍加赞扬，而对诺宾马多布则加以指责；他还说到城里现在议论纷纷的一种新的传染病。

最后，他才放回烟袋，顺便提起似的说道："嘿，亲家！我至今还没有付够彩礼的钱，每次我都想，来的时候带上吧，可是一到出发的时候又忘记了。哎，兄弟，我真是老了啊!"

说了这一通开场白后,他好像毫不在乎轻而易举地抽出自己的三根肋骨那样,拿出那 3000 卢比的纸币。

拉伊巴哈杜尔听他说了半天,结果只能拿出 3000 卢比,便纵声大笑。

"亲家,算了吧! 留着自己用吧,我也不缺这点钱花。"拉伊巴哈杜尔说。末了,他还说了一句孟加拉很流行的谚语,意思是犯不着为了几个小钱而把手弄脏了。

一阵尴尬之后,他也没有开口提起接女儿回娘家小住几天的事。不过,拉姆孙多尔一直在想:"再也不要顾及亲戚关系。"

在沉默了好一会儿之后,拉姆孙多尔还是以温和的语气,提出了让姑娘回娘家的事。

拉伊巴哈杜尔什么原因也没有说,就断然拒绝:"现在还不行。"

说罢,他就起身去办自己的事情了。

拉姆孙多尔用颤抖的手把 3000 纸币揣进怀里,他觉得已无颜再见自己的女儿,就直接回家去了。他在心里暗暗发誓:"只要没有还清所欠的彩礼钱,没有解除女儿的困惑,我就再也不去见亲家了。"

过了很久,尼鲁波玛多日不见父亲,心如刀割。于是她接二连三派人给娘家捎信,但始终未能见面。

最后,姑娘伤心透了,再也不派人捎信了。这对父亲来说也是巨大的打击，然而，他还是未去看女儿。

阿什温月到了。

拉姆孙多尔说："这次一定要接女儿回家来过节。"这是一个极其严峻的誓言。初五，快到祭祀难近母的那天，拉姆孙多尔又收拾一番，揣上钱去亲家一趟。

他刚要出门，一个5岁的孙子对他说："爷爷，你去给我买小车吗？"

好多天以前，这个小孙子就要买辆小推车，可是他的愿望一直没有实现。

一个6岁的孙女对爷爷也哭诉着说："要是出门，我连一件好一点的衣服都没有。"

其实，这些情况拉姆孙多尔早就知道。这位老人一边吸着烟，一边苦苦思索着对策。

要是拉伊巴哈杜尔邀请他们去过杜尔伽大祭节，难道就让儿媳们穿着打扮得如同穷人一般去做客吗？一想到这些，老人家就深深地叹了一口气。不过，他除了紧锁双眉之外，再也没有别的什么办法了。

拉姆孙多尔耳边回响着穷苦家庭的哭喊声，进入了亲家的大门。今天老人身上的卑微猥琐情绪一扫而光。原先对守门人和仆人都不敢正眼相看，而今天他却是气宇轩昂，似乎是走进自己的家里。

进来后，才知道，拉伊巴哈杜尔不在家，不得不等一会儿。拉姆孙多尔按捺不住内心的冲动，径直去看望女儿。因兴奋激动，老人一双眼睛泪如泉涌。看到父亲哭了，女儿也泣不成声。一开始，两人什么话也说不出来。过了一会儿，老人说："小母亲，这次一定把你带回家去。再也没有什么东西可以阻拦我们了。"

就在这时候，拉姆孙多尔的大儿子霍罗莫洪，带着两个孩子突然闯了进来。

霍罗莫洪冲着父亲喊道："爸爸，难道我们真要沿街去乞讨吗？"

拉姆孙多尔火冒三丈、勃然大怒，说道："为了你们，我就该进地狱吗！你们难道不要我履行做父亲的责任吗？"

拉姆孙多尔悄悄地把自己的房子卖了之后才来的。他把这事办得很机密，不想让儿子们知道。可是还是走漏了风声。儿子们还是知道了，他们都非常不满并大发脾气。

拉姆孙多尔小孙子用两只小手抱着爷爷的双膝，仰着小脸说道："爷爷给我买小车了没有？"

拉姆孙多尔低垂着头，没有作答。孙子得不到爷爷的回答，就转向尼鲁波玛："姑姑，你能买辆小车给我吗？"

尼鲁波玛把事情的来龙去脉弄清楚后，对父亲说："爸爸，你要是再给我公公一个子儿，你就别想再见到你女儿了——我在你面前发誓。"

拉姆孙多尔说："哎，女儿啊，不要说这样的话，要是我付不清这笔彩礼钱，那不仅是你爸的耻辱，也是你的耻辱。"

尼鲁波玛说："要是给钱，那才是耻辱呢！难道你女儿什么尊严也没有吗？我怎么啦，只是一个钱袋？只要有钱，我才有身价吗？不要给，爸爸，不要给！你要是给他们钱，就是贬低我的人格。另外，我丈夫也不需要这笔钱。"

"要是这样，他们就不让你回娘家的！我的小女儿！"拉姆孙多尔凄惨地说。

"你说吧，不让回娘家又会怎么样呢？"尼鲁波玛说，"你再也不要想领我回家去了。"

拉姆孙多尔用颤抖的双手把钱收好，又像小偷一样避开众人的视线，悄然回家去了。

不过，拉姆孙多尔带着钱来，后因女儿反对，又把钱原封不动地带回去的事，是瞒不过众人的。有一个好奇的女仆，早就在门边偷听到了他们父女的谈话，并全盘告诉了主母。尼鲁波玛的婆婆听到后，真是怒不可遏。

尼鲁波玛在婆婆家里简直如坐针毡。一方面她丈夫婚后不久就被派往外地，任命为副行政长官；另一方面，担心因为她娘家的状况有失身份，早就禁止她与娘家亲戚见面了。

后来，尼鲁波玛得了一场大病，病得很厉害。不过，这事也不能光怪她婆婆，她也有一份责任，她随意糟蹋自己的身体。在迦尔迪克月还是比较冷的时候，她就整夜敞着门睡觉，身上也不盖什么东西。她吃饭没有什么规律。有时候女仆们忘记了送饭来，她也不去提醒她们。她心里认为这个家庭总是与价值紧密相连的，她自己只不过是别人家的一个奴仆，承蒙女主人翁的大恩大德，她才能生活。可是，她这种态度，婆婆是容忍不下去的。有时，看到媳妇对饮食全不在乎时，婆婆就讽刺地说："大概，是相爷家的姑娘吃不惯穷人家的粗茶淡饭吧！"

有时候婆婆又说："你看看，你成了什么样子，一天天瘦下去，瘦得像根柴火棍儿。"

当尼鲁波玛病得越来越重时，婆婆还说："这全都是装模作样！"

终于有一天，尼鲁波玛恳求婆婆道："妈，让我再见一次爸爸和哥哥吧！"

婆婆却说："这只不过是想回娘家的花招。"

令人难以置信的是——尼鲁波玛咽气的那天晚上，竟是第一次请医生给她看病，也是最后一次治疗。

家里大儿媳妇死了，丧事办得轰轰烈烈、非常隆重。其排场气势简直比地区大官员家有过之而无不及。因儿媳妇的葬礼顿时使拉伊巴哈杜尔闻名遐迩。火葬时用檀香木搭成的焚尸台，在当地是前所未有、闻所未闻的。这样豪华气派的焚尸仪式，只有拉伊哈杜尔家才能办得到。听说，为了这次葬礼拉伊巴哈杜尔家还借了点债。

人们在安慰拉姆孙多尔时，总是不厌其详地把她女儿气势不凡的葬礼描绘一番。

在外地当副行政长官的儿子来信写道："我在这里一切都安顿妥当，请赶快把我妻子送到我这儿来。"

拉伊巴哈杜尔太太回信写道:"儿啊,又为你找了一位姑娘。因此,望你休假时马上回来。"

儿子这次结婚时,拉伊巴哈杜尔向亲家要了两万卢比的彩礼,而且是钱到手后才举行的婚礼。

1881 年?

(黄志坤　译　董友忱　校)

邮 政 局 长

　　刚一参加工作，他就被派往一个名叫乌拉普尔的偏僻农村去当邮政局长。这是一个很不显眼的、极为普通的村庄。村子附近，有一座靛蓝货栈。正是这座货栈的老板经多方周折、反复努力，才在这里建立了一个新的邮政所。

　　我们的邮政局长是一个从加尔各答来的青年人。他在这个边远农村的艰难处境，仿佛就像一条被甩到岸上的鱼。他的办公室和住所，就设在一个昏暗的八边形的棚屋里。不远处有一口长满青苔的池塘，房屋四周是翠绿的莽莽丛林。

　　货栈里都是一些办事员之类的员工。他们整天忙忙碌碌，没有一星半点儿的空闲时间。再则，他们也不善于与邮政局长——这样有教养的先生打交道。

　　从另一方面来看，来自加尔各答的年轻人也特别不善于交际。来到一个陌生的地方，他不会大大方方做人处事，而是显得腼腼腆腆，局促不安。这样一来，邮政局长与当地的人们基本上就没有什么交往。

　　邮政所的业务不多。这位邮政局长在工作之余偶尔写几首小诗。在诗歌中表达了他这样一种思想情感——整天看着树木嫩芽的颤动和天空云霞的飞渡，生活似乎过得相当幸福。

可是，善于探测心灵深处秘密的人就会知道：要是阿拉伯《天方夜谭》中的任何一个魔鬼跑出来，在一个晚上把正在抽芽的树枝连同整个丛林一扫而光，修筑一条通衢大道，两旁建起鳞次栉比、耸入云霄的宫殿，使那些云彩从我们眼帘中消失，那时候，这位半死不活的、有教养的年轻人，可能才会真正体会到一种崭新生活的恩宠。

邮政局长的工薪极为菲薄，他不得不自己动手做饭。村里一个父母双亡的孤女，偶尔帮他打打杂，很少在他这里吃饭。姑娘大约十二三岁，她的名字叫萝坦。看不出有什么人要娶她为妻。

傍晚时分，村里各家牛栏旁边的屋子里升起了袅袅炊烟，蟋蟀在草丛中开始鸣叫。远处，村里的一群喝醉酒的巴乌尔①正在敲锣打鼓，放声歌唱。

这时候，邮政局屋角落里点着一盏火苗细小的油灯。邮政局长孤独一人坐在昏暗的走廊里，一直看着树叶的颤动。他那颗诗人之心，似乎也出现了某种轻微的骚动。

"萝坦！"邮政局长叫道。

当时，萝坦正坐在门槛处，一直等待着他的呼唤。第一次喊过之后，她并没有进屋。

"先生，什么事？"她在门槛里应了一声，"你叫我做什么事吗？"

---

① 巴乌尔：一种民间说唱艺人。

"你在那里干什么呢?"

"我正要去厨房生炉子……"

"厨房的事暂时放一放,先给我装好烟,把烟袋点着送过来吧。"邮政局长说道。

萝坦把水烟袋装好烟,鼓起自己的腮帮子使劲地吹火,把烟锅点着后,马上送了进来。

邮政局长从萝坦手里接过烟袋,唐突地问道:"萝坦,你还记得自己的母亲吗?"

说来话长。对萝坦来说,有的事仍然记忆犹新,有的事就完全淡忘了。爸爸比妈妈更喜欢她一些。她还依稀记得,爸爸终日在外边劳动,直到黄昏时才回家。她突然想起一两个傍晚时的情景,如清晰的图画一样,铭刻在她的心上。

说着说着,萝坦挪到邮政局长的脚边,坐在地板上。她突然回忆起,自己还有一个小弟弟。很久以前,在一个阴雨连绵的日子里,与弟弟两个人一起在水已经漫过的河岸上用树枝做钓竿,开心地做钓鱼的游戏。与许许多多更为重要的事情相比,这钓鱼游戏的情景,印象最深。

他们这样闲聊,不知不觉已到了深夜。当时,邮政局长疲惫不堪,懒得再做饭了。萝坦很快生好炉子,把早上剩的饭菜热了一下,并烤了几个饼。他们俩人的晚餐就这样对付过去了。

就这样,每天的傍晚,在那宽敞的八边形的棚屋里,邮政局长坐在办公室一角的木椅上,谈起了自己家里的情况——谈到他的弟弟、母亲和姐姐。一提起自己的亲人，对孤身一人旅居他乡异地的人来说，心境是十分凄凉的。

尽管这些话时常在他心中涌现，但在靛蓝货栈那些员工面前，他无论如何是不会吐露一丝一毫的。可是，在这个无知的农村小姑娘面前，他却无拘无束地娓娓道来。久而久之，小姑娘在言谈中，仿佛已成了他们家庭中的一员，也称他母亲为妈。她经常像最熟悉的人一样提到他的姐姐、兄弟等等。更有甚者，小姑娘尽力想象他们的模样，并把她想象的形象刻在她那稚嫩的心灵的画面上。

一天，淫雨初晴的下午，温馨和煦的微风吹拂着。在阳光沐浴下的青草和树枝，散发着一种沁人心脾的芳香。人们仿佛觉得，疲乏的大地开始呼出一股热气，正抚摩着人的躯体。不知从什么地方飞来一只鸟，在大自然的宫殿里，用同一旋律和同一悲伤的声调，不厌其烦地一次又一次地复述着自己的哀伤——它叫了整整一个中午。

那天，邮政局长手上的工作已经做完，正在欣赏雨过天晴后的景象——被雨水冲洗一新、柔软光滑的树枝嫩叶在阳光下闪动，未被雨季征服的云层，在阳光下变幻莫测，多么现实的一幅美妙的图景啊！

邮政局长看到这一切，不禁浮想联翩：要是此时此刻，身边有一个亲爱的贴心人与自己共同分享生活，那他一定会成为一个多愁善感的儿郎。

他心里也逐渐领悟到，那只鸟儿，似乎也是一次再次地抒发自己的情怀，那些在万籁俱寂的中午隐蔽在枝阴下的细枝嫩叶的簌簌声，也似乎表达了这层意思。

当然，谁也不会知道这种难以确信的想法。可是，对于一个收入菲薄的小小乡村邮政局长来说，在这长长假日的宁静中午，其内心是会出现这种心绪的。

邮政局长深深地叹了一口气。

"萝坦！"他叫了一声。

萝坦当时就在番石榴树下伸着脚坐着，正啃着一个还未成熟的番石榴。听到主人的叫喊，马上就跑了过来。

"兄长先生，是你叫我吗？"她气喘吁吁地问道。

邮政局长说："我来教你认点儿字吧！"

从此以后，晌午时间，萝坦就与主人一起"啊啊咿咿"地学念孟加拉语字母。没有几天工夫，就连复合字母她也能认了。

斯拉万月①里，阴雨连绵，简直下个没完没了。沟渠河汊，沼泽池塘，全都灌满了水。白天黑夜听到的只是一片蛙声和雨声。村里的道路上全是雨水，行人绝迹，人们只得乘船去赶集。

有一天，从清晨起就大雨滂沱。邮政局长的女学生，早就坐在门口等候多时，可是总也没有听到平日那种呼唤声。她蹑手蹑脚悄悄地进入老师的卧室。她见邮政局长躺在床

---

① 斯拉万月：孟加拉历的四月，在公历7—8月间，是雨季。

上，便想老师可能还想休息，于是又悄没声儿地退回来。这时，她蓦地听到一声呼唤：

"萝坦！"

萝坦急忙转身返回卧室。

"兄长先生，睡好了吗？"她问道。

"我觉得身体有些不舒服。"邮政局长用忧伤的语调说，"你用手摸摸我的额头，看是不是发烧了？"

淫雨下个不停。孤身漂泊他乡，加之又病倒了，邮政局长感到心情压抑，他多么希望有人照顾啊！他多么渴望那双戴着贝壳手镯的、温柔的小手在自己滚烫的额头上抚摩啊！他真想在这艰难困苦的异地，在病痛折磨之时，有像母亲和姐姐那样温存的女人在自己的身旁！

此时，这个异乡人内心的强烈渴望，并不是想入非非、枉然徒劳的。小姑娘萝坦再也不是小姑娘了，顷刻间，她已处于做母亲的位置。她请来了医生，及时地给病人喂药，整夜地伺候着病人，亲手为他做可口的饭菜。

"喂，兄长先生，觉得好点了没有？"她还没完没了地上百次地询问。

过了好多日子之后，邮政局长总算离开了病床，但身体仍很虚弱。他已下了决心，再也不能耽搁，无论如何要调动工作，离开这里。于是，他立即向加尔各答的上级递交了请求调动工作的申请书，陈述了自己身体的状况不适应当地工作的理由。

卸下了侍候病人的负担之后，萝坦又依然坐在门外那个老地方。但是，她很难再听到过去那种呼唤声了。偶尔，她伸着头朝里面探视一下，只见邮政局长心不在焉地坐在椅子上，或者躺在矮榻上。萝坦满怀希望等待着邮政局长的呼唤，而邮政局长则急不可耐地等候他调离申请的批复。

姑娘坐在门外，千百次地温习自己的老课程。她生怕哪一天叫她时，会把复合字母搞混了。一个星期之后，在一天黄昏时分，邮政局长终于叫她了。

"兄长先生"，萝坦忐忑不安地走进房间里问道，"是你叫我吗？"

邮政局长说："萝坦，明天我就要离开这里了。"

"兄长先生，你要去什么地方？"

"我回家去。"

"什么时候再来呢？"

"再也不来了。"

萝坦听到这里，再也没有什么要问的了。

邮政局长主动告诉萝坦——他提出了调动工作的申请，但申请没有被批准。因此，他决定辞职回家。

两个人沉默了好久，谁也没有说话。烛光一闪一闪地跳动，雨水浸透陈旧屋顶的缝隙，吧嗒吧嗒滴落到陶碗里。

过了一会儿，萝坦慢慢起身去厨房里做烙饼。今天不知怎么的，手有些不听使唤，远不如平日那样灵巧。她心里涌现出许多想法。直到邮政局长吃完了饭，萝坦才问他：

"兄长先生，带我去你们家吗？"

邮政局长莞尔一笑："那怎么行呢！"

这件事为什么不行，他觉得没有必要向小姑娘解释。

整个一晚上，无论是在梦里，还是醒着，姑娘的耳旁总是萦绕着邮政局长带笑的声音——"那怎么行呢！"

清晨起床，邮政局长看到为他洗澡的水都准备好了。按照加尔各答的习惯，启程时，他要用刚打来的水洗澡。他感到纳闷：她并没有问过他什么时候动身呀？或许，她想到拂晓可能要用水，所以萝坦就在深更半夜去河里汲水，供他洗澡。

洗过澡后，邮政局长把萝坦叫来。她无声地进了屋，默默地等候吩咐，并胆怯地朝主人看了一眼。

主人说："萝坦，我会对将来接替我的那位先生说，要他像我一样，关心照顾你。你不要因我走了而感到伤心。"

毋庸置疑，这席话是出自肺腑的、极其真挚同情的关怀。可是，谁能了解女人的心呢？

多日以来，萝坦忍受过主人多次的责骂。可是，今天她对这温情脉脉的话语却忍受不住了，顿时放声大哭起来。

"不，不，你对谁也不要说，我不要别人照顾。"

邮政局长从来没有见过萝坦这个样子，所以一时惊愕得目瞪口呆。

新任的邮政局长来了。前邮政局长向他交代完所有公事之后，就准备起程。临行前他又把萝坦叫来。

"萝坦，我从来没送过东西给你。今天临走的时候，我想送一点东西给你，今后你会用得着的。"

邮政局长把扣除路途花销费用外的所有薪金，从口袋里掏了出来。萝坦见后倏地跪下，抱住他的双脚。

"兄长先生，我向你敬礼，祝你幸福！你什么东西也不要给我！我不需要任何人为我担忧。"

说完后，萝坦立即从那里跑走了。

这位前任邮政局长叹了一口气，手里拎着一个包，肩上扛着雨伞，慢慢地朝船上走去。搬运工人头顶蓝白相间条纹的铁皮箱，跟在他后面。

登上船后，马上就起航了。雨季泛滥的小河，像大地母亲眼睛流出的泪泉，四处回旋、呜咽。

当时，邮政局长的心里开始感到一阵剧烈的疼痛——一位普普通通农村姑娘那可怜小脸的画面，仿佛描述了遍及世界的、无法形容的痛苦。

他曾有过这样强烈的想法——"我返回去，把那个被世界抛弃无依无靠的孤女带走。"

可是，当时正是劲风灌满船帆，河水奔腾咆哮，而且村庄已过，唯有堤岸上的焚尸场还依稀可见。

随着河水的流淌，在这位旅客的心灵浮现出这样一个念头——在生活的洪流中，人间有过多少悲欢离合！有过多少生死轮回！回去有什么结果呢？人世间谁关心谁呢？

遗憾的是，萝坦的心里就没有出现过这样的念头。她还流着泪，围着邮政局那所屋子不停地转悠徘徊。我觉得她的心里还存在一线希望——兄长先生可能会回来！正是抱着一丝希冀，她才没有远走他乡。

啊！失去理智的人心啊！你的迷惘怎么不消失呢？逻辑学的判断推理，怎么这么晚才进入你的脑海呢！已被强有力的证据证明了不可信的虚假希望，你为什么还要双手紧紧搂住不放呢？终究会有一天，所有血管都会被割破，心脏的血也会流干，希望也没有了！那时才会觉醒，而且又为堕入第二轮迷惘而焦虑不安！

1891 年？

（黄志坤　译　董友忱　校）

拉姆卡乃的愚蠢

那些喜欢嚼舌头和夸大其词的人散布说，古鲁丘龙临死的时候，他的第二房妻子正坐在内室里打牌。实际上，女主人当时正盘着一条腿（另一条腿的膝盖已顶到了下巴上）坐在地上，就着青辣椒、青酸梅和虾酱聚精会神地吃稀饭，听到外面呼叫的时候，她就放下一堆吃剩下的残渣、果皮及没吃完的一盘食物，沉着脸说道："我连吃两口饭的时间都没有。"

大夫做了交代之后走了，古鲁丘龙的弟弟拉姆卡乃就坐在病人的身边，轻轻地说道："哥哥，你如果想立遗嘱，你就讲吧。"

古鲁丘龙用微弱的声调说道："我说，你写吧。"拉姆卡乃准备好了纸和笔。

古鲁丘龙说道："我把我的一切动产和不动产全部留给我的合法妻子博罗达孙多丽女士。"拉姆卡乃写完了，但是他的笔有点儿不听使唤。他曾经怀有一个很大的希望：他唯一的儿子诺博迪普将会成为他这位无子嗣的长兄所有财产的继承人。虽然兄弟俩已分家另住，但是诺博迪普的母亲由于怀有这种希冀，就没有让诺博迪普去工作，并且早早地给他成了亲，而且这个婚姻如同向敌人脸上抹黑一样，毫无结果。然而，拉姆卡乃还是写好了遗嘱，并且把钢笔递到哥哥手里，让他签字。古鲁丘龙用虚弱而颤抖的手歪歪扭扭签了字，很难辨认他所写的就是他的名字。

当古鲁丘龙的妻子吃过饭，来到他身边的时候，古鲁丘龙已经不能说话了。看到这种情景，她哭了起来。那些希望继承财产而如今却失去这种希望的人却说，那是"虚假的眼泪"。不过，这话是不应该相信的。

诺博迪普的母亲听说遗嘱的事之后，就跑过来，大吵大闹，她说："老头子临死的时候糊涂了。他有这样一个金月般的侄子……"

拉姆卡乃尽管十分尊敬妻子（换一种说法，这种过分的尊敬即是恐惧），但是他实在忍不住了，于是就匆匆走过来，说道："夫人，你还没到糊涂的时候吧！你为什么要这样胡闹呢？哥哥走了，我现在还活着，你有什么要说的话，找个机会再对我讲，可是现在不是时候。"

诺博迪普得知消息也回来了，当时他的伯父已经不在人世。诺博迪普对死者威胁说："我倒要看看，谁在你的口中点火①！要是我为你举行火葬仪式，那我就不叫诺博迪普！"

古鲁丘龙是个不遵守清规戒律又很任性的人。宗教经典上所规定的那些绝对禁止食用的东西，他倒特别喜欢享用。

_____

① 按照印度教的传统，为死者举行火葬仪式的时候，要由死者的长子首先在其口上点火。——译者注

如果有人说，他是基督教徒，那他就会反唇相讥地说道："啊，罗摩，如果我是基督教徒，那我就要吃牛肉了。"他活着的时候是这种样子，难道死后倒要为缺少食物而担心吗？这种可能性是不存在的。然而，除了上面提到的那些做法，诺博迪普就再也没有报复的途径了。诺博迪普唯一的安慰就是，伯父的灵魂一到阴曹地府就会饿死。活在阳世间虽然没有得到伯父的遗产，总还是可以设法填饱肚子，但是伯父进入另一个世界，即使在那里乞讨也要不到食物。活着总是有许多优越性的。

拉姆卡乃来到博罗达孙多丽面前，说道："嫂子，哥哥把所有财产都留给你了。这是他的遗嘱。你要仔细把它放在铁箱子里锁好。"

这位遗孀当时嘴里一边数叨着长长的语句，一边高声恸哭，两三个女仆也陪她一起哭泣，在这种悲歌中不时地加入两三句新语，全村人都被惊醒了。此时这张遗嘱的出现打破了单调的恸哭，最初和最后的情感也不连贯了。下面所描写的事件就显得特别突出。

"啊，我是多么不幸啊！好了，兄弟，这个东西是谁写的？大概，是你写的吧？哎呀，还有谁会这样关心我呀，谁还会抬起头来看我一眼啊！你们都不要哭了，不要吼了，让我听兄弟把话说完。啊，我为什么不先走呀！我为什么还活在这个世界上啊！"

拉姆卡乃叹了一口气，在心里默默地说："这都是我们命运的过错。"

拉姆卡乃一回到家里,诺博迪普的母亲就揪住他不放。一头拉着重车的不幸的老牛,一旦陷入了深沟,即使受到赶车人的千百次抽打,也只好长时间地站在那里不动弹了。拉姆卡乃就是这样长时间默默地忍受着,最后他用忧伤的语调说,"我有什么过错!我又不是哥哥。"

诺博迪普的母亲厉声叫道:"吓,你可真是个大好人呀!你什么都不懂。哥哥说:'你写吧。'你这个弟弟就这样写了。你们全都是一样的好人!到时候你也会得到那种光荣的,你就等着吧。我死之后你再把一个丑陋的女妖精带到家里来,还要把我那金月般的诺博迪普赶到街上去流浪。不过,对此你不要抱有幻想,我不会很快就死的。"

就这样,女主人越是数叨着拉姆卡乃未来的放荡行为,她就越是变得怒不可遏。拉姆卡乃当然知道,为了消除这种想象中的怀疑,他对妻子哪怕表现出一点儿反对的意思,那么,其结果也会适得其反。拉姆卡乃出于这样一种担心,只好像罪人一样沉默不语——仿佛他真的做了那种事,仿佛是他剥夺了他那黄金般的儿子诺博迪普的财产继承权,而又把所有财产都留给他未来第二房妻子;似乎他现在正奄奄一息,此刻好像没有办法不承认罪过似的。

这期间,诺博迪普曾多次与他那些聪明的朋友商议,然后他对母亲说:"不必担忧。我一定会得到这份财产的。不过,应该让爸爸离开这里一些日子。他留在这里,是会坏事的。"诺博迪普的母亲一点儿也看不起孩子爸爸的聪明才智，然而她觉得儿子的话是有道理的。最后，在母亲的威逼下，他那位十分不中用的愚蠢的爸爸，在某种借口的驱使下前往贝拿勒斯住了一段时间。

不久，博罗达孙多丽和诺博迪普，先后到法院控告对方伪造遗嘱。诺博迪普出示了写有他自己名字的那份遗嘱。如果瞧一下该遗嘱的签名，可以清楚地看到古鲁丘龙的签字，同时，为该遗嘱还找到了一两个没有利益瓜葛的证人。博罗达孙多丽方面的唯一证人就是诺博迪普的父亲，而且无法辨认遗嘱上的签字出自何人之手。博罗达孙多丽有一位在她娘家长大的表弟，此人对她说道："表姐，你不用担心。我出庭给你作证，我还会找到证据的。"

当这个案子的材料全部准备好的时候，诺博迪普的母亲打发人把诺博迪普的父亲从贝拿勒斯叫了回来。这位听话的老好人，手里拿着皮包和雨伞及时赶回来了，甚至他还想开几句玩笑。他面带微笑双手合十地说："奴仆已经赶到，现在伟大的王后有何吩咐？"

女主人摇着头说："算了，算了，不要再开玩笑了。你找借口在贝拿勒斯住了这么多的日子，可是从来都没想过我们。"

就这样，夫妻双方长时间怀着善意开始相互责怪起来——最后从责怪个人转到责怪性别了。诺博迪普的母亲把男人的爱情比作穆斯林对母鸡的爱好。诺博迪普的父亲则说道："女人都是口中含蜜，腹中藏刀。"他虽然这么说，可是很难讲，诺博迪普的父亲何时曾经品尝过这种口中含蜜的滋味？

这时，拉姆卡乃突然接到法院发来的一张让他出庭作证的传票。正当他感到惊奇并努力思考这件事情的时候，诺博迪普的母亲来了，她哭哭啼啼地说道："那个煎骨吸髓的女妖精，不仅想剥夺我儿子诺博迪普对他所爱戴的伯父财产的合法继承权，而且还准备把我那位英俊的孩子投入监狱！"

最后，拉姆卡乃逐渐弄清了整个事情的真相，他的眼睛痴呆了。他高声说道："这都是你们干的缺德事！"

女主人逐渐现出了自己的原形，她说道："你为什么这样说？在这件事情上诺博迪普有什么过错！难道他就不该继承他伯父的家产?！他为什么要放弃呢?！"

突然不知从什么地方飞来了这么一个小眼睛的丑陋女人——这个麻风病人的女儿，既然这个女妖精谋害了丈夫的性命，那么，一个高贵家族的接续——金月般的后代又怎么能容忍呢！如果在伯父临死的时候，这个女妖精运用咒语使一个精神恍惚的老人理智出现差错，那么，他那位黄金般的侄子亲自去纠正这种差错，难道是无理之举吗！

心灰意冷的拉姆卡乃发现，他的妻子和儿子联合起来，有时大喊大叫，有时抛洒眼泪，当时他就用手击打着自己的前额，沉默不语地坐在那里。拉姆卡乃开始绝食了，甚至连水都不喝一口。

他不声不响，不吃不喝，就这样两天过去了。法院开庭的日子已经确定。这期间，诺博迪普通过对博罗达孙多丽表弟的恐吓、利诱将他制服了，他很容易就为诺博迪普做了伪证。正当胜利女神抛弃博罗达孙多丽并准备转到另一方面的时候，拉姆卡乃被传到了法庭上。

由于绝食老人已经唇干舌燥、奄奄一息，他用颤抖而瘦弱的手指头扶着证人席前面的栏杆。富有经验的律师为了获取证词十分策略地开始询问起来：从远处开始，拐弯抹角地慢慢接近问题的实质。

当时拉姆卡乃转过脸来，双手合十对审判员说："阁下，我这个老头子十分虚弱。我没有力气讲很多的话。我现在就把我要说的话简单地讲一下。我那位已故的哥哥古鲁丘龙·乔克罗博尔迪，在临终的时候立下遗嘱：把一切财产都留给他的妻子博罗达孙多丽女士。这个遗嘱是我亲笔写下的，而且我哥哥亲笔签了字。我儿子诺博迪普·琼德罗手里那份遗嘱是假的。"拉姆卡乃说完这番话，颤抖几下，立即就晕倒了。

有经验的律师对坐在他身边的检察员风趣地说："无为的劳动！我们怎么弄来了这么一个证人。"

博罗达孙多丽的表弟跑回来，对他的表姐说："老头子把整个案子翻了过来——根据我的证据，我们打赢了这场官司。"

他表姐说："确实如此！认识一个人是很不容易的。我知道那个老人是好人。"

诺博迪普被关进监狱，他那些聪明的朋友想了很久之后认定，那老头子当然是因为害怕才作出了这种蠢事；老头子一站在证人席上，就无法保持清醒的头脑。像他这样愚蠢的人，在全城再也找不到第二个了。

拉姆卡乃回到家里就发起高烧来。这个愚蠢的、坏事的、无用的父亲，在昏迷中常常呼叫他儿子的名字，最后终于离开了人世。在他的亲戚中有些人说："如果他能早几天离开这个世界，那就好了。"不过，我倒不想指出这些人的姓名。

1891 年?

（董友忱　译）

破　　裂

　　博诺马利和喜曼舒在亲缘关系上可称为姑表支上的兄弟；但是要澄清这种亲戚关系，就需要进行长时间的推算。不过，很久以来，这两家就是邻居，两家之间只隔着一个花园，因此，两家在亲缘关系上虽说不是近亲，可是两家却很亲密。

　　博诺马利比喜曼舒大好多岁。喜曼舒还没有长出牙齿、还不会说话的时候，博诺马利就常常在早晨和晚上抱着他来花园里呼吸新鲜空气，同他玩耍；当他哭的时候，就对他进行安慰，拍着他睡觉；为了让孩子们开心，理智健全的成年人，也不得不作出种种诸如频频摇头晃脑、高声怪叫等，与其年龄不相称的这样一些可笑的举动来，博诺马利当然也不例外。

　　博诺马利对于学业并不特别热心。他有花园和这个远亲支蔓上的弟弟。博诺马利对待喜曼舒，就像对待一株非常难得的十分珍贵的蔓藤一样，用自己的全部爱去培育他。当这个孩子占据了他的全部身心并且像蔓藤一样把他紧紧缠住的时候，他就觉得自己是一个很富有的人。

　　轻松地把自己的一切全部献给一种微不足道的追求，或者献给一个年幼的孩子，或者献给一个不知感恩的朋友，这种人是很少见的，但是还是存在着这样一种人的品格。在这广袤的天地间，他们把人生中一切宝贵的财富情愿交给唯一的小小友爱的怀抱，然后，可能就靠一点点收入而生活，并且以此而感到十分满意；或者，忽然在某一天的早晨，卖掉所有房产，沦为乞丐去沿街乞讨。

当喜曼舒稍微长大一点儿之后，虽说他和博诺马利在年龄和亲缘关系上存在着很大距离，但是在他们两个人之间却系上了一种类似友谊的纽带，两个人之间仿佛也不存在着长幼之分。

之所以出现这种情况，还有一个原因，喜曼舒开始学习读书写字了，并且自然产生了很大的求知欲望。他一得到书，就坐下来阅读，这其中的确读了不少无用的书，尽管如此，他的智力还是得到了全面的发展。博诺马利总是特别认真地倾听他的讲话，接受他的建议，同他讨论一切大大小小的问题，不论处理什么事情，都不再把他当作小孩子啦。用心灵最原始的慈爱汁液把一个孩子抚育成人，随着其年龄的增长，如果由于他的聪明才智和优良品德而受到人们的尊敬，那么，对于培育者来说，在天地间就再也找不到比他更可爱的宠物了。

喜曼舒对于花园也很感兴趣。不过，两个朋友在对待这个问题上是有差别的。博诺马利的兴趣出自内心的爱好，而喜曼舒却对知识感兴趣。博诺马利生来就有一种嗜好：精心照料大地上的一切柔弱的草木、无意识的生灵，它们并不渴望任何关心照料，可是一旦得到这种关心照料，它们就像人类家庭所有孩子一样，会茁壮成长。博诺马利有一项本能的爱好，就是精心培育这些比孩子还娇嫩的草木生灵。但是喜曼舒对草木的兴趣是出于好奇心，他只对种子发芽、出苗、草木绽蕾、开花感兴趣。

喜曼舒的脑子里产生了有关下种、嫁接、施肥、架设篱笆等方面的种种想法，而博诺马利就兴致勃勃地采纳这一切。他们俩人同心合力，在花园里进行各种分合改造，致使花园部分地改变了模样。

在这个花园里，正对着大门建有一个类似祭坛样的凉亭。四点钟一打过，博诺马利就换上一件单薄的上衣，在肩上搭一条皱皱巴巴的围巾，拿着烟袋，走进凉亭的背阴处，坐下来。博诺马利一个人坐在那里，身边没有朋友和亲人，手里没有书，也没有报纸。他坐在凉亭里独自吸烟，并且不时地无精打采地一会儿瞧瞧左边，一会儿又望望右边。时间就这样慢慢地过去了，就像从他烟管里喷吐的烟雾一样，匆匆升腾、破碎、聚合，最后消逝了，没有留下任何痕迹。

喜曼舒终于放学回来了。当他喝过水，洗过手和脸，然后出现在花园的时候，博诺马利就急忙放下烟管，站起身来，这时看一下他的表情就会明白，他这样耐着性子长时间地在等着谁。

随后，他们俩就在花园里散步。天黑下来之后，俩人就在凳子上坐下来——南风习习，吹拂着树叶，发出沙沙的声响；有时没有风，树叶宛如图画一样纹丝不动，而在头顶上却是满天的星星，在熠熠闪光。

喜曼舒在滔滔不绝地讲述着什么，博诺马利在静静地倾听着。有些议论即使他不理解，他也喜欢听。这些议论如果出自别人之口，他肯定会感到非常讨厌，可是从喜曼舒口里说出来，他倒觉得十分有趣。有他这样一位令人尊敬的成年聆听者，喜曼舒的演讲才能、记忆力、想象力都获得了令人满意的发展。他读过什么就讲述什么，他想到什么就说什么，有些是他脑子里固有的，但在许多情况下，他是凭借着想象来弥补自己知识的贫乏。他所讲述的话有许多是正确的，也有许多是荒谬的，但是博诺马利总是聚精会神地听他讲述，间或插一两句话，对于喜曼舒在回答他的提问时所做的解释，他是理解的。到了第二天，他就坐在树阴下，一边吸烟，一边长时间惊奇地思考着那些问题。

在这期间，发生了一次争吵。博诺马利一家的花园和喜曼舒家的住房之间有一条顺水沟，在这条顺水沟的一侧生长着一株柠檬树。当这株树上的柠檬果成熟的时候，博诺马利家的仆人就想去采摘，但是喜曼舒家的仆人却不让他们摘，于是双方就对骂起来。如果这种对骂是一种物质，那么就可以用它们填平这条顺水沟。

在这之后，博诺马利的父亲霍尔琼德罗和喜曼舒的父亲高库尔琼德罗又大吵了一次，两家为了占有这条顺水沟都向法院提出了申诉。

律师界一些伟大斗士各自代表一方，展开了旷日持久的舌战。双方为打这场官司所花费的钱财，即使是在帕德拉月的汛期用来截堵上述那条顺水沟，那条沟里的大水也会断流。

最后，霍尔琼德罗打赢了这场官司。法庭确证，这条沟是属于霍尔琼德罗的，那株柠檬树也不属于任何其他人。对方对法庭的判决提出了上诉，但是上级法院仍然把那条沟和那株柠檬树判归了霍尔琼德罗。

在法院审理这个案子的那些日子里，这两兄弟之间的友谊并没有受到损害。由于担心这场冲突的阴影会触及他们的亲密关系，博诺马利甚至企图更加牢固地把喜曼舒系在自己的心田，而喜曼舒也没有表现出丝毫的不满。

在法院判决霍尔琼德罗胜诉的那一天，在他们家里，特别是内室里，到处充满了喜悦气氛，只有博诺马利一夜没有合眼。第二天下午，他满面愁容地走进花园，在凉亭里坐下来，在这个世界上仿佛不是任何别人，而恰恰是他自己遭到一次大惨败。

这一天，时光在流逝，六点已过，但是喜曼舒还是没有来。博诺马利深深地叹了一口气，两眼望着喜曼舒一家的住宅。透过敞开的窗子，他看到喜曼舒的校服挂在衣架上，他所熟悉的许多东西都在屋里，这说明喜曼舒在家。他放下烟袋，在花园里悒悒不乐地踱来踱去，并且千百次瞧看喜曼舒家的那扇窗子，可是喜曼舒还是没有到花园里来。

晚上，亮起了灯光，博诺马利朝着喜曼舒家的住宅慢慢地走去。

高库尔琼德罗坐在大门口乘凉。他问道："谁？"

博诺马利吃了一惊，他仿佛是来行窃被当场捉住似的。他声音有些颤抖地说："叔叔，是我。"

"你来找谁？屋里没有人。"这位叔叔说。

博诺马利又走进花园，默默地坐在那里。

夜幕降临了。他看到，喜曼舒家的窗户一扇接一扇地关闭了，透过房门的缝隙射出来的灯光也逐渐熄灭了。在这漆黑的夜里，博诺马利感到，喜曼舒一家的所有门户都已对他关闭，只有他一个人孤零零地置身于户外的黑暗中。

次日，他又来到花园里坐下来。他想，今天大概喜曼舒会来的。长期以来，喜曼舒每天都来花园，从今以后他一次也不来啦——对于这一点博诺马利是无论如何也想象不到的。他从来也没有想过，他们之间的友谊会破裂；他万万没有想到，把生活中的全部苦乐都寄托在这种友谊之中是多么轻率呀。今天，他突然明白了，这种友谊的纽带扯断了，可是他内心里却根本不相信他们的友谊会在一瞬间毁灭。

每天博诺马利都按时到花园里来，期待着喜曼舒能偶尔来一次。然而，不幸的是，过去喜曼舒每天都来花园，可是到现在他一次也没有来。

一个星期天，博诺马利心里想，今天上午，喜曼舒会像以前一样来我们家里吃饭。他自己也不相信这一点，但是他又不愿意放弃这种期望。上午已过，喜曼舒还是没有来。

当时博诺马利说道："他吃过饭会来的。"但是他吃过饭也没有来。博诺马利在想："今天看来，他吃过饭正在睡觉。睡醒之后他会来的。"不知道他是什么时候睡醒的，但是他没有来。

这一天的黄昏又过去了，黑夜降临大地，喜曼舒家里的门户一一关闭了，灯光也一一熄灭了。

当残酷的命运就这样从博诺马利的手中夺走了从周一到周日的七天时光的时候，当那位命运之神没有为他实现夙愿留下一天时光的时候，博诺马利就把那双充满泪水的、蕴含着巨大委屈和哀怨的凄惨的目光投向喜曼舒家那座门户紧闭的住宅，并且把生活中的一切痛苦都汇聚成一句凄凉的话："真可怜啊！"

1891 年？

（董友忱　译）

移 交 财 产

一

布林达邦·昆德气呼呼地对他父亲说:"我现在就走!"

他父亲久根纳特·昆德回答道:"忘恩负义的东西!我从小就供你吃供你穿,在你身上花的钱你是永远还不清的,你不要逞能!"

久根纳特一家用于吃穿方面的开销并不很大。古代圣贤们在吃穿用度方面是非常节俭的;久根纳特的生活表明,在吃穿用度方面他可堪称是遵循古圣贤节俭遗风的典范。不过,他还不能完全做到这一点,那是因为当今社会存在着某些弊端以及为保护人体自然界还存在某些不合理的成规所致。

在没有结婚之前,儿子对于这种节俭还可以忍受,可是自从儿子结婚成家之后,在吃穿用度方面就同父亲那种十分圣洁的生活准则发生了冲突。可以看到,儿子的追求逐渐从精神方面转向物质方面。他就像懂得冷热饥渴的世人一样,开始仿效起世俗社会的生活来,自然,用于吃穿用度方面的开销也就不断增长。

父子俩为此事常常发生争吵。后来,布林达邦的妻子患了重病。医生为她开了一剂贵重药的处方，因此，久根纳特就认为医生不学无术，并且立即把他赶走了。起初，布林达邦低三下四地恳求父亲，后来居然发了火，可是毫无结果。他妻子死了，于是他就指责父亲是杀害自己妻子的凶手。

他父亲说："怎么能怪我呢？难道吃了药就不死人吗？如果说吃了贵重药，人就能长生不老，那么，国王为什么还会死呢？你母亲死了，你奶奶也死了，难道你的妻子就要比她们死得高贵？"

其实，布林达邦如果不沉湎于悲痛之中，如果能冷静地想一想，那么，他就会从父亲的这一番话里得到许多安慰。他的母亲和祖母在临死的时候都没有吃过药，这是他们家庭的一贯传统。然而，现代的年轻人是不愿意因遵循古老传统而死去的。在我们所提到的那个时代，英国人刚刚进入这个国家。但就在那个时候，从旧时代过来的老年人看到当时年轻人的举动行为，也会气得使劲儿吸烟。

不管怎么说，当时新派的布林达邦和守旧的久根纳特争吵起来，并且对他父亲说道："我走了。"

父亲立即表示同意，并且当着众人的面说道，如果他以后什么时候再给布林达邦一分钱，那么，就可以认为他犯有杀牛之罪①。布林达邦也当着众人的面说，他要是接受久根纳特的财产，那就等于他犯有弑死母亲之罪。从此之后，父

---

① 印度教视牛为神圣的动物，杀牛被视为极大的罪过。

子俩就分道扬镳了。

村民们经过长期的平静之后，都把这样一场小小的革命当作一件快事。特别是在久根纳特的儿子放弃继承权之后，大家都尽力安慰他，消除他那种难以忍受的与儿子决裂的痛苦。大伙儿说，为了老婆而与父亲吵翻，只有当今的青年人才做得出来。特别是一些人提出了一个很有说服力的理由，他们说，老婆死了，很快可以娶第二房，但是，如果父亲死了，即使你磕破了头，也不会再有父亲了。毫无疑问，这个理由是令人信服的，但是我相信，像布林达邦这样的小伙子，如果听到这种理由，不但不会感到遗憾，相反，还会高兴。

布林达邦出走的时候，看来，他父亲并没有感到十分痛心。布林达邦一走，可以节省一笔开销，除此之外，久根纳特内心里的一个巨大恐惧感消逝了。他一直担心，布林达邦说不定哪一天会用毒药毒死他。他总担心食物里下有毒药。自从儿媳妇死后，这种恐惧减少了一些，他儿子走了之后，他就完全放心了。

只有一种苦恼还留在他的心底，久根纳特4岁的孙子葛库尔琼德罗被布林达邦带走了。葛库尔吃穿用度的花销比较少，因此，久根纳特对他的疼爱是很深的。不过，当布林达邦把他带走的时候，久根纳特心里虽然也很难过，但是当时他还是只顾盘算节省花销了：两个人一走，一个月可以减少多少开支，一年内又可以节省多少；用所节省下来的这笔钱去放债，又会得到多少利息。

然而，没有葛库尔的顽皮淘气，久根纳特一个人待在这座空荡荡的房子里，心里就感到很不是滋味。今天，久根纳特很难过，祈祷的时候没有人再来捣乱，吃饭的时候没有人再来和他抢着吃，记账的时候再也没有人抢走他的墨水瓶了。他在宁静中洗过澡、吃过饭之后，心绪开始烦躁起来。

他仿佛觉得，人只有在死后才能获得这种宁静，特别是当他看到他的孙子在他的破床单上所扎出的孔洞和那个小画家在他的坐垫上所留下的墨迹的时候，他的心情就更无法平静下来。他那个一刻也闲不住的小孙子，两年内就穿破了一条围裤，为此他曾经遭到爷爷的臭骂。现在看见他扔在卧室里的那件皱巴巴、脏乎乎的破衣服，这位爷爷的两眼溢出了泪水。久根纳特没有用那件破衣服做灯芯或派做其他用场，而是小心翼翼地把它放进箱子里，并且在心里暗暗发誓道：如果葛库尔能回来，即便一年穿坏一条围裤，他也不会再骂他了。

可是葛库尔并没有回来，而且久根纳特仿佛比以前衰老了许多，这座空荡荡的住宅随着时光的流逝，显得更加空旷了。

久根纳特在家里再也待不下去了，甚至在中午，村里所有有身份的人们吃过午饭都在享受午睡之福的时候，久根纳特也会手拿着烟袋，在村子里转来转去。中午，当他这样默默转悠的时候，街上的孩子们一看见他，就会停止玩耍，向一个安全地方跑去，口里不断高声念着当地一个诗人所编的有关他吝啬的种种歌谣。因为害怕没有饭吃，谁都不敢直呼他父亲给他起的名字，所以大伙儿都按照自己的想法给他起了新的名字。上了年岁的人都叫他"久根纳什"，可是，不知道为什么孩子们都叫他"吸血蝙蝠"。大概，他那毫无血色的干枯的皮肤同上述那种蝙蝠有某些相似之处吧。

二

有一天，久根纳特像往常一样，在村子里的芒果树下转悠的时候，看见了一个陌生的男孩。这个男孩成了村里孩子们的头儿，当时这孩子正在教他们一种新的游戏方法。村里的其他孩子都很佩服他，因为他意志坚强并且富有新奇的想象力，所以大伙儿都从心眼儿里服从他的指挥。

其他孩子们一看见这个老头儿，就停止了戏耍，这个孩子却不这样，他走到老人跟前，解开自己的围巾，一条蜥蜴从围巾里跳到老人的身上，然后又从他身上跳下来，向树丛中窜去。突然的惊吓，使老人浑身起了一层鸡皮疙瘩，孩子们都开心地大笑起来。久根纳特还没有走出多远，搭在他肩上的毛巾就不见了，而在那个陌生孩子的头上却缠着那条毛巾。

从这个素不相识的孩子身上得到了这样一种新奇的不失

大雅的娱乐，久根纳特感到非常开心。他很久没有对任何孩子这样无拘无束地亲热啦。久根纳特同这个孩子进行了详细交谈并且向他作出各种许诺之后，才赢得了他的一些信任。

"你叫什么名字？"久根纳特问道。

"尼代·巴尔。"他回答说。

"你家在哪里？"

"我不说。"

"你父亲叫什么名字？"

"我不能说。"

"为什么不说？"

"我是从家里逃出来的。"

"你为什么逃出来？"

"我父亲想送我去上学。"

久根纳特当时想，送这种孩子上学简直是白白地浪费金钱，大概这孩子的父亲也是一个无知之辈。

"你愿意来我家住吗？"久根纳特问他。

这孩子没有表示反对，于是就毫不客气地在他家里住下来，就像往常在路旁大树下歇息一样。

不仅如此，他还在吃穿方面随心所欲地提出自己的种种要求，就好像他预先支付了一切费用一样，为此他和房主人常常发生争执。制服自己的孩子比较容易，但是在别人的孩子面前，久根纳特不得不承认失败。

三

村里人看到尼代·巴尔在久根纳特家里受到如此难以想象的关照，都感到十分惊讶。人们明白了，老头子活不了很久啦，他要把所有的财产交给这个不知从什么地方钻出来的外乡孩子。

大家都非常嫉妒这个孩子并且在想方设法伤害他，可是老头子像保护自己眼珠一样保护他。

这个孩子有时威胁老人说，他要走。久根纳特就向他许诺说："孩子，我要把我的全部财产都交给你。"尽管孩子的年龄还小，但是他对这种许诺还是完全明白的。

当时，村里的人们到处打听这孩子的父亲。他们说："哎，不知道这孩子的父母心里该多难过！这个浑小子真是罪孽不小啊！"

他们用最难听的语言咒骂这个孩子。他们之所以如此的气愤，其原因与其说是出于正义感，倒不如说是出于嫉妒。

有一天，老人听一个过路人说，一个名叫达摩多尔·巴尔的人正在四处寻找他的儿子，并说他很快就会到这个村子里来的。尼代听到这个消息后十分不安。他甚至要放弃将来移交给他的全部财产，准备逃走。

久根纳特一再安慰尼代说："我要把你藏到一个好地方，无论什么人都找不到，村里的人也找不到。"

"这地方在哪儿？领我去看看吧。"孩子很好奇地问道。

"如果现在领你去看，就会被人发现。等到夜里我领你去看。"久根纳特说。

听说有这样一个新的好玩的地方，尼代很高兴。他在心里默默地盘算：父亲找不到他就会走的，等父亲一走，他就和伙伴们到那里去玩捉迷藏。谁也找不到他，这太好玩啦！父亲来到村里，找遍了所有地方，到处找不到他。这太有趣啦！

中午，久根纳特把尼代锁在家里，自己走出家门，到一个地方去了。当他回来的时候，尼代缠着他问了许多问题，致使老人都感到不耐烦了。

还不到黄昏，尼代就说："我们走吧。"

久根纳特回答道："现在天还没有黑下来。"

尼代又对老人说："天已经黑了，爷爷，走吧。"

久根纳特说："现在村里人还没有睡呢。"

等了一会儿，尼代又说："现在人们都睡了，我们走吧。"

夜渐渐深了。尼代已经睡眼蒙眬，他虽然企图尽力驱逐困倦，可是还是打起瞌睡来。到了半夜，久根纳特抓住尼代的手，走出了家门，沿着沉睡的村庄里的一条漆黑的道路走着。除了偶尔一两声狗叫，引起附近其余狗呼应外，再也听不到任何声音了。有时夜鸟被脚步声惊起，急匆匆地向树林中飞去。尼代被吓得紧紧拉住久根纳特的手。

他们俩人穿过大片田地，最后走进位于密林中的一座没有神像的破庙里。尼代有些失望，他问道："就是这里吗？"

这个地方根本不像他所想象的那样好玩，这里也没有什么神秘之处。尼代从家里逃出来之后，经常在这种破庙里过夜。这个地方用于捉迷藏还是不坏的，但是这里并不是不可能被发现的。

久根纳特掀开了庙里地上的一块石板。孩子看见，下面是一个类似房间那样的地窖，里面亮着一盏油灯。尼代觉得既惊奇又有趣，同时也感到有些害怕。久根纳特搬来一个梯子，并沿着梯子下到地窖里，尼代跟在他的后面，也战战栗栗地下去了。

尼代下到地窖发现，四周摆着铜罐，中间铺着一个坐垫，坐垫前面摆着朱砂颜料、檀香膏、一个花环及祈祷用品。尼代出于好奇看了一下铜罐，发现里面全是钞票和金币。

久根纳特对尼代说："尼代，我说过，我要把所有的财产都交给你。我的全部钱财都在这些罐子里，此外，我再也没有什么了。今天，我就把所有这一切都交给你。"

孩子跳起来，问道："全都交给我？一个卢比你也不拿走？"

"我要是拿走，就让我的手长癞。不过，我有一句话要说。将来不论什么时候，如果我那个不知道下落的孙子葛库尔琼德罗或者他的儿子或孙子或重孙子，或者他家族中的什么人能回来，你就应该把所有这些财产交给他或他们。"

这孩子以为久根纳特发疯了，所以他马上答应说："好吧。"

久根纳特对他说道："那么，你坐在垫子上吧。"

"为什么？"

"你应该祈祷祭拜。"

"为什么呢？"

"这是一种规矩。"

孩子在垫子上坐下来。久根纳特在他的前额上涂了檀香膏，用朱砂点上了吉祥痣，在他的颈上挂上花环，然后自己坐在尼代面前，开始叨叨咕咕念起咒语来。

尼代犹如一尊神像一样坐在垫子上，听着咒语，心里有些恐惧，于是就叫道："爷爷！"

久根纳特没有回答，继续念他的咒语。

最后，他把所有铜罐很吃力地一一搬过来，放在尼代的面前，并且每搬过一个铜罐都让孩子跟着他念诵道："久提什替尔·昆德的儿子是戈达多尔·昆德，戈达多尔·昆德的儿子是普兰克里什诺·昆德，普兰克里什诺·昆德的儿子是波罗马农德·昆德，波罗马农德·昆德的儿子是久根纳特·昆德，久根纳特·昆德的儿子是布林达邦·昆德，布林达邦·昆德的儿子是葛库尔琼德罗·昆德。我保证把所有这些钱财如数地交给葛库尔琼德罗或他的儿子或孙子或他家族中其他合法的继承人。"

孩子就这样一遍又一遍地念诵着，仿佛变得昏眩了，舌头也开始打起卷儿来。当祈祷仪式结束的时候，这个小小的地窖已经弥漫着油灯的烟雾和两个人呼出的碳酸气。孩子已经感到口干舌燥，手脚发烧，呼吸困难。

　　灯光渐渐变得昏暗，忽然一下子熄灭了。尼代在黑暗中听到，久根纳特在顺着梯子向上爬去。

　　尼代惊恐地问道："爷爷，你到哪儿去？"

　　久根纳特回答说："我走了。你留在这里，没有人能找到。但是你要记住：久根纳特的孙子——布林达邦的儿子，是葛库尔琼德罗。"

　　他说完就爬了上去，并且把梯子撤走了。孩子憋得喘不过气来，十分吃力地说："爷爷，我要去找我爸爸。"

　　久根纳特用石板把洞口盖好，并把耳朵贴在石板上，听到了尼代哽咽的叫声："爷爷！"

　　随后，他又听到扑通一声，仿佛一件什么东西倒在地上了，此后就再也听不到什么声音了。

　　久根纳特就这样把财产交给了财产保护者，并且开始在那块大石板上加盖泥土，接着把破庙里的碎砖乱石堆在上面，又在泥土上移栽一些带土的草根和灌木。黑夜即将过去，可是久根纳特却不愿意离开这个地方。他不时地把耳朵贴在地上听一听。他仿佛觉得，从很远的地方，从大地的深处，传来了哭泣声。他仿佛觉得，这种哭泣声在夜空中回荡，世界上所有沉睡的人们似乎都被这种哭泣惊醒了，仿佛他们都坐在床上细心地倾听着。

老头子不安起来，又往那块石板上压了一层土。这样一来，似乎就可以封住大地的嘴巴。

"爸爸!"有人叫了一声。

老头子一边在泥土上砸一边说："别吭声，人们会听见的。"

"爸爸!"有人又叫了一声。

久根纳特看到太阳已经升起来了。他惊慌地走出庙门，来到外面的田野上，有人正是在这里呼叫"爸爸"。

久根纳特吃了一惊，急忙转过身来一看，原来是布林达邦。

布林达邦对他说："爸爸，我已经打听清楚了，我儿子就藏在你家里。把他还给我吧。"

老人的嘴和脸变得很难看，他探过身子向布林达邦问道："你的儿子?"

布林达邦回答说："是的，是葛库尔。他现在名叫尼代·巴尔，我现在的名字叫达摩多尔。你在这一带是出了名的人，所以，我们出于羞愧而改了名字，否则，就没有人呼叫我们的名字啦。"

老人伸出十个指头，抚摸空间，仿佛想把空气抓在手里似的，随后就昏倒在地上了。

久根纳特清醒过来后，就把布林达邦领到庙里，并且问他道："听到哭声没有?"

"没有。"布林达邦回答说。

"你把耳朵贴在地上听听看，是不是有人在呼叫爸爸?"

布林达邦说："没有。"

老头子当时似乎非常放心了。

从此之后，老头子逢人就问："你听到哭声没有?"人们听了这疯子的问话都笑了。

大约又过了四年之后，老头子的死期到了。他的眼睛已经失去光泽，呼吸几乎快要停止了。这时候，他突然一下子坐起来，伸出两手向四周摸着，一瞬间口中喃喃说道："尼代，谁把我的梯子搬走了?"

他没有找到那一个能从既无空气又无阳光的大地窖里爬上来的梯子，扑通一声又倒在了床上。

他走了——前往那个在玩捉迷藏时永远不会被人发现的地方去了。

1891年巴乌沙月

（董友忱　译）

弃　绝

一

　　早春的微风饱含着芒果花香轻轻拂来。池塘边老荔枝树上，繁枝茂叶丛中的一只杜鹃，毫无倦意地婉转鸣唱。这歌声传到了穆库杰家的一间卧室里。这会儿，赫蒙托神情恍惚，尚未就寝。他时而将妻子的发辫绕在手指上，时而把她的钏镯拨弄得叮当作响，时而把她头上的花饰解散，奋拉到脸上。赫蒙托的心情，就像那阵阵晚风——在平静的花丛中嬉戏，一会儿从这边吹来，一会儿从那边吹来，把花枝吹得东摇西晃，像似它们随之起舞。

　　可是，库苏姆却纹丝不动地坐着。她双眸凝视着月光笼罩的渺茫太空，似乎完全没有察觉到丈夫的激动。后来，赫蒙托急切地握住她的双手，晃悠着说："库苏姆，你在哪儿？你离我真是太遥远了。即使用高倍望远镜对准你仔细观察，也只能看到一个小小的斑点。啊！我心爱的！靠近一些吧！你看，夜晚是多么美妙呀！"

　　库苏姆把目光从渺茫的夜空收回来，望着丈夫说："我知道一句咒语，它可以顷刻间把这月夜，把这春光，打得粉碎，化为灰烬。"

"倘若你知道这样的咒语，那就千万别念了。相反，如果你知道能使一个星期内有三四个星期天的咒语，或者能使夜晚延长到明天下午五六点钟的咒语，我倒很愿意听听。"

赫蒙托说着，想把妻子拉得更近一些。但库苏姆却从丈夫怀里挣脱出来，说："今天我想对你说一件本来打算在临终的时候再对你说的事，但今天我已经想好了，还是对你讲了好。不管你如何惩罚我，我都能忍受。"

赫蒙托正准备开个玩笑，罚她背诵一首久耶代博①的诗歌。这时，突然传来了一阵急促的拖鞋声，由远及近，非常熟悉。这是赫蒙托的父亲——霍里霍尔·穆库杰来了。赫蒙托顿时局促不安起来。

霍里霍尔来到房门口，大声吼叫着："赫蒙托，马上把你妻子从家里赶出去！"

赫蒙托望着妻子。只见她脸上没有丝毫惊讶的表示，只是用双手紧紧地捂着脸，仿佛想用全身力气和整个灵魂，使自己化为一缕青烟。杜鹃的鸣唱仍然随着南风飘进房间，但谁也没心思去欣赏。大地的美是无穷无尽的，然而，这一切又是多么容易改变啊！

———————————

① 久耶代博（Jayadabe）：印度中世纪一位毗湿奴派诗人，也意译为"胜天"。——译者注

二

赫蒙托从外面回来，问妻子："这是真的吗？"

"是真的。"妻子回答说。

"为什么以前不告诉我呢？"

"我好几次想对你说的，可是总说不出口。我真是罪孽深重啊！"

"那今天就把一切都告诉我吧！"

库苏姆以深沉、严肃的声调，把一切都讲了出来。她仿佛是迈着坚定的步伐，从火堆上走过来的，谁也不知道烈焰把她灼伤得多么厉害。赫蒙托听完后，起身走了。

库苏姆明白，丈夫这样一走，再也不会原样地回来了。她泰然处之，毫不感到惊奇，就像对待一件日常琐事一样。一种枯燥、冷漠的情绪，在她内心深处蔓延。她认为，世界和爱情，只不过是彻头彻尾的谎言和虚幻。甚至连赫蒙托过去信誓旦旦的爱情表白，也像一把锋利无情的匕首，深深刺伤了她的心，使她感到冷酷、乏味、凄惨和悲切。也许她想过，爱情似乎是非常高尚的，非常强烈的；稍一离开它，就会感到钻心的疼痛；轻柔地抚摩它，就会带来莫大的快乐。爱情就是这样——仿佛它广阔无垠，世世代代川流不息。但是，它所依赖的基础并不牢靠！只要社会轻轻地冲击它一下，永恒的爱就会冰消雪融，化成一撮尘土。刚才赫蒙托还在耳边激动地说："夜晚是多么美妙呀！"但现在，这一夜还没有消失，杜鹃也还在鸣叫，南风依然吹拂着蚊帐，月光还像一个困乏沉睡的美人，静静地躺在窗边的卧榻上。唉，所有这一切都是谎言。爱情在愚弄人，宛如海市蜃楼，虚无缥缈！

三

赫蒙托彻夜失眠。第二天一早，就疯了似的赶到佩里松科尔·沙戈尔的家里。佩里松科尔问道："啊，我的孩子！有什么事吗？"

赫蒙托气得浑身发抖，像一团熊熊燃烧的烈火，说："你亵渎了我们的种姓，给我们带来了毁灭。你一定会受到惩罚的！"

说着说着，他嗓子哽咽了。

佩里松科尔微微一笑，说："可是，你们却保全了我的种姓，保住了我的社会地位，而且还亲昵地拍我的后背呢！你们待我，真是关怀备至，宠爱垂青！"

赫蒙托本想以婆罗门的怒火，把佩里松科尔立即烧成灰烬。可是，这怒火只烧伤了自己，而佩里松科尔却安然无恙，毫无损伤地坐在他的面前。

赫蒙托结结巴巴地质问："我做了什么对不起你的事呢？"

佩里松科尔说:"我倒要问问你,我的女儿——我唯一的孩子,她难道伤害过你的父亲吗?你当时还很小,可能不知道这件事。那你就认真地听着吧!孩子,请别着急,这件事还是很有趣的。"

"我的女婿诺博纳托,偷了我女儿的珠宝跑到英国去的时候,你还是个毛孩子。五年之后,他当了律师回国了。当时,在村里引起了一阵骚动。这一点,也许你还有点印象。当然,你也可能不知道,因为那时,你正在加尔各答读书。你父亲作为一村之长,当时说——如果想把女儿送到她丈夫家去,那她从今以后,就别再进我的家门。我手抱着他的脚苦苦哀来说:'大哥,你就饶了我这一次吧!我一定让这小子吃牛屎,举行赎罪仪式,请你们恢复他的种姓!'可是,你父亲无论如何也不同意。然而我是不能抛弃我唯一的女儿的。于是,我告别了家族,离开了家乡,迁到加尔各答来住。虽然来到了这里,可并没有摆脱灾难。我为侄子张罗婚事,一切都准备好了,可你父亲却从中作梗,使这门亲事告吹了。我当时发誓——如若不报此仇,我就不是婆罗门的弟子。现在,你多少有点明白了吧!不过,请耐心听我说,当你把整个事件从头至尾听完之后,你一定会满意的,这确实很有意思呢!"

"你在大学念书的时候,你隔壁住的是比普罗达斯·查特吉。这个不幸的人,现在已经去世了。那时,查特吉先生家里收养了一个年轻寡妇，她叫库苏姆，是迦耶斯特①家的孤儿。小寡妇长得很漂亮。老婆罗门费尽心机，尽量不让她抛头露面，免得那些大学生老是盯着她瞧。然而，对于一个少妇来说，要蒙蔽一个老人是不费吹灰之力的。她常常到屋顶凉台上晒衣服。我相信，你也认为那里是背书的好地方。你们俩在彼此的凉台上是怎么交谈的，你们自己清楚。不过，老人对姑娘的举止，产生了疑虑。因为她在操持家务时，常出差错，而且她还像热恋中的婆婆蒂一样，渐渐开始食不甘味，夜不能寐了。有几个晚上，她竟在老人面前，无缘无故地流眼泪。"

"老人终于发现，你们俩时常在凉台上眉目传情。有时，你甚至不去上课，中午也手拿书本坐在凉台的一角。你忽然喜欢独自一人念书了。比普罗达斯找我商量。我对他说：'大叔，你不是早就想去贝拿勒斯吗？你现在就去圣地进香吧！姑娘留在我这里，我来照看她。'"

"比普罗达斯进香去了。我把姑娘安置在斯里波蒂·查特吉的家里，让他冒充姑娘的父亲。以后的情况，你就都知道了。我把事情的始末开诚布公地都对你讲了，我也就如释重负，感到很高兴。这真像一篇有趣的小说。我有时想，把这所有的一切都写出来，印成一本书，该多好啊！但可惜我

---

　　① 迦耶斯特：印度一种以写文书为业的种姓，低于婆罗门种姓。——译者注

不是作家。听说我侄子颇有创作才能，我打算让他来写。当然，如果你能与他合作，共同来完成，那是再好不过了。因为故事的结局，我还不太清楚。"

赫蒙托没有理会佩里松科尔末尾几句话，问道："库苏姆丝毫也没有反对过这件婚事吗？"

"嗯，"佩里松科尔说，"她是不是反对，这就很难说了。孩子，你知道，女人的心是很难猜度的。当她们说'不'的时候，可能要理解为'是'。搬到新家的头几天，因为见不到你，她几乎要发疯了。我看得出来，你从哪里得到了消息。每次去学校时，你总是手拿书本，像迷了路似的，在斯里波蒂家门前徘徊。显然，你不是在寻找去大学的路，而是紧紧盯着良民百姓家里的窗户——这只是昆虫和害相思病的青年的心所要找的路。当时的所见所闻，使我很苦恼。我知道，这对你的学习极其有害，而且姑娘的处境也很可怜。"

"有一天，我把库苏姆叫来，对她说：'孩子，我是一个老人，在我面前，你不必害羞。我知道，你在思念谁。那个年轻人的日子也很不好过呀！我衷心希望你们能生活在一起。'"

"库苏姆刚一听完，就放声大哭起来，跑走了。以后，我就常去斯里波蒂家里，把你的一些情况告诉库苏姆，她逐渐地克服了羞怯。后来，我们每天都要谈论这方面的事，而且我告诉她，除了结婚之外，是无路可走了。库苏姆说："

'这怎么行呢？'我说：'没关系。我们把你当成库林①人家的女儿。'经过多次开导规劝之后，她要我探听你对这件事的意见。我说：'那孩子都快想疯了，有什么必要对他讲这错综复杂的关系呢？如果这件事安稳平静没有波折地过去了，那就大家满意，万事大吉。特别是这些话永远也不会泄漏出去，何必要节外生枝，使那不幸的人终生痛苦呢？'"

"我不知道，库苏姆是不是明白了这个计划。她有时哭泣，有时沉默。最后当我说：'这件事就算了吧！'她又心慌意乱起来。既然到了这个地步，我就打发斯里波蒂来给你提亲。我知道，你毫不犹豫地同意了。当时，结婚的一切事宜，就这样定了下来。"

"结婚前不久，库苏姆变得非常固执，我怎么劝她也不顶事。她握着我的手，或者抱着我的脚说：'大叔，这件事就算了吧！'我说：'讲什么傻话。一切都已决定了啊！现在怎么能半途而废呢？'她说：'那你就放风出去，说我突然死了吧！把我送到别的什么地方去，藏起来。'"

"'这样做，那孩子会怎么样呢？'我说，'他多日的理想，眼看明天就要实现了。他现在高兴得了不得，仿佛进了天堂。如果我今天突然告诉他说你死了，那么，第二天我就不得不把他的死讯带给你。这样，当晚又会有人把你的死讯

---

① 库林：印度婆罗门中间的一种高贵种姓。

告诉我。我这么大一把年纪的人，难道要落个谋杀妇女和婆罗门的罪名吗?!'"

"没多久，选了一个良辰吉日，举行了喜庆的婚礼。我终于摆脱了自己的沉重负担。以后的事情，不用说了，你都知道。"

赫蒙托问："你对我们想要做的都已经做了，那为什么又要把这个秘密泄露出来呢?"

"我已经知道，"佩里松科尔说，"你妹妹的婚事安排好了。我心里想，我已经玷污了一个婆罗门的种姓——当然，这是我的职责。但是，现在又有另一个婆罗门面临被玷污的危险。这次我有责任来阻止。我已经给他们写了信。我说，我可以证明——赫蒙托娶了一个首陀罗的女儿。"

赫蒙托竭力控制住自己，说道："我打算休弃这个女子，她会怎么样? 你能收养她吗?"

"该我做的事情，我已经做了。"佩里松科尔说，"现在养育别人遗弃的妻子，可不是我的责任。外面有人吗? 给赫蒙托先生端杯冰镇椰子汁来，再拿点蒟酱叶来。"

赫蒙托没有等这份清凉可口的饮料端进来，就起身告辞了。

四

朔月的第五天，漆黑的夜晚，没有鸟鸣，池塘边的荔枝树，仿佛是深色画布上涂抹的一道墨迹。在这个黑夜里，只有南风像梦游者一样，盲目地转悠飘荡。天上的星辰，以机警的目光，竭力想透过黑暗来发现人间的奥秘。

卧室里没有点灯。赫蒙托坐在靠窗子的床上，凝视着前面的夜空。库苏姆躺在地板上，双手抱着他的脚，并把脸依偎在这双脚上。时间像平静的海洋，停滞不动。似乎是"命运"这位画家，在无边无际的夜幕背景上，创作了一幅永恒的画面——四周死一样的寂静，中间坐着一位威严的法官，他的脚下匍匐着一个有罪的女人。

拖鞋声又响了。霍里霍尔·穆库杰走到房门口，说："已经过了很长时间了，我不能再等待。快把这女人从家里赶出去！"

库苏姆听到这些话后，顷刻间以自己毕生的激情，更加紧紧地抱住了赫蒙托的双脚，不停地吻着，并以额触脚。最后，她松开了丈夫的双脚。

赫蒙托站了起来，对父亲说："我不能弃绝自己的妻子。"

霍里霍尔咆哮如雷，吼叫道："你难道要弃绝种姓吗？"

"我不在乎种姓。"

"那你也一起滚出去！"

1892 年拜沙克月

（黄志坤　译　董友忱　校）

一　　夜

我和苏尔芭拉一起上小学，一起玩耍。每当我去她家里的时候，她母亲对我特别好，又总是把我们俩相提并论，常常赞叹道："啊！这两个孩子多么般配呀！"

虽然我年龄还小，但是我能理解这话的含意，对于苏尔芭拉，我比别人更拥有一种特殊的权利。这种念头在我的思想中已经深深扎了根。由于我陶醉于这种权利之中，所以我就不能不对她常常发号施令，作出一些粗暴的举动。而她却总是耐心地去执行我的各种指令，承受我对她的惩罚。村里人都夸她长得娇美，但是她的娇美在一个野蛮的男孩子眼中是没有价值的——我只知道，苏尔芭拉是为了承认我这个主人的地位才降生在她父母的家里。因此，她就成为我特别蔑视的对象。

我父亲是地主乔杜里的大管家。他希望我长大后跟他学习管理地主账房的本领，以便将来我也能找到管家的差事，但是我心里却很不愿意。我们村里的尼尔罗东，跑到加尔各答去学习，后来当上了一名税务检察官。我的一生奋斗目标，也要像他那样——即使不能成为税务检察官，至少也要做一名法院首席书记员，我就这样默默地下定了决心。

我经常发现，我父亲对于法院的上述工作人员是非常景仰的——我从孩提时代起就看到，父亲以种种借口，经常带着鱼、菜、钱去孝敬他们，因此，法院的小职员乃至通信员都在我心目中占有十分显赫的地位。他们就是我们孟加拉邦的受崇拜之神，他们是三亿三千万人的一种新的小小的追求。为了获得物质利益，人们在内心里对他们的指望要比对财神嘎乃沙本身还要大；从前用于敬奉嘎乃沙的资金，现在都落在他们的手里。

我深受尼尔罗东这个榜样的鼓舞，抓住一个机会，也跑到了加尔各答。起初，我住在同村的一个熟人那里。后来，我开始得到父亲的一些接济，学习也走上了正轨。

此外，我还加入了一个协会。为了祖国而牺牲自己的生命是很值得的，对此我毫不怀疑。但是，我不知道怎样才能实现上述夙愿，而且也没有任何人为我作出榜样。不过，谈论起这种事情来，我倒是不乏热情。我们是来自农村的孩子，不像加尔各答那些早熟的孩子们那样，学会了讥笑一切事物，相反，我们的信念是很坚定的。我们协会的领导者们经常发表演说，而我们都饿着肚子，中午在炽热的阳光熏烤下，挨家挨户地去征集签名，乞求施舍，在大街上散发传单，布置会场，安排桌椅；要是有谁说一句损害协会领导者声誉的话，我们就会同他厮打起来。城里的年轻人看到我们的这种表现，就称呼我们是东孟加拉土包子。

我来加尔各答的目的，是想成为一名法官，可是现在却充当了运动的陪衬。

就在这个时候，我的父亲和苏尔芭拉的父亲都一致主张为我们俩筹办婚事。

我15岁时跑到加尔各答，当时苏尔芭拉才8岁；现在我已经18岁了。我父亲认为，我已经超过了结婚的年龄。但是对此问题我在心里发誓说："我一辈子都不结婚，我要把自己的一生献给祖国。"不过，我对父亲却说，不完成学业，我不能结婚。

两三个月之后我获悉：苏尔芭拉和律师拉姆洛琼先生结了婚。当时我正为贫困的印度征集捐款，所以就觉得这个消息是件微不足道的小事。

我已考入大学，正准备第一次文科考试的时候，我父亲去世了。在家里不只我一个人，还有我的母亲和两个妹妹。因此，我必须离开学校，回去找工作。经过种种努力，终于在诺瓦卡利地区一个小镇的小学校里谋到第二级教师的职位。

我满以为，我找到了一份适合自己的工作。我要通过教育和鼓励，把每一个学生培养成为未来印度的军事将领。

我开始工作之后才发现，应付所面临的考试要比考虑印度未来前途紧迫得多。除了语法和代数，再向学生们讲授其他别的东西，校长会生气的。不到两个月，我的热情也开始消失了。

像我这样的平庸之辈，坐在家里常常想入非非，可是一旦走上工作岗位之后，肩上套上枷板，背后承受鞭打，日复一日地埋头拉犁耕耘，晚上只要能吃饱肚子，也就心满意足了，再也没有那种青春勃勃的热情了。

为了预防火灾，需要一位教师住在学校里值班。我孤身一人，这项任务自然落到了我的肩上。我就住在与学校大礼堂相连的一所房子里。

我们学校的校舍位于一个大池塘的岸边，距离民房不太远。四周生长着槟榔树、椰子树和木棉树，而紧靠着校舍有两株高大的古老尼姆树，两株树的树冠已经连成一片，形成了树荫。

有一件事，至今我都没提起过，而且直到现在，我都认为没必要提起。当地政府的律师拉姆洛琼·拉伊的住宅离我们学校不太远。我知道，他和妻子——我童年的女友苏尔芭拉住在一起。

我认识拉姆洛琼先生。我不知道，他是否晓得我在童年曾经同苏尔芭拉一起上过学。我还觉得，重新见面时再提及此事是不合适的。况且，对于苏尔芭拉在一个时期同我的生活有过某种联系这件事，我已经淡漠了。

假期里的一天，我前往拉姆洛琼先生家去拜会他。我已经不记得当时我们谈了些什么问题，大概，讨论了当时印度的困难情况。不能说拉姆洛琼先生对此问题特别忧虑和热心，但他还是一边吸烟，一边滔滔不绝地谈论这个题目，达一个半小时之久。

就在这时候，我听到从隔壁房间传来柔和悦耳的手镯丁零声、衣裙的窸窣声和轻轻的脚步声。我明白了，大概，透过窗户的缝隙一双好奇的眼睛正在望着我。

我立即回忆起那双眼睛——充满信赖、坦诚和童贞之爱的那双炯炯有神的大眼睛，黑黑的眼珠、浓浓的睫毛，刚毅而温柔的眼神。我突然觉得，仿佛有人用一只坚硬的巨掌压在我的胸口，顿时感到心里一阵剧烈疼痛。

我回到了住处，但是这种疼痛感并没有消逝。不论读书还是写字，不论做什么，我都无法驱除内心里的这种压抑感；思绪仿佛变成一个巨大的重物，在我胸口的血管上滚压起来。

到了晚上，稍微平静了一点儿。我开始思索起来，为什么会出现这种感觉呢？我内心质问道："你那位苏尔芭拉到哪儿去了？"

我反驳道："我是自愿离开她的呀。难道她能等我一辈子吗？"

在我的内心里有人说道："现在即使你磕破了头，也再没有权利看一眼当时你想得到的人了。尽管童年时代的苏尔芭拉和你那样亲近，可是现在你只能听到她的手镯声，闻到她发油的芳香，一堵墙把你们俩人永远分开了。"

我说道："不要说了，苏尔芭拉算是我的什么人呢？"

我又听到了内心的回答："今天苏尔芭拉同你已经没有关系了，可是苏尔芭拉难道就不可能成为你的人吗？"

这话讲得对呀。苏尔芭拉难道就不可能成为我的人吗？

她是我最贴心的人，是我最亲近的人。她本来可以成为分享我生活一切苦乐的伴侣，可是，如今她却离我那么遥远，简直成了一个陌生人啦。今天，已不允许我去会见她，甚至同她说说话也是一种过失，思念她更被视为一种罪过。还有，不知从什么地方突然冒出来一个拉姆洛琼，他凭借着念诵几句咒语，猛扑过来，一瞬间就把苏尔芭拉给夺走了。

我不打算在人类社会中推行一种新的道德，也不想摧毁现存的社会，扯断现有的联系。我只想诉说我内心中的真实感受。可是，内心里所萌生的一切感受又怎么能说得清呢？苏尔芭拉虽然住在拉姆洛琼的家里，但是我对于她较之拉姆洛琼拥有更多的权利——我无法打消这种念头。我承认，这种想法是极不对头的，也是毫无道理的，可是却也不违背情理。

从那以后，我无论做什么，都不能集中精力。中午，学生们在教室里大声喧哗，但外面的一切却显得十分宁静，熏风习习，吹送着尼姆树的花香。这时候我心里萌发了一个愿望——我不知道这是一个什么愿望——但是我现在可以说明，我不想就这样度过自己的一生：整天为这些前途无量的未来印度的活动家们修改语法错误。

学校放假了，我一个人留在一所大房子里，心情很不平静。即使有人来访，我也不想接待。晚上，我一边听着池塘岸边槟榔树和椰子树枝叶发出的毫无意义的沙沙絮语，一边想，人类社会就是一张错综复杂的谬误之网。人们往往不想在一定的时间内去完成一项确定的事务，可是后来时过境迁，却又怀着一种非分之想而痛苦不堪。

像我这样的人，如果同苏尔芭拉结婚，本来可以幸福地生活，直至白头偕老；也许我会成为一个大人物，可是到头来，却当上了一名乡村小学教师！而拉姆洛琼·拉伊则是一名律师，他成为苏尔芭拉的丈夫是没有任何必然的理由的。直到结婚前夕，不论苏尔芭拉还是婆博松克，对他来说都一样，他会不假思索地同其中任何一个姑娘结婚。他作为政府聘请的律师，每天可以拿到 5 个卢比。每当他闻到牛奶烧焦的气味时，他就会责骂苏尔芭拉，可是当他心情好的时候，他就会为苏尔芭拉定做首饰。身体肥胖的拉姆洛琼总是穿一件长衫。他没有任何不顺心的事。当然，他也不会坐在池塘岸边，望着天上的星星，消磨晚上的时光。

拉姆洛琼为一个大案子到外地出差去了。我想，苏尔芭拉独自一人待在家里，就像我一个人留住在学校里一样。

我记得，那一天是星期一。从早晨起天空就布满了乌云。从十点钟开始，淅淅沥沥地下起雨来。校长看了一下天色，就给学生们放了假。大块大块的乌云，漫天翻腾滚动，仿佛前去参加一次盛大聚会似的。次日下午，开始下起了瓢泼大雨，并且伴随着狂风。夜越来越深了，暴雨狂风也越来越大。起初，刮的是东风，随后逐渐刮起了北风和东北风。

这一夜，企图入睡是徒劳的。我心里想到了苏尔芭拉，在这种恶劣的天气她一个人待在家里。我们学校的房子要比她家的房子坚固。我几次想把她接到学校里来，而我自己可以到池塘岸上去过夜。但是我始终下不了决心。

大约夜里一点半的时候，突然传来了洪水的咆哮声——河水决堤了。我走出校舍，匆匆向苏尔芭拉的家里奔去。我还没有到达池塘的岸边，路上的大水已经没过了我的膝盖。我刚刚登上池塘岸边的一处高地，洪水的峰头第二次涌了过来。

我们池塘岸边的这一块高地高出地面十来尺。当我登上这块高地的时候，有一个人从另一个方向也上来了。我的整个身心都意识到了这个人是谁，而且我毫不怀疑，她也认出了我。

周围到处都是洪水，只有这块五六尺长的孤岛上伫立着我们这两个生灵。

当时好像到了世界末日，天上的星星不见了，地上的一切灯火也熄灭了。当时如果说说话，也没有什么关系，但是我们两个人一句话也没有说，甚至都没向对方问候一句。

我们两个人只是站在那里，望着漆黑的方向。在我们的脚下，深邃昏黑的、带来死亡的激流简直像疯了一样，怒吼着急驰而过。

今天，苏尔芭拉离开了整个世界，来到我的身边。今天，在苏尔芭拉身边除了我再没有什么人了。从前，那个童年时代的苏尔芭拉从另一个世界——从一个古老神秘的黑暗世界飘落在充满阳光月华和芸芸众生的这个世界，就住在离我很近的隔壁；而今夜，在过了许多日月之后，苏尔芭拉离开那个充满阳光月华和芸芸众生的世界，在这个可怕的毁灭性的无人的黑夜，独自一人来到我的身边。生之激流把一株含苞待放的清新花蕾送到我的身边，而死之激流却把一株盛开的鲜花送到我的面前——现在只要再涌来一排巨浪，我们两个人就会从大地的边缘和分离的茎秆上跌落下去，融为一体。

但愿这排巨浪不要来。就让苏尔芭拉同她的丈夫及儿女永远幸福地生活吧。这一夜我站在世界伟大末日的岸边，品尝到了无限的欢乐。

夜即将过去，风暴停了，洪水消了。苏尔芭拉一句话也没说，向自己家里走去，我也没说一句话，向自己的住处走去。

我想，我既不是检察官，也不是管家，更不是首席书记员，我只是一所破旧小学的第二级教师。在我今生今世的生活中，只有那一个漫漫黑夜的一个短暂的时间——在我所度过的所有日日夜夜中，只有那一个夜晚是我渺小人生中唯一最富有意义的。

1892 年杰斯塔月

（董友忱　译）

纸 牌 国

一

在那非常遥远的大海，曾有这样一个岛屿。这里住着纸牌国的国王、皇后、幺点和杰克。还有两点、三点，直至九点、十点等许多成员，但他们不属于高级种姓。

幺点、国王、杰克分别为三个最高的种姓，而十点、九点等则属最低种姓。他们之间是有严格界限的，不能平起平坐。

这里的规章制度非常稀奇古怪，每个人的价值和威望，自远古以来就已确定，谁也不能越雷池一步。大家都各自干着所确定的工作。自古以来，只是按原来式样，亦步亦趋。

这里的一切，对于外来人来说，是不可理解的。玩笑可突然铸成大错，因而他们只是循规蹈矩地去去回回，按部就班地来来往往，约定俗成地上上下下。仿佛有一只看不见的大手在指挥操纵着他们，他们也就依此行动。

他们从来没有用言语表达过任何思想。他们的思想似乎死亡了，仿佛是一幅空空洞洞的图画。自远古以来，从他们头上的帽子到脚上的鞋子，都一成不变地保存至今。

从来，谁也用不着动脑筋，谁也不用讨论什么。大家犹如哑巴一般，无精打采、毫无生气，悄没声儿地溜溜达达。跌倒时也无声无息，躺在地上五官呆板，傻乎乎地仰望着天空。

纸牌国里谁都没有愿望，没有追求，没有恐惧，没有开创新路的勇气。他们没有欢笑，没有悲伤，没有怀疑，也没有犹豫不决，就像笼中的鸟儿，犹如描绘的图画，在这里看不到任何生机勃勃的不平静的指责。

但是有一时期，这里也曾有过生命的春天，就是鸟笼摇晃之时，似乎可以听到从里面传来的鸟鸣和歌唱。茂密丛林和广阔天空的话语，可入心田。即使这时，也只有鸟笼的狭小空间和排列有序的鸟笼铁栏杆，才可以察觉到。至于鸟儿是飞走了？是死去了？还是虽然活着但如死去般的存在？那就谁也说不清楚了。

纸牌国里出奇的平静和安宁。大家都很满意和知足，在路上、在码头上以及在家里，大家都组织有序，规规矩矩。没有嘈杂，没有矛盾，没有热情，没有追求——大家只有那种永远少得可怜的工作和休息。

大海热情饱满地永不停息地低声哼唱，用那千万朵雪花般的巧手轻拍着岛岸，让整个岛国沉浸在睡梦之中。太空像只伸出蓝色翅膀的母鸟，环抱着这个海岛。遥远的对岸，因隔着大海，看上去像一条深蓝色的线。那边的争吵和打架的声音，不可能飘过大海，传到这个海岛上来。

二

在离纸牌国海岛很远的对岸，住着一位失宠王后的儿子。这位王子与被驱逐的母亲住在大海的岸边。他在这里孤独寂寞地度过了童年。

王子常常独自默默地坐着，全心全意地编织伟大理想之网。在幻梦中，他把那理想之网撒向四面八方，然后就在自己家门口来搜集世上的各种新颖的奇珍异宝。他那躁动不安的理智，总是在遥遥的海岸、天边和蓝色群山的边缘徘徊。王子念念不忘寻找鸟王的飞马、蛇王头上的宝石、永不凋谢的鲜花以及金条和银条，或者勇渡7海和13条大河，去那难以进入的魔王之家，因为梦寐以求的天仙般美丽的公主，就在那里熟睡。

王子上学时，他从商人的儿子那里听到许多有关国内外的故事；从警察局长的儿子那里听到过许多妖魔鬼怪的故事。

大雨倾盆、彤云密布的时候，王子常坐在家门口母亲的身旁，看着大海说："妈，你讲一个非常遥远国家的故事吧！"

王子的母亲就把自己小时候听到的一个前所未有的、闻所未闻的故事讲给儿子听。在沙沙的雨声中，王子听着故事，心情十分悲切。

一天，商人的儿子对王子说："朋友，我的书念完了。现在我要外出旅游，特来与你辞行的。"

王子说："我与你一起去！"

警察局长的儿子也说："伙计，你们想把我扔下不管吗？不行，我也与你们一起走。"

王子对忧伤的母亲说："妈，我要外出旅游。回来时，我会找到解除你痛苦的办法。"

三位朋友结伴出发了。

三

商人准备了 12 艘大船，三位朋友乘船起航了。南风劲吹，船帆高扬，船队就像王子的急切心情一样，乘风破浪地在海上急速行驶。

他们来到海螺岛，装了一船海螺。来到檀香岛，又装了一船檀香木。在珊瑚岛，他们又装了一船的珊瑚。

四年之后，他们又满满地装了四艘船—— 一船象牙、一船麝香、一船丁香和一船豆蔻。

一天，突然刮起了翻江倒海的风暴，所有的船只都沉没了。三位朋友坐的那艘大船也被撞得粉碎。风浪把他们三个抛到了一个海岛上。

三位朋友落难的海岛，正是那纸牌国的海岛。纸牌国幺点、国王、皇后、杰克都在这里循规蹈矩地住着，十点、九点等也以幺点、国王等为榜样，在这里规规矩矩、老老实实、安闲自在地过日子。

四

纸牌国一直平平静静，没有纷争。自从三个伙伴被海浪冲到这个岛国后，一天傍晚，这里发生了第一场辩论——他们三人该划归什么类别？

首先，他们属于什么种姓——属幺点、国王和杰克的种姓，还是属十点、九点等这最低的种姓？

第二，他们属于哪一族——属于黑桃还是属于梅花？属于红心还是属于方块？

这一切如果定不下来，以什么方式对待他们——就很难办了。他们吃什么样的伙食？他们与谁住在一起？他们之中谁有权头冲西北睡？谁有权头冲西南睡？谁有权头冲东北睡？还有，谁起来后还可以再睡呢？这一切都是很难确定的。

在这个王国，像如此重大紧迫而且颇费脑筋的问题，以前是从未有过的。

然而，纸牌国这一切最重要的问题，对于三位饿得要命的外来朋友来说，都是微不足道的，不值一提的。他们所思所想只是如何弄点吃的，以维持生命。当大家都在犹豫不决，是否给他们食物以及幺点们召开大会寻找法律依据时，这三位外国人，见到什么就吃什么，根本就顾不得岛上的各种清规戒律。

看到外来人如此毫无顾忌的举动，甚至连两点、三点都惊讶不已。三点说："两点老弟，这些人真不知羞耻！"

两点回答说："三点老兄，依我看，他们的种姓比我们的还要低下！"

三位朋友吃饱喝足之后，就开始溜达兜风。他们看到这里的人，很不一般，颇为异样。仿佛世上就根本没有他们存在的价值，似乎他们被谁抽掉了灵魂后而遭到了抛弃。他们好像全都没有理智，抛开了社会关系，摇摇晃晃，趑趄不前。他们若是干什么事情，仿佛有谁在统一指挥，简直就像木偶似的晃动。谁都沉默不语，谁也不作思考，大家都表情严肃，规规矩矩按部就班地来来往往，大家都显得极为呆板。

王子看到四周生灵各种毫无生气的表现，抬起头来，哈哈大笑。这发自内心好奇的巨大笑声，在纸牌国宁静的大道上激起五花八门的回响。这里，所有的人都一样的循规蹈矩，一样的有条不紊，一样的古老，一样的深沉，仿佛怕被自己突然呼出的杂音把自己吓一大跳。四周的人群比开始时更加静谧，更加惊奇。

警察局长的儿子和商人的儿子，震惊不已，毛骨悚然地对王子说："伙计兄弟，在这个沉寂阴森可怕的地方，再也不能待下去了！要是在这里再待两天，说不定我们性命都难保了!"

王子说:"不,兄弟!我对这里很感兴趣!我看这些家伙有些像人。应该把他们翻来倒去地瞧瞧,看看他们身上是否还有一点活人的热血。"

五

这样过了一段日子。这三位外来的年轻人,根本不把这里的规章制度放在眼里。他们站起来、坐下去、扭体转身、仰面朝天、俯身看地、摇摇脑袋、翻翻跟头,肆无忌惮,随心所欲,没有一个动作,没有一件事情是符合纸牌国的规矩和民俗的。相反,看到岛上居民的奇规异俗,却是百般嘲笑。在这数不胜数的规章制度和民情风俗中,他们没有一样看得上眼,完全不把其严肃性当作一回事。

一天,幺点、国王和杰克来了。他们对王子、商人的儿子和警察局长的儿子表情严肃地瓮声瓮气问道:"你们为什么不按这里的规章制度行事?"

三位伙计回答说:"我们愿意,我们想怎样就怎样!"

纸牌王国三位不明事理未见世面者,如坠五里云雾,仍瓮声瓮气地说道:"愿意?!愿意是什么人?"

他们当时确实不知道"愿意"是谁,不过,岛上的人都会逐渐地明白的。三位从外国来的活生生的范例唤醒了人们，人的整个自由广阔无垠，清规戒律是难以约束的。每天可以看到，许多事情可以这样做，也可以那样做；可以朝这个方向走，也可以朝另一个方向走。这样一来，对"愿意"体会越来越深的人们，开始模糊地感到自己拥有一种政治权利。

既然有了这样的感觉，纸牌国就从头到尾从里到外、一部分一部分地开始动摇起来——就像一条酣睡初醒的巨大蟒蛇，许多节已经觉醒，并开始极其缓慢地蠕动起来了。

六

无论是黑桃皇后、梅花皇后，还是红桃皇后、方块皇后，这些天来一直是朝谁也不看一眼，只是默默无声地、心平气和地干着自己的事情。有一次，在一个春天的午后，这些皇后中有一位，把她那浓黑的眉毛往上一挑，媚态横生地朝王子匆匆瞟了一眼。王子惊讶不已地叫道："我的天呀，原来我以为她们是些画像！不是的，我看清楚了，她们是真正的女人！"

王子把两个伙伴——警察局长的儿子和商人的儿子叫来，并对他们说道："兄弟，这位女子楚楚动人，当她那又黑又亮的眼睛朝我匆匆一瞥时，我心中感到，仿佛看见了新创造出来的世界的第一道曙光，这些天来，我东奔西跑地忙碌着，今天才算开了眼界！"

两位伙计非常惊奇，面带笑容地问道："朋友，真是这么一回事吗?!"

从这天起，可怜的红桃皇后心情愈来愈糟，常常把各种规章制度忘得一干二净。本来规定她站在某处，可她却屡次破坏已定的制度。想想看，本来她应站在同一花色杰克的旁边，可她竟突然站在王子的身旁。于是杰克板着面孔语气严厉地说："皇后，你站错了位置！"

红桃皇后听到后，本来就很红的面颊变得更红了。她只好低头不语。王子却替她回答道："没有站错位置！从今天起，我就是杰克。"

美人的心如鲜花儿怒放，可导引出前所未有的辉煌，这也是难以想象的美色开始动摇之时。皇后的行为中显露出甜蜜的烦躁不安。她的目光显露出心灵的起伏不定。从她的整个存在，显露出一种芬芳扑鼻的呼吸。

今天，当大家一心想纠正皇后的错误时，自己却频频出错：幺点忘记了捍卫自古以来的权威；国王和杰克混在一起，不分高下；九点和十点早就乱了套。

在这古老的岛国，春天的杜鹃叫过多少遍，可是像这回这样的叫法却从来没有过。大海过去整天一个调儿唱着歌，孜孜不倦地宣告着这永远不变的规章制度是牢不可破的。而今，大海突然像南风掀起的桀骜不驯的新的浪花，以自己的光、自己的影、自己的姿势和自己的语言，力图诉说自己深不可测的惊恐不安。

七

这是幺点吗？这是国王吗？这是杰克吗？他们原来那种心满意足、酒足饭饱圆滑的相貌哪里去了？一些人在抬头观天，一些人在海边打坐，谁都夜不能寐，谁都不思茶饭。

有的人愁眉不展，有的人爱意缠绵，有的人悲观失望，有的人满腹狐疑；有的地方欢声笑语，有的地方鬼哭狼嚎，有的地方则歌声四起。人人都在注意自己的相貌，同时又不断观察别人。大家都在拿别人来与自己进行比较。

幺点暗想：国王看上去长得还不错，可是还谈不上漂亮。我行为的最大特点就在于——我一出现，任何人的目光都会毫不例外地被吸引过来。

国王思忖：幺点总是昂首挺胸，大摇大摆。他以为，所有的皇后见到他都会对他敞开心扉，爱得要命……想到这里，国王诡秘地一笑，对着镜子仔细看着自己的容颜。

岛国的所有皇后，整天把自己打扮得花枝招展，个个沉鱼落雁，闭月羞花。相互见面还总是哀叹："哎，羞煞我也!"

女人们收拾得如此漂亮，先生们不免望尘莫及，自惭形秽。他们看着自己的容貌，羞愧难当。因而女人们更是加倍地举止娇媚，卖弄风情。

还有，或是两位男朋，或者两位女友，在没有人的静谧处相互搂着脖子，在说悄悄话。一会儿咯咯大笑，一会儿号啕大哭。有时突然大怒，有时彬彬有礼，有时又万般哀求。

那些年轻小伙子无精打采，在路旁，在林阴里，在树底下，背靠着树干，伸着双腿，懒洋洋地坐着。姑娘们穿着蓝色衣裳，偶尔也来到这林阴覆盖的路上。不过她们低着头，目不斜视，好像谁也没有看到，她们到这里来似乎不是来看什么人。

有个胆大妄为的小伙子，忍耐不住，鼓起勇气，走到一位姑娘的面前。可是，他傻呆呆地站着，激动得连一句话也说不出来。那美妙的时刻就这样流逝了，美人儿像来时那样又悄悄地消失在远方。

鸟儿在枝头上鸣唱。轻风吹拂，弄乱了女人们的一缕发丝。树枝嫩叶沙沙作响。大海那无休无止的波涛声，使人们心中琢磨不定的渴望，加倍地汹涌澎湃起来。

在这个春天，三位外来年轻人，给这个干涸了的大河注满了新生活的浪潮。

八

王子看到，整个纸牌国正处在潮涨潮落、浪涛汹涌之际，只能是进一步，退两步。人们只是在自己心中构筑如此梦幻——建造沙石堡垒和毁坏沙石堡垒。大家几乎都坐在房屋的角落里，准备以自身向火神献祭。人们日益消瘦和变得沉默寡言，只是两只眼睛发光，炯炯有神。由于内心深藏的话语躁动不安，双唇如风中摇晃的花朵，颤抖不已。

王子把大家召来，并对他们说："把竹笛笙箫拿出来，把铙钹锣鼓奏起来！红桃皇后今天要亲自挑选终身伴侣！"

这时候，十点、九点把竹笛笙箫吹了起来。二点、三点把铙钹锣鼓也敲响了。这欢乐的浪潮，突然把那惶惑不安的悄悄耳语、愁眉不展、举止失措的气氛一扫而光！

在这盛大的节日里，大家欢聚一堂。几多的话语，几多的笑声，几多的欢乐！有多少心里话要对人叙述！有多少虚伪做作流露出不信任！有多少胡言乱语在高声大笑中消失！这场景宛如那稠密的树林，突然刮起了一阵大风，细枝嫩叶簌簌作响，藤萝树影婆娑起舞。

在这喜庆欢乐的节日里，从早上起，在竹笛笙箫的伴奏下，就飘荡着声音洪亮、音色细美的歌声。欢乐中蕴藏着深沉，欢聚中包含着离愁，世界舞台孕育着艳美！每一个心灵中积蓄着未满足的痛苦！让那尚未相爱者热烈地相爱吧！让那已爱过者在欢喜之中淡忘吧！

红桃皇后穿着鲜红的盛装，一整天都在树阴处单独悄悄地坐着。她两眼微闭，倾心地听着远处传来的乐曲声。当皇后睁开眼睛时，她看到王子就坐在自己的对面，并目不转睛地凝视着她的面容。她急急忙忙用双手遮住脸，又羞又怕地浑身颤抖，向后退缩，仿佛要躲藏到地下去。

那天，王子在海边独自待了一整天。他心里琢磨着红桃皇后那惊喜交集的匆匆一瞥，以及她那羞愧躲藏的可爱姿容。

九

晚上，各类青年男女，精心收拾打扮，服装华丽，满面笑容地来到了会场。这里，千万盏灯光芒四射，各种花环香气扑鼻，竹笛笙箫乐曲四溢。这时一位浓妆艳抹的漂亮姑娘，手持花环，微微颤抖，缓缓来到了王子的跟前，她低着头站住了。她未能把花环戴到她如意郎君的脖子上，也未敢抬起头来看看自己心上人的面孔。

王子马上自己低下头来，让花环自动落到自己的脖子上。此时，稍许宁静的五彩缤纷的会场又突然爆发出狂欢巨喜的呼喊声。

大家对新郎和新娘敬爱有加，推崇备至，将他们热烈地簇拥上了王位。王国的人们团结一致，大家为王子隆重地加冕。

十

在大海的彼岸，忧伤的王后正乘一艘金碧辉煌的大船，朝儿子领导的新的王国进发。

纸牌画面的一群形象，忽然全都变成了真实的人。现在再也不像过去那样死气沉沉的寂静和毫无变化的深沉。新国王把这岛屿变成了一个崭新的国家。在这里，人们自由地表达自己的喜怒哀乐，这已形成了社会风气的主流。现在——不管谁好谁坏，谁高兴、谁悲伤——大家都是真正的人。如今大家再也不受过去那些陈规陋俗的束缚，都按自己的愿望，或高尚，或卑微，自由地生活了。

1892 年阿沙拉月

（黄志坤　译　董友忱　校）

活着还是死了

一

　　在拉尼哈特，住着地主沙罗达松科尔先生一家。他家里有一个寡妇。这位寡妇的娘家一个人也没有了，所有的人都一一死去。至于说到她自己的丈夫家嘛，也没有什么人了。她既没有丈夫，又没有儿子。她的一个侄子，就是沙罗达松科尔的幼子，成了这位寡妇的掌上明珠。他母亲生下他后，就长期身患重病，所以这个孩子就由这位寡妇婶母迦冬比妮来抚养。抚养别人的孩子，她似乎格外用心，因为对于别人的孩子，她没有任何权利，也没有任何社会要求，只有爱的要求。但是，在社会面前，她是不能根据某一条法律来证明自己的这种要求的，而且她也不想这样做。她只是以双倍的热情，疼爱着这个靠不住的心爱的宝贝。

　　寡妇迦冬比妮，在这个孩子身上耗尽了自己所有的爱之后，在斯拉万月的一天夜里，突然死去。不知什么原因，她的心脏突然停止了跳动——而宇宙空间到处都在继续前进，唯独在这个温柔的、充满爱的小小胸口里，时钟的机械永远停止了转动。

　　为了避免警察纠缠，这位地主没有怎么声张，就吩咐他的四个婆罗门伙计，尽快把尸体运走火化。

拉尼卡特火葬场，离村子很远。在那里一个池塘边上，有一间茅屋。茅屋附近长着一棵高大的榕树，周围是一大片空旷的草地。从前，有一条河流经这里，现在河已经完全干涸。在这条干涸的河道上，人们挖掘了一个大坑，作为火葬场的池塘。至今，人们还把这个池塘看作是那条圣河的象征。

尸体就停放在那间茅屋里，四个人坐在那里，等待着焚尸的木柴。时间好像过得很慢，他们都等得有些不耐烦了。这四个人中的尼达伊和古鲁丘龙，离开了那间茅屋，去查看为什么这么长时间还没有把木柴运来；比图和波诺马利仍然坐在那里，守着尸体。

那是斯拉万月里的一个漆黑的夜晚。天空布满了乌云，连一颗星星都看不见。两个人默默地坐在那间黑咕隆咚的屋子里。他们当中的一个人用围巾裹着火柴和蜡烛，但是在雨季，火柴是很难划着的。他们带来的灯笼也熄灭了。

他们就这样默默地坐了很长时间之后，一个人说："喂，老兄！要是有一袋烟抽抽，该多好哇！来的时候太匆忙，什么都没有带来。"

另一个人说："我很快地跑回去，拿一些来吧！"

比图知道波诺马利企图逃走，于是就说："我敢发誓，我看你是想让我一个人守在这里！"

谈话又中断了。五分钟仿佛就像一个小时似的。他们两个人在心里咒骂去运木柴的人——他们一定是坐在什么地方一边聊天一边吸烟呢。在他们两个人的心目中，这种怀疑越来越强烈了。

万籁俱寂，只有蟋蟀和青蛙在池塘边叫个不停。这时候，他们俩仿佛觉得尸体轻轻地动了一两下——好像听到尸体在翻身。

比图和波诺马利吓得浑身发抖，不停地念颂着罗摩的名字。忽然，在这间茅屋里听到了一声深深的呼吸。比图和波诺马利立即逃出茅屋，向村里跑去。

大约跑了6公里，比图和波诺马利碰到了他们那两个伙伴提着灯笼回来了。他们两个人的确吸烟去了，根本没有去打听运木柴的事，可是他们却说，树已经锯倒，正在劈呢，不久就会运到。比图和波诺马利把茅屋里发生的事，详细地告诉了自己的伙伴。可是，尼达伊和古鲁丘龙根本不相信，而且还因为他们俩离开茅屋很生气，并且严厉地责怪他们。

他们四个人立即返回火葬场。他们走进茅屋，发现尸体不在了，停尸床空空的。

四个人面面相觑。如果是被豺狼叼走了，也会留下一点衣服的碎片的。他们来到外边查看，发现在门外的一块泥地上，有刚踩过的瘦小的女人脚印。

沙罗达松科尔，不是一个简单的人。假如突然把这闹鬼的事告诉他，是不可能得到什么好处的。当时，他们四个经过仔细商量之后决定：就说尸体已经火化了。

早晨，木柴运到了。他们对运木柴的人说，尸体已经火化，因为茅屋里原来还存有一些木柴。对这件事，谁都不会产生怀疑，因为尸体不是什么值钱的东西，谁也不会乘机把它偷走。

二

大家都知道，当一个人的生命即将结束的时候，在很多情况下，这生命仍然潜伏在体内，而且常常会在死亡的躯体里重新复活。迦冬比妮就是如此，她并没有死——她的生命活动只不过由于某种原因突然中断了一下。

当她恢复了知觉以后，看到周围一片漆黑。她感到自己躺着的这个地方，不是她通常睡觉的位置。于是她就叫了一声"姐姐"，但在这黑洞洞的房子里，并没有人回答。她惶恐地坐起来，才想起了那是张停尸床。当时，她突然感到一阵心绞痛和呼吸困难。她大嫂坐在屋里的一角，正在火上给孩子热奶。迦冬比妮再也支持不住了，就倒在床上，并用断断续续的声音说："姐姐，你把孩子抱过来一下。我感到我的生命要完结了。"后来，她觉得四周一片漆黑，就像是一瓶墨水倒在了一个笔记本上一样。迦冬比妮的所有记忆和知觉，世界这本书中的所有字母，顷刻之间都变成另一个样子。孩子是否用甜蜜的、充满爱的声音最后一次呼叫过他的婶母？在她离开熟悉的尘世，走上那陌生的、无尽头的死亡

119

之路的时候，她是否接受了这最后一次爱的礼物？对于这一切，她都记不起来了。

首先她感到，阴曹地府怎么这样寂寞和昏暗。在那里，什么也看不见，什么也听不见，也没有什么事儿干，只能这样清醒地永远坐着。

后来，突然从敞开的门中吹进来一股潮湿的冷风，雨季里青蛙的鸣叫声，也传到了她的耳朵里。这时候，在她这短暂的一生中对雨季所形成的印象，立刻清晰地浮现在她的脑海里，并且感觉到了她与这世界的密切联系。一道闪电划破夜空，附近的池塘、榕树、宽阔的田野，远处一行行的树木，一瞬间映入她的眼帘。她想起来了，每当节日她常来这个池塘里洗澡，并且还记得，有一次在这个火葬场上看见死尸的时候，就觉得死亡十分可怕。

首先她想，还是应当回家去。但是她马上又想道："我已经不是活人了，家里能收留我吗？我会给家里带来不幸的。我是从活人的王国里被赶出来的人——我只是我自己的鬼魂。"

如果不是鬼魂，她怎么能在这深更半夜从四门紧闭的沙罗达松科尔的家里来到这个难以行走的火葬场呢？即使现在火化仪式还没有结束，那么，来焚尸的人又跑到哪里去了呢？她回忆起来了，在灯火辉煌的沙罗达松科尔家里，她临死时候的最后情景；后来她又发现，原来她是独自一人在这离家很远、漆黑而又空无一人的火葬场上。她明白了："我已经不再是这个世界上的人了，我是一个极可怕的、肮脏的幽灵，我是我自己的鬼魂。”

她一想到这里，就觉得她同周围世界的一切联系仿佛都中断了。她仿佛获得了一种惊人的力量和无限的自由——想到哪里，就可以到哪里；想做什么，就可以做什么。这种前所未有的新的感觉一出现，她简直就像一个疯子一样，一阵风似地冲出茅屋，在漆黑的火葬场上走着，心里一点儿也不感到羞愧、胆怯和忧虑。

走着走着，她感到腿有些累了，身子有些发软。辽阔的草地连绵不断，一眼望不到边——间或也有一些稻田——有的地方水没膝盖。黎明渐渐降临大地，从附近民房周围的竹林里，传出了一两只鸟儿的啼鸣。

她当时感到有些恐惧。她不知道，和尘世和活人现在应当建立一种什么样的新型关系。当她在草地、在火葬场、在斯拉万月漆黑的夜里走着的时候，她一点儿也不觉得害怕，就像在自己的王国里一样。可是在光天化日之下，民房对她来说倒显得十分恐惧。人怕鬼，鬼也怕人，人和鬼是分住在死亡之河的两岸上的。

三

迦冬比妮的衣服上沾满了泥土，又因为她脑子里胡思乱想，而且一夜都没有合眼，所以看上去简直就像一个疯子。

人们如果看到她这副模样，一定会感到恐惧；孩子们见了，也会逃到远处，用土块向她投掷。很幸运的是，在这种情况下，最先看见她的是一个过路的好人。

这个过路人来到她的身边，说道："女士，看来，你是一个有身份人家的媳妇。你这身打扮，一个人到哪里去?"

迦冬比妮开始什么都没有回答，只是凝望着对方。她一时想不出来如何回答。她万万没有想到，她还活在人世，看上去还像一个有身份人家的媳妇，而且乡间路上的行人还在问她话。

这位行人又对她说，"走吧，女士，我送你回家去。请告诉我，你的家在哪里。"

迦冬比妮思考起来。她不想回婆家，也不想回到娘家去。当时她想起了童年时代的女友。

虽然她和女友久格玛娅在童年就分开了，但是她们彼此经常有书信来往。有一段时间，她们俩还时常争论彼此相爱的问题。迦冬比妮企图证明，她是深爱久格玛娅的，而久格玛娅则想表明，迦冬比妮没有对她的爱给予应有的回答。两个女友都深信，如果有机会能再重逢，那她们俩就一定会一刻也不想分开。

迦冬比妮对这位好人说："我要到什里波迪丘龙先生家里去，他们家住在尼申达布尔。"

这位过路人要去加尔各答，尼申达布尔虽然不近，但倒是顺路。于是，他就亲自把迦冬比妮送到什里波迪丘龙先生的家里。

两位女友又相逢了。一开始，彼此都不敢相认，尔后童年时候的相貌才渐渐浮现在两个人的眼前。

久格玛娅说："哎呀呀！我多么幸运呐！我真没有想到会再见到你。朋友，你是怎么来的？你婆家的人难道肯放你出来吗？"

迦冬比妮默默不语，最后才说："朋友，你不必问我婆家的事了。你就像对待女仆一样，在你家的一个角落里给我安排一个落脚的地方吧。我要为你们效劳。"

"哎哟，这是什么话！怎么能把你当仆人呢？你是我的朋友呀！"久格玛娅说。

正在这时候，什里波迪走进房间。迦冬比妮望着他的脸。过了一会儿，才慢慢地从房间里走出去——她头上没有罩纱丽，也看不出有任何羞怯或谦恭的表情。

为了不使什里波迪对她的女友反感，久格玛娅急忙向丈夫进行各种解释。但是刚说了几句，什里波迪就轻易地同意了妻子的建议，这使得久格玛娅并不感到特别满意。

迦冬比妮虽然来到了女友的家里，但是她和女友已经不那么亲密——在她们之间隔着一条死亡的鸿沟。迦冬比妮总是对自己存有一种怀疑，每当她意识到这一点的时候，她就不再去接触别人。迦冬比妮望着久格玛娅的脸，仿佛在想："她有丈夫和家庭，仿佛生活在另一个遥远的世界里。她有爱情和种种责任，她是尘世中的人，而我就像一个虚无缥缈的影子；她生活在现实的国度里，而我仿佛生活在无限的虚幻之中。"

久格玛娅也感到别扭，但是又无法理解。女人对于神秘的东西是不能忍受的——因为怀着这种神秘的情感尽管可以作诗，可以创造英雄业绩，可以研究学问，但是却不能用它来操持家务。所以，女人对于她不理解的东西，或者是消灭它，不再和它发生任何关系；或者是亲手把它重新改造成一种可用的东西——假如这两者都不能实现，那她们就会对这种神秘的东西感到非常气愤。

久格玛娅对迦冬比妮越是不理解，就越生她的气。她想："这件倒霉的事情，怎么落到了我的头上！"

现在又出现了另一个威胁。迦冬比妮对她自己感到恐惧，但她又无法离开自己而逃走。凡是怕鬼的人，总有后怕的感觉——因为他们总觉得背后很可怕。但是，迦冬比妮最害怕自身，对于外界，她并不恐惧。

因此，在寂静的中午，当她一个人在房里的时候，常常惊叫起来；晚上，在灯光下看见自己的身影，她就吓得浑身瑟瑟发抖。

看到她那种惊恐万状的神态，住在这个家里的人，也都产生了恐惧感。仆人们和久格玛娅，也开始怀疑这个家里出了鬼。

有一天，发生了这样一件事：半夜里，迦冬比妮哭哭啼啼地走出自己的卧室，来到久格玛娅的房间门口，叫道："姐姐，姐姐！我跪在你的脚下，求求你！不要再把我一个人扔在一边啦！"

久格玛娅既怕又气，她真想立即把迦冬比妮赶走。富有同情心的什里波迪，费了很大劲才使她冷静下来，并且把她安顿在隔壁的房间里。

第二天一早，什里波迪就被叫到内室。久格玛娅立即开始责备起丈夫来了："好哇！你算什么人呐！一个女人离开自己的婆家，来到你的家里，一住就是一个多月，而且根本就不打算走，我从你的嘴里也没有听到一句反对的话。你说说看，你这是打的什么主意？你们男人，原来都是这种德性！"

一个男人不加区别地对一个普通的女人表示好感，女人们就会为此认为他是犯了弥天大罪。什里波迪尽管可以抚摩着久格玛娅的身子发誓说，他对那个无依无靠的、美丽的迦冬比妮的同情，并没有超出应有的限度，然而，这一点还是应当用行动来证明的。

他常常在想："迦冬比妮婆家的人，一定是对待这个无子的寡妇很无理很粗暴，所以她才在忍无可忍的情况下跑到我家里来安身。既然她的父母等亲人都没有了，我怎么好赶她走呢？"正因为他有这样的想法，所以也就没有进行调查，而且询问这种不愉快的事情，也会使迦冬比妮感到痛心，因此他就没有问及此事。

当时，他妻子对她这位麻痹的丈夫进行了种种攻击。什里波迪清楚地意识到，要想使这个家庭保持和睦，必须给迦冬比妮的婆家写封信去。后来，他又觉得，突然写信去，可能不会有什么好结果，于是就决定亲自到拉尼哈特去一趟，待了解情况之后再相机行事。

什里波迪走后，久格玛娅对迦冬比妮说："朋友，你继续待在这里，就不太好了。人们会怎么议论呢？"

迦冬比妮严肃地望着久格玛娅的脸，回答说："人们和我有什么关系呢？"

久格玛娅听了她的话，十分惊愕。她气呼呼地说："和你没有什么关系，和我们可有关系呀。我们把别人家的媳妇留在自己家里，怎么向人们解释呢？"

"我的婆家在哪里？"迦冬比妮问道。

久格玛娅在想："啊，多可怕呀！这个不幸的女人在胡说什么呀？"

迦冬比妮慢吞吞地说："我算你们家的什么人呢？我在这个世界上又算什么呢？你们有欢笑，有哭泣，有爱情，每个人都在做着自己的事，可我只是在观望着。你们是人，而我只是个影子。我不理解，神灵为什么让我到你们这个世界中来。你们也在担心，我会给你们的欢乐带来不幸——我也不明白，我和你们有什么关系。既然天神没有再给我安排住处，那么我就无牵无挂、无忧无虑，因此就转悠到你们这里来了。"

她就这样一边凝视着自己的女友，一边讲述着。久格玛娅似乎明白了她这番话的意思，其实她并没真正理解，所以她一句话也没有回答。她也没有再问什么，就心情沉重地离去。

四

夜里十点来钟，什里波迪从拉尼哈特回来了。整个世界都淹没在滂沱大雨里了。潇潇雨声，使人感到雨没有尽头，夜也没有尽头。

久格玛娅问道："是怎么回事？"

"一言难尽，以后再告诉你。"什里波迪说着脱掉外衣，就去吃饭。然后他倒在床上吸烟，心情十分沉重。

久格玛娅克制着自己的好奇心，好长时间都没有再问。后来她走进卧室，问道："你打听到了什么消息？你倒是说说呀！"

"肯定是你弄错了。"什里波迪说。

久格玛娅一听这话，心里就有些生气。女人们是绝对不会有错的，即便有错，聪明的男人也不要说出来，最好把它揽在自己的身上。久格玛娅有些激动，她说："我倒想听一听，到底是怎么一回事。"

什里波迪说："你安排在我们家住的那个女人，并不是你的女友迦冬比妮。"

久格玛娅听到这种话，就很容易生气——特别是从自己的丈夫嘴里听到这种话，就更容易激动。久格玛娅说："我的朋友我还不认识，难道还需要向你来请教？你讲得多好听呀！"

什里波迪解释说，这里用不着争论话讲得好听不好听，而需要拿出证明来。久格玛娅的女友已经死了，这是千真万确的。

久格玛娅说："喂，你听着！一定是你弄错了。你是不是真去了，是不是真听人们这么说的，这都是值得怀疑的。谁让你亲自去了？写封信去问一问，一切都会弄清楚的。"

什里波迪看到妻子这样不相信自己，感到很难过，于是就开始详细地列举所有的证据，但是他还是没有能够说服妻子。夫妻俩一直争论到半夜。

立即从家里把迦冬比妮赶走——对于这个问题，夫妻之间是不存在分歧的。因为，什里波迪坚信，是他的客人冒名欺骗了他的妻子，而久格玛娅则认为，她是一个轻浮放荡的女人。尽管如此，他们夫妻俩对于这场争论，还是谁都不肯认输。

两个人的声音越来越高，他们忘记了迦冬比妮就睡在隔壁的房间里。

一个说："真是碰到了大难题！我是亲耳听说的。"

另一个用坚定的语调说道："你说的这些话，我根本不相信。我是亲眼看到的！"

最后，久格玛娅问道："好了！你说说看，迦冬比妮是什么时候死的。"

她想，要是在这个日期之后迦冬比妮还有信来，那就可以证明，是什里波迪弄错了。

什里波迪说出了她死亡的日期，夫妻俩算了一下，发现这个日期正是迦冬比妮来到他们家的前一天。一发现这种巧合，久格玛娅的心就怦怦地跳了起来，什里波迪也感到有些恐惧。

正在这时候，他们房间的门突然开了，一股湿漉漉的冷风吹进来，灯一下子就熄灭了。黑暗从外边窜进来，立刻充满了整个房间。迦冬比妮走进房间，站在他们的面前。当时正是午夜一点，雨还在外面下个不停。

迦冬比妮说："朋友，我是你的女友迦冬比妮，但是现在我已不再是活人，我已经死了。"

久格玛娅惊叫起来，而什里波迪也吓得说不出话来。

"我虽然死了，但我并没有给你们带来什么灾难。既然在人世间没有我的安身之地，在阴曹地府也没有我的位置，那么，让我到哪里去呢？"她用激烈的声音喊叫着，仿佛要在这阴森的雨夜里唤醒沉睡的造物主似的。她又问道，"啊，让我到哪里去呀？"

迦冬比妮说完之后，就离开那对几乎失去知觉的伉俪，离开那漆黑的房间，到宇宙中去寻找自己的归宿了。

五

很难说，迦冬比妮是怎样回到拉尼哈特的。一开始，她没有让任何人看到自己。她一整天什么东西都没有吃，一直蹲在一座破庙里。

雨季的黄昏来得特别早，天色渐渐黑了下来；村里人担心，暴雨即将来临，都急忙回到自己家里。这时候，迦冬比妮从破庙里走了出来。当她来到婆家的门前，她的心跳得特别厉害。她用纱丽遮住脸，往屋里走去；守门人错把她当成女仆，也就没有阻拦。就在这个时候，狂风突然大作，暴雨倾泻下来。

当时，这家的女主人——沙罗达松科尔的妻子，正在和她那寡妇小姑子打牌。女仆在厨房里忙着；孩子发烧刚退，躺在卧室里的床上睡着了。迦冬比妮避开所有的人，走进这个房间。我不知道，她回到婆家来想做什么，恐怕就连她自己也不清楚。她大概只是想来看一眼这孩子。至于以后她到哪里去，怎么办，她根本就没有想过。

在灯光下，她看见这个多病而瘦弱的孩子，握着拳头睡着了。看到这种情景，她那颗炽热的心仿佛干涸了——要是我能把他搂在怀里，替他承受一切痛苦，那该多好哇！随后，她想起来："我已经不在了，谁来照看他呢？他母亲喜欢交际，喜欢聊天，喜欢打牌。以前，她把孩子交给我照看，就不再管他了。她对教养孩子，从不沾边。那么，现在谁来精心照料他呢？"

就在这时候，孩子忽然翻了一下身，半睡半醒地叫道："婶婶，我要水。"哎！我已经死了。我的宝贝，你现在也没有忘掉你的婶婶啊！迦冬比妮急忙从水罐里倒出来一些水，把孩子抱在怀里，让他喝。

这孩子在睡梦中已经习惯让婶母喂他水，所以，这一次他也一点儿不感到奇怪。最后，迦冬比妮总算满足了自己长期以来的夙愿，她吻了吻孩子，然后又把他放在床上。这时孩子醒了，他搂着他的婶婶，问道："婶婶，你是死了吗？"

他婶母回答道："是的，孩子。"

"你这不是又回到我身边来了吗？你再不死了吧？"

迦冬比妮还没有来得及回答，就听到一声响——原来女仆手里端着一碗西谷米饭，走进房间，看见迦冬比妮就大叫一声"我的妈呀"，摔了饭碗，突然晕倒在地。

女主人听到叫声，放下牌，急忙跑过来。她一走进房间，完全惊呆了，想跑出去，腿却不听使唤，连一句话也说不出来。

看到这种情景，孩子也感到害怕了，他哭着说："婶婶，你走吧！"

过了这么多天之后，迦冬比妮今天才意识到，她并没有死。这古老的房舍，这一切摆设，这孩子，这爱的感情，对她来说都是活生生的、实实在在的；在她和这个世界之间，并没有任何隔阂和距离。在女友家里，她觉得自己的确死了，可是当她来到这孩子睡觉的房间，却觉得，她这个孩子的婶母根本没有死。

她激动地说："姐姐，你看见我为什么这样害怕？你看，我不是和原来一样吗！"

女主人再也站立不住，晕了过去。

沙罗达松科尔听妹妹述说之后，亲自来到内室。他双手合十地对迦冬比妮说："孩子他婶儿，你这是干什么？绍迪什这孩子是我家的一根独苗。你为什么要来看他呢？难道我们不是你的亲人吗？自从你去世后，他就一天一天地消瘦，他的病还没有好。白天黑夜地呼叫'婶婶'。你既然已经辞别了人世，就请你中断这虚幻的纽带吧！我们一定会很好地祭奠你的。"

当时，迦冬比妮再也忍不住了，她用激动的声音说："哎呀，我没有死呀，我并没有死！我怎么向你们解释我没有死呢？你看，我这不是活着吗？"

她说着从地上拿起铜碗，向自己的前额砸去。前额被砸破，鲜血流了出来。

她说："你看，我不是活着吗？"

沙罗达松科尔犹如一座雕像，呆呆地立在那里。孩子吓得直喊爸爸，地上倒着两个昏迷不醒的女人。

迦冬比妮一边喊着"我没有死呀，我没有死"，一边离开了房间，从楼梯上跑下来，跳进院内的池塘。沙罗达松科尔在楼上房间里，只听到扑通一声。

一整夜都在下雨，第二天早晨雨还在下，直到中午都没有停。迦冬比妮以死证明，她原来并没有死。

1892 年斯拉万月

（董友忱　译）

喀 布 尔 人

我5岁的小女儿米妮，整天叽叽呱呱不停嘴。她出生后只花一年时间，就学会了讲话。这以后，只要没有睡着，她简直就没有一分钟安静过。她母亲怎么骂她，也不能使她少说几句。可我却不这样。假如米妮沉默不语，我就觉得很不自在，时间一长我就难以忍受。因此，米妮与我聊天，总是津津有味，神采飞扬。

一天上午，我正忙着写一部小说的第十七章。米妮来了，说："爸爸，看门人罗摩多亚尔把'乌鸦'叫'老鸦'。他什么都不懂，是吗？"

我还没有来得及向她解释——世界上的语言千差万别各不相同的时候，她已扯到另一个话题上去了："爸爸，你说说，博拉讲天上有只大象，它鼻子一喷水，天就下雨了！你看，她怎么能这样胡说八道呢？她就会唠叨，白天黑夜地唠叨！"

她不等我思索片刻就发表意见，又突然问道："爸爸，妈妈是你的什么人？"

我默想——她是我亲爱的……但对米妮却搪塞道："米妮，去跟博拉玩吧！我正忙着呢！"

米妮没有走，就在桌边我的脚旁坐下来了。手不停地敲着膝盖，小嘴像说绕口令似地念念有词，自个儿玩了起来。在我小说的第十七章里，主人公普罗达普辛格在漆黑的夜晚，正抱着女主人公甘琼玛拉，从监狱很高的窗户纵身跳到下面的河水里！

我的房间面向街道。忽然，米妮不玩了，跑到窗前叫了起来："喀布尔人，啊，喀布尔人！"

街上一个高个儿喀布尔人，拖着疲惫的脚步经过这里。他穿着污秽宽大的衣服，头上缠着高高的头巾，肩上扛着一个大口袋，手里拿着几盒葡萄干。我的宝贝女儿看到他后，很难说有什么想法，但她开始大声地叫唤他。我想，这扛大口袋的又是一个灾难，我小说的第十七章再也写不完了！

听到米妮的叫唤，喀布尔人微笑地转过身，朝我们家走来。米妮看到这情景，急忙跑到里屋，躲藏得无影无踪。她可能有一个稀里糊涂的想法——那大口袋里藏着几个和她一样活蹦乱跳的小孩。

喀布尔人走到我跟前，面带笑容地和我打招呼。我心想，尽管小说主人公普罗达普辛格和甘琼玛拉的情况是那样的紧急，但是，既然把小贩叫到家里来了，不买点什么总是说不过去的！

买了点东西，就开始聊了起来。我们从阿卜杜勒·拉赫曼[①]、俄罗斯人、英国人一直扯到保卫边界的政策。他动身

① 阿卜杜勒·拉赫曼是 19 世纪末叶阿富汗的国王。——译者注

要走的时候，问道："先生，你那小姑娘哪里去了？"

我设法打消米妮毫无根据的恐惧，把她从里屋领了出来。米妮靠着我，以疑惑的眼光，看着喀布尔人和他的大口袋。小贩从袋子里掏出一些葡萄杏子等干果，递给米妮。但她什么也没要，反而倍加疑心，更加紧紧地挨着我。他们首次会面就是这样的！

几天之后的一个上午，我刚要出门，忽然看到我女儿坐在门口的长凳上，正和坐在她脚边的喀布尔人滔滔不绝地说话。那小贩满脸堆笑地听着，间或也用蹩脚的孟加拉语发表点自己的想法。除了爸爸之外，在米妮五年的生活经历中，还从来没有遇到过这样耐心的听众。我还看到，她那小纱丽的衣角上堆满了杏子和葡萄干。我对喀布尔人说："你给她这许多东西干什么？请不要再给了。"

说着，我从口袋里掏出一枚半卢比的硬币，交给了小贩。他心不在焉地接过钱来，丢进了口袋。

回家后，我发现，那枚硬币引起了比它价值多一倍的麻烦！

米妮的妈妈拿着银白锃亮、圆溜溜的硬币，以责备的口气，不断追问米妮："这硬币你是从哪里弄来的？"

"喀布尔人给我的！"米妮回答说。

"你怎么能要喀布尔人的钱呢？"

"我没有要，是他自己主动给我的。"米妮差一点要哭出来。

正好我回来了，才把米妮从面临的灾难中解救出来。

后来才知道，米妮和喀布尔人已不是第二次见面了。小贩每次来，总是用杏子等干果来贿赂米妮那小小的贪婪的心。他取得了米妮的信任。

我看到，这两个朋友常常做一些有趣的游戏，或者讲些开心的笑话。比如，有一次，我女儿一见到罗赫莫特，就笑嘻嘻地问道："喀布尔人，啊！喀布尔人！你大口袋里装的是什么呀？"

罗赫莫特鼻音很重地笑着回答说："里面装了一只大象。"

即使小贩口袋里有一只象，这本来也没有什么好笑的。可是，别小看这类并不算聪明的俏皮话，却使他们俩感到非常开心和惬意。秋天的早晨，当听到这两个孩子——一个成年的和另一个未成年的——天真无邪的笑声时，我也感到由衷的喜悦。

他们之间还有一类话题。罗赫莫特问米妮："小人儿，你什么时候到你公公家里去？"

孟加拉家庭的姑娘，一般早就知道公公家是怎么回事。但是，我们有点新派作风，还没有跟孩子讲过"公公家"这类事情。因此，米妮对罗赫莫特的问题有些莫名其妙。不过，米妮的性格是不允许她默不作答的。于是，她机灵地反问道："你去公公家里吗？"

罗赫莫特对着想象中的"公公"挥起了粗壮的拳头说：

"我要揍公公①。"

米妮想道，她并不知晓的公公将要挨揍，处于尴尬境地时，不禁放声大笑起来了。

正值秋高气爽。在古代，这是帝王东征西讨的大好时光。我从来不离开加尔各答，哪儿也不去。但我的心灵，却周游世界各地。我是我那房屋一角的永久居民。可是，我的心对外部世界总还是兴致勃勃的。听到一个外国名词，我们的心就飞到了那个国度，仿佛见到了那里的人民，见到了那里的江河山岳。那里丛林中的茅舍景象从我心底油然而生，想象到他们欢乐自由的生活。

我习惯于植物似的固定生活。一提到要离开我那屋角外出旅行，简直不亚于晴天霹雳。每当上午，我坐在书房桌前，与喀布尔人聊天的时候，我的心就在漫游。喀布尔人操着不纯正的孟加拉语，高声地给我讲述自己的故乡。我的眼前呈现出一幅异国的画面：高耸入云难以攀登的崇山峻岭，夕阳给它们染上了一层红色；驮着货物的骆驼，在狭窄的山间小路上缓缓而行；裹着头巾的商人和旅行者，有的骑在骆驼上，有的步行，有的手持长矛，有的拿着老式猎枪……

米妮的母亲生性胆怯。一听到街上的吵闹声，她就以为世上所有的醉汉都怀着什么不可告人的目的要拥到我们家里

---

① "公公"和"公公家"，除了其直接含义外，在下层人家有时暗指警察和监狱，因监狱里不用花钱，也有饭吃。——译者注

来。她认为，这个世界到处都充满了小偷、强盗、醉汉、毒蛇、猛虎、疟疾、毛虫、蟑螂和英国士兵。虽然年岁不小了，处世已经这么多年（当然，也不算太多），但她那恐惧心理仍未完全消失。

她对罗赫莫特这个喀布尔人，也总是疑神疑鬼。她常常提醒我，要注意他的行动。我总是想消除她的疑惑，一笑了之。可是，她会接二连三地向我提出问题："难道就从来没有小孩被拐走过？难道喀布尔那里没有奴隶买卖？对于一个喀布尔壮汉来说，要拐走一个小孩难道完全是荒诞无稽的吗？"

我承认，这种事虽说不是不可能的，但是平心而论，我却不太相信。不管我怎么解释，我妻子就是不听，始终为小女儿担忧。尽管如此，我也不能毫无理由地把罗赫莫特拒之门外呀！

每年一月中旬，喀布尔人总要回国一趟。回国前夕，他就忙着挨家挨户收欠款。不管多忙，他每天都要抽出时间来看米妮。见此情景，自然会认为他们两人之间似乎存在什么密约。如果他上午没有来，傍晚一定会来的。黄昏时，在屋里墙角处突然发现这个高大的、穿着宽敞衣服、扛着大口袋的小贩，连我也不免要惴惴不安。然而，当看到米妮笑着跑进来，叫着"喀布尔人，啊，喀布尔人"，以及见到这两位忘年之交沉浸在往日天真的欢笑之中时，就感到担心是多余的了。

一天早晨,我坐在小房间里看校样。过一两天喀布尔人就要回国了。天气很凉,使人有些战栗。阳光透过窗户照到我伸在桌下的脚上,使人感到温暖和舒适。八点钟左右,早出做生意的小贩都蒙着头,缩着脖子回家了。就在这时候,忽然街上传来了一阵喧哗声。

　　我朝外一看,见罗赫莫特被两个警察绑着走过来,后面跟着一群看热闹的孩子。喀布尔人的衣服上血迹斑斑,一个警察手里拿着一把带血的刀。我走出家门,叫住警察,打听到底是怎么回事。

　　在众说纷纭之中,我从警察和罗赫莫特那里得知:原来是我们一位街坊邻居欠了喀布尔人一条拉姆普尔出产的围巾钱,但他不认账,引起一场争吵,对骂起来,罗赫莫特刺了他一刀。

　　喀布尔人正在盛怒之下,痛骂那个赖账的邻居。米妮从屋里走出来叫着:"喀布尔人,啊,喀布尔人!"

　　罗赫莫特脸上顿时露出了笑容。今天,他肩上没有大口袋,自然米妮不能与他谈论早就习以为常的口袋里装象之类的话题。于是米妮问道:"你去公公家里?"

　　喀布尔人笑了笑,说:"是的,我正要到那里去!"

　　看到自己的回答没有使孩子发笑,他便举起了被铐着的双手,说:"要不然,我会揍公公的。可手被铐住了,有什么办法呢!"

　　由于造成致命伤害,罗赫莫特被判处几年徒刑。

他被人忘却了！我们仍在原来的房间里坐着，做着原来的事情。时间一天一天地流逝，我们却想不起那个曾是自由的，而现在在监狱里度日如年的喀布尔山民了。

活泼的米妮，交了一些新朋友，完全忘记了那位老朋友。我作为她的父亲，也不得不承认，她这种交新忘旧的行为是十分令人羞愧的。后来，她日渐长大，再也不跟男孩子玩耍，只与女朋友在一起。甚至在我的书房里，也很难见到她。我和她也疏远了。

转眼几年过去了。又是一个风和日丽的秋天。我家米妮已定好了婚期，婚礼将在杜尔伽大祭节举行。当杜尔伽回到凯拉斯圣山去的时候，我家的宝贝也要到她丈夫家里去了，这将使父亲感到天昏地暗。

早晨，朝霞满天。雨后的秋日，清新的阳光宛如纯金一样光辉灿烂，加尔各答小巷里鳞次栉比的破旧砖房，都被这霞光抹上了一层奇妙的色彩。

今天，天刚破晓，我们家就吹奏起欢庆的唢呐。这声音，仿佛是从我的胸膛里、我的骨髓里迸发出来的呜咽哭泣。悲伤的曲调把我的离愁别恨和秋日的明媚阳光揉搓在一起，传送到远方。今天，我的米妮要出嫁了。

从清晨起，我们家就熙熙攘攘，忙忙碌碌。院子里搭起了彩棚，房间和走廊里的吊灯叮当作响，欢声笑语此起彼伏。

我坐在书房里查看账目，罗赫莫特走进来向我问好。

起初，我没有认出他来。他没有带大口袋，没有留长发，他的身体也失去了从前的虎虎生气。最后，看到他在微笑，我才认出他来。我说："罗赫莫特，什么时候来的？有什么事？"

"昨天晚上，"他说，"我出狱了。"

这话听起来很刺耳。我从来没有这么清楚地见过伤害自己同胞的凶手。看到他，我的心都紧缩了。我希望，在今天这个喜庆的日子里，他赶快离开这儿，就万事如意了。我便对他说："今天我们家里有事，我也很忙，你走吧！"

他一听这话，立即起身就走。走到门口，他迟疑不决地说："我可不可以再与小人儿见一面？"

他相信米妮可能还是从前那个样子。他想米妮大概又会像从前那样叫着"喀布尔人，啊，喀布尔人"跑进来，他们之间仍然会像往日那样，天真烂漫地谈笑风生。不是吗！他为了纪念过去的友谊，还专门带了一串葡萄和一小纸包干果呢！这些东西显然是从同乡那里要来的——他自己的大口袋早就没有了啊！

"今天家里有事，"我说，"你什么人也见不着。"

他流露出失望的神情，呆站了一会儿。他以冷漠的眼光又看了我一下，说了声"先生再见"，就朝门外走去。

我觉得有些抱歉，正想叫他回来。这时，只见他自己转过身来，走到我跟前说："这葡萄和一点干果是专给小人儿带来的，请您交给她吧！"

我接了下来，正要给钱时，他突然握住我的手说："您是很仁慈的，我一辈子也忘不了。请别给我钱！先生，在家乡，我也有一个像你女儿一样的闺女。我一想起她，就带点果子给您的女儿。到你们家来，我不是为了做买卖赚钱的。"

说到这里，他把手伸到宽大的衣服里，从胸脯什么地方掏出一张又小又脏的纸来。他小心翼翼地把纸打开，在我书桌上用双手把它抚平。

我看到，纸上有一个小小的手印。它不是一张照片，也不是一张图像。小手上的脏迹还清晰可辨地印在纸上。罗赫莫特每年来加尔各答街上做买卖，总是把回忆女儿的印迹装在心窝里。这样，他仿佛感到有一双温柔的小手，在抚摩着他那被离愁折磨着的心。

凝视着手印，泪水模糊了我的视线。我忘了他是喀布尔小贩，而我是孟加拉贵族。我只是想：他也和我一样——我是父亲，他也是父亲！他那山区家乡的小帕尔博蒂的手印，使我想起了米妮。我立刻派人把她从里屋叫来。里屋很多人都反对这样做，但我不听他们的。米妮出来了。她穿着鲜艳的红绸衣服，额头上点着檀香痣，打扮成新娘子的米妮，含羞腼腆地站在我面前。

喀布尔人见到米妮很惊讶。他们再也不能进行往日那种愉快的交谈了。他终于笑着说："小人儿，你就要到公公家里去了？"

米妮现在已懂得了"公公家"的含义。她再也不能像过去那样回答了。听到罗赫莫特的问话，她羞得满脸通红，转过身去站在那里。我想起了米妮和喀布尔人第一次见面的情景，我的心有些隐隐作痛。

米妮走了。罗赫莫特深深地叹了口气，就在地上坐了下来。他突然感到，他的女儿在这漫长的岁月里，也该长得这么大了。需要和她进行新的交谈，新的结识。她也不会是往日的模样了！已经8年了！这期间，谁知道发生了什么变故没有？在秋日和煦的阳光里，唢呐吹奏起来了。罗赫莫特坐在加尔各答的一条巷子里，冥想着阿富汗的光秃秃的群山。

我拿出一张支票递给他，说："罗赫莫特，你回家去吧！回到自己女儿身边去！愿你们父女重逢的欢乐，给我米妮带来幸福！"

由于送了这份礼物，婚礼的场面不得不有所缩减。不能像原来设想的那样点电灯，请乐队，家里的女眷们都很不满。但是，我却感到，幸福的光芒使这喜庆的节日格外生辉！

1892年阿格拉哈扬月

（黄志坤　译　董友忱　校）

素　芭

一

当给这个女孩子取名叫素芭细妮的时候，谁会料到她会成为一个哑巴呢？她的两个姐姐名叫素岂细妮和素哈细妮。为了使她们的名字相似，父亲就给她取名叫素芭细妮。现在大家都简称她素芭。

根据惯例，她的两个姐姐经过相看和陪送礼钱才嫁出去。现在，这个最小的女儿犹如一块沉默的重石，压在她父母的心上。

大家都以为不会说话的人，也就不会有感觉。因此，他们就经常当着她的面表示对她前途的忧虑。她从小就知道，由于神仙的诅咒她才降生在父母家里。因此，她总是企图避开人们的目光，独自待在一边。她常常在想："如果大家把我忘掉，那该多好哇！"但是谁能忘掉痛苦呢？她的父母日夜为她忧虑。

特别是她的母亲，总是把她看成是自己身上的一种残疾。因为在母亲看来，女儿与儿子相比就更加属于自己身体的一部分——她认为女儿的某种缺陷是自己羞耻的根源。素芭的父亲爱她似乎胜过爱其他的两个女儿；她的母亲却把她看成是自己身上的一个污点，对她十分讨厌。

素芭虽然不会说话，但她却有一双缀着长长睫毛的黑黑的大眼睛；她那两片嘴唇在表达某种感情的时候，宛如两片娇嫩的花瓣，在不停地抖动着。

我们用语言来表达思想感情，需要付出很大的努力才能办到，有时候还要经过翻译过程；就是这样，也不是所有的时候都能准确地表达；如果缺乏表达能力，还常常发生错误。但是她那双黑黑的大眼睛，根本不需要翻译——就能把自己的思想感情表现出来。这双眼睛在表达思想感情的时候，时而睁得大大的，时而闭得严严的，时而炯炯有神，时而悲楚暗淡；有时就像西垂的月亮一样，凝视着前方；有时又像急速的闪电，在四周闪亮。哑人自有生以来除了面部的表情，就再也没有别的语汇了，但是他们眼睛的语汇却是无限丰富，无比深沉——就像清澈的天空一样，成为黎明与黄昏、光明与阴影的宁静的游戏场所。这位失去话语的哑女就像大自然一样，具有一种孤僻的庄严性格。一般的孩子，对她都怀有一种恐惧心理，所以都不和她在一起玩耍。她就像寂寞的中午一样，显得沉默和孤独。

二

这个村子名叫琼迪布尔。村里的一条河，是孟加拉邦的一条小河，犹如中产阶级家庭的女儿一样；它流程不长；这条优美苗条的小河，为保护自己的河岸而勤奋地工作着；它仿佛与两岸村庄里的所有人都建立了亲密的关系。在河的两边是人们的房舍和绿树成阴的高大河堤。这条小河——村中的拉克什米迈着急促的脚步走过低地，怀着欢快的心情忘我地做着无数的善事。

巴尼康托的房舍紧靠着河岸，过往船夫可以看到这家的竹篱笆、八顶草棚、牛栏、仓房、草垛、合欢树和长满芒果树、木棉树、香蕉树的果园。我不知道在这些家产中间是否有人注意到了这个哑女，不过她的活一做完，她就来到这河边。

大自然仿佛是要为她弥补不会说话的缺陷，仿佛是在为她述说心语。河水淙淙，人声喧腾，渔民哼着小曲，百鸟在啼鸣，树木发出婆娑声——这一切都与周围的运动融合在一起了，就像大海的波涛一样，冲击着这位少女永远平静的心灵彼岸。自然界里各种各样的声音和形形色色的运动，就是这个有着花瓣式的大眼睛的哑女——素芭的语言，也是她周围世界的语言；从蟋蟀鸣叫的草地到默默无语的星空，只有手势、表情、歌声、哭泣和叹息。

中午，船夫和渔民们都去吃饭，家里的人正在午睡，鸟儿不再啼叫，渡口上船已停运，人类世界仿佛突然间停止了一切活动，变成一座可怕而孤独的雕像。这时候，在炎热而广阔的天宇之下，只有一个默默无声的大自然和一个默默无声的哑女，在面对面地静坐着——一个置身于火热的阳光下，而另一个则坐在一棵小树的阴影里。

素芭也并不是没有知心朋友。牛栏里的两头母牛——绍尔波西和班古利，就是她的好友。它们从来没有听到过这个姑娘呼叫自己的名字，但是它们却熟悉她的脚步声——这是她的一种无言的亲切的声音。通过这声音。它们比通过语言更容易了解她的心。素芭什么时候爱抚它们，斥责它们，哄劝它们，对这一切它们比人还了解得深切。

素芭一走进牛栏，就用双手搂着绍尔波西的脖子，把自己的面颊紧紧地贴在它的耳朵上偎擦，而班古利就一边用温柔的目光望着她，一边舔她的身子。这个女孩每天照例三次来到牛栏里，此外她还不定时地前来拜访；每当她在家里听到某些刻薄的话语，她就立即来到她那两个哑巴朋友身边——而它们从她那富有忍耐性的沉郁的目光中，凭着一种朦胧的洞察力，仿佛已经体察到姑娘的内心痛苦。它们走近素芭的身边，用犄角轻轻地抚弄她的手臂，企图以无言的同情来安慰她。

除了两头母牛，还有一只山羊和一只小猫，虽然素芭对它们的友谊并不都是一样的，可是它们对素芭倒表现出相当的亲热。那只小猫不论白天还是黑夜，一有机会就不知羞愧地趴在素芭温暖的怀里，甜蜜地打着瞌睡。每当素芭用温柔的手指抚摸它的脖颈和后背的时候，它就特别容易进入梦乡，因此它一再向素芭表示，希望她那样做。

三

在高级动物中间，素芭还结识了一个朋友，但是很难断定，姑娘和他的友情究竟有多深，因为他是一个会说话的动物，所以在他们俩之间就没有共同的语言。

贡赛家里的小少爷，名叫普罗达普，这个人非常懒惰。他的父母经过多次努力之后，已经不再指望他能为改善家庭境况而做点什么事情。懒惰的人倒也有一个好处：虽然亲人们厌弃他，可他却成了那些与他无亲无故的人们所喜爱的对象，因为他既然不做任何事情，也就成为公共财产了。这就像在城里，要有一个半个不属于任何人家的公共花园一样，那么在乡下，也特别需要有几个不做事的公共闲人。什么地方由于工作、娱乐缺少人手，他们就可以到那里去帮忙。

普罗达普的主要爱好是执竿垂钓。钓鱼消磨了他不少的时光。每天下午，几乎都可以看到他在河边从事这项工作。因此，他与素芭差不多经常见面。不论做什么事情，只要能有一个伙伴，普罗达普就很高兴。钓鱼的时候，能有一个不会说话的伙伴，那是最好不过了，因此，普罗达普对素芭很尊敬。大家都叫她素芭，而普罗达普却亲昵地叫她"素"。

素芭坐在一棵合欢树下，普罗达普坐在离她不太远的地方，执着钓竿，望着水面。普罗达普带来了一些蒟酱叶，素芭就亲自为他调弄好。我感到，她这样长时间坐在那里望着，是想对普罗达普有所帮助，为他做点什么事情。她用各种方法向他表示：她在这个世界上也并不是一个毫无用处的人。但是，这里真的没有事情可做。这时候，她就默默祈求神仙赋予她一种非凡的能力——她希望一念咒语，就会突然创造出这样一种奇迹来，普罗达普看见就会惊异地说："哎呀！我真没有想到，我们的素有这样大的本事！"

请你们想想看！假如素芭是水神公主，她就会慢慢地游出水面，把蛇王头上的一块宝石送到岸边。那时候，普罗达普就会放弃他那项下贱的钓鱼职业，带着那块宝石潜入水底，而且会在那里看到，是谁坐在那银光闪闪的水晶宫里的金色宝座上。那是巴尼康托家里的哑女——我们的素芭，她就是这个珠光闪烁的静谧的王宫中的唯一的公主。难道这不可能吗？这是完全可能的！其实，并没有什么不可能的事。不过，素芭不是生在无臣民的水下王族之家，而是生在巴尼康托的家里，而且她也没有办法使贡赛家里的少爷——普罗达普感到惊讶。

四

素芭的年龄渐渐大了。她仿佛渐渐地感触到了自己一种新的无法形容的意识力，仿佛是在月圆之日从大海涌来的一股潮水，在填补着她心灵的空虚。她望着自己，想着自己，询问着自己，但是她却得不到答案。

在一个深沉的月圆之夜，她打开卧室的门，胆怯地探头向外窥视。月圆时节的大自然就像素芭一样，正在俯视着孤独酣睡的大地——她那充满青春的欢乐、激情、忧伤的无限孤寂的生活，完全达到了最后的极限，甚至大大地超过了它，可是她却一句话也说不出来。一个沉默忧伤的少女，就这样伫立在沉默忧伤的大自然身边。

在这方面，肩负着女儿重担的父母，心里是焦虑不安的。人们开始谴责他们，甚至传说要把他们从村里赶出去。巴尼康托的家庭比较富裕，每日两餐有鱼有米，因此他的仇人也不少。

夫妻俩经过详细商量之后，巴尼康托到外地去了一些日子。

最后他回来了，说道："走吧，到加尔各答去。"

他们开始为到外地去做准备工作。素芭的整个内心犹如被浓雾笼罩的朝霞一样，完全沉浸在泪水里。这些天来，她怀着一种恐惧的心情，就像一头沉默的牲畜一样，紧跟在父母的身后。她睁着一双大大的眼睛，望着他们的脸，企图探听到一点儿消息，但是他们什么都没有对她讲。

有一天下午，普罗达普拿着钓鱼竿，笑着对她说："喂，素芭！是不是家里给你找了一个女婿，你要出嫁了？你可别把我们给忘了！"说后又去专心钓鱼了。

素芭像一头受伤的小鹿望着猎人那样，注视着普罗达普，仿佛在默默地说："我有什么对不起你的地方呀？"这

151

一天，她没有再坐在树下。巴尼康托睡过午觉，正在卧室里吸烟，素芭坐在父亲的脚下，望着他的脸哭了起来。最后，巴尼康托想安慰女儿几句，可是从他那干瘦的面颊上也流下了眼泪。

他们已经决定，明天到加尔各答去。素芭走进牛栏，向她的童年的朋友告别，亲手为它们加了草料，搂着它们的脖颈，用一双蕴含着话语的眼睛，再一次深情地望着它们——她那一双花瓣似的眼睛扑簌簌地滴着泪水。

这一天，正是月圆的夜晚。素芭走出卧室，来到她从小就熟悉的河边，扑倒在绿茸茸的草地上——仿佛她要用双手抱住大地——这位巨大而沉默的人类母亲，并想对她说："你不要让我走呵！母亲！你也像我拥抱你一样，伸出双手紧紧把我抱住吧！"

有一天，在加尔各答的一座住宅里，素芭的母亲在仔细地为她梳妆打扮：把她的头发扎起来，编成发辫，在发辫上扎上彩带，给她戴上首饰——这样就破坏了她的自然美。素芭的两眼在流着泪水。她母亲担心她会把眼睛哭肿，于是就狠狠地责骂她，但眼泪是不会顺从责骂的。

新郎和他的朋友一起来相亲了。新娘的父母焦虑不安地忙乎起来，仿佛是天神亲自降临人间，为自己挑选祭畜来了。母亲在背后大声训斥女儿，致使素芭的眼泪加倍地流淌。就这样，她被带到了来相亲的人面前。

相亲的人看了好一会儿，说道："还不错。"

特别是当他看到姑娘啼哭的时候，就意识到："她一定有一颗温柔的心。她今天在与父母分别的时候这样难过，那么将来对我也会是如此的。"姑娘的眼泪只会提高她的身份，这就如同珍珠会提高海蚌价格一样。因此，他再也没有说什么。

查过历书之后，在一个吉日良辰为他们举行了婚礼。素芭的父母把哑女交给别人之后，就回到乡下的家里去了——他们的种姓和来世都有了保障。

新郎在西部地区工作。婚后不久，他就带着妻子到那里去了。

没过一周，大家就知道了，新媳妇是个哑巴。如果谁还不知道的话，那也不是她的过错，她并没有欺骗任何人。她的两只眼睛已经述说了一切，可是并没有人能理解。她望着四周，说不出话来。她看不到懂得哑人语言的、从小就熟悉她的那些人的面孔。在这个小姑娘永远沉默的心中，发出了一种无休止的不可名状的哭泣，但是除了神仙再也没有谁能听到。

这一次，她丈夫眼耳并用又相了亲，娶来了一个会说话的姑娘。

1893 年玛克月

（董友忱　译）

莫哈玛娅

一

　　莫哈玛娅和拉吉波洛琼在河边上的一座破庙里幽会了。

　　莫哈玛娅什么也没有说，只用她那双天生的深沉的眼睛，略带几分责备的神情，望着拉吉波，意思是说："今天你怎么敢在这种不合适的时候把我叫到这里来呢？大概是因为我一直对你百依百顺，才使你如此大胆起来。"

　　拉吉波对于莫哈玛娅总是有一点儿胆怯，再加上她的这种目光，他就更加忐忑不安了。原来想好要对她说的几句知心话，现在只好放弃。然而，不马上说明这次会面的理由，那是不行的，于是他急忙说道："我建议，我们俩从这里逃走，去结婚吧。"的确，拉吉波说出了他想要说的话，可是在心里想好的那段开场白却没有了。他的话显得很枯燥、呆板，甚至听了都使人惊奇。他自己说完，也感到很尴尬，可是他又没有能力再说几句温柔的话来加以补救。这个蠢人，在这天的中午把莫哈玛娅叫到河边破庙里来，只是对她说了一句"我们去结婚吧！"

　　莫哈玛娅是名门之女，今年24岁，正值美貌的青春年华，就像未加修饰的一座金像，又像秋天的阳光那样沉寂和熠熠闪光，她那眼神犹如白昼的光辉一样开朗和坚强。

她没有父亲，只有一个哥哥，名叫波巴尼丘龙·丘托帕泰。兄妹俩的性格几乎一个样——沉默寡言，但是他却有一股热情，恰似中午的太阳一样在默默地燃烧。即使没有任何缘故，人们也惧怕波巴尼丘龙。

拉吉波是个外乡人。他是这里一家丝绸厂的大老板从外地带来的。拉吉波的父亲，曾经是这位老板的雇员。他死后，这位老板就担负起抚养他那个年幼儿子的责任。当拉吉波还是一个孩子的时候，他就被带到巴曼哈第这家工厂来了。和这个孩子住在一起的，只有他那位慈爱的姑母。他们就住在波巴尼丘龙家的附近。莫哈玛娅是拉吉波童年时代的好友，而且又为拉吉波的姑母所钟爱。

拉吉波逐渐长到 16 岁，17 岁，18 岁，甚至过了 19 岁。尽管姑母一再催促，可是他还是不想结婚。这位老板看到这个孟加拉小伙子有如此不寻常的见识，十分高兴。他以为这个小伙子是把他作为自己生活的典范了，因为这位先生就是一个光棍汉。不久，拉吉波的姑母去世了。

在这方面，由于缺少陪嫁所需的开支，莫哈玛娅也没有找到门当户对的新郎。她的妙龄年华很快就要过去了。

不必赘述，读者也明白，虽然缔结姻缘之神到如今对这一对青年男女一直表现出一种特殊的冷漠态度，可是连结爱情的纽带之神却没有虚度时光。当年老的主管宇宙之神正在打瞌睡的时候，年轻的爱神却十分清醒。

爱神的影响，在不同的人身上表现是不同的。拉吉波在她的鼓舞下一直在寻找机会想倾诉几句心里话，可是莫哈玛娅却不给他这样的机会。她那平静深沉的目光，在拉吉波激荡的心里，掀起了一层层恐惧的波浪。

今天，拉吉波上百次地发誓恳求，才把莫哈玛娅叫到这座破庙里来，他打算今天把想说的话通通都讲给她听。这之后，对他来说不是终身幸福，就是虽生犹死。可是，在这一生中关键的时刻，拉吉波却只是说："走吧，我们去结婚吧。"说完之后，便尴尬地站在那里，就像一个忘记功课的学生似地沉默不语。拉吉波提出这样的建议，是出乎莫哈玛娅预料的，所以她沉默了好一会儿都没有讲话。

中午，有许多不可名状的悲哀的声音。在这寂静的时刻，这些声音更加清晰了：一扇半连着门枢的破庙门，在风中缓慢地、一次又一次地时开时闭，发出了极其低沉的悲鸣；栖息在庙上部窗棂上的鸽子，在咕噜咕噜地叫个不停；在庙外的一棵木棉树上，啄木鸟发出了单调的嘟嘟的啄木声；一只蜥蜴从一堆堆枯枝败叶上飞快地爬过，发出了嗖嗖的声响。一阵热风忽然从田野吹来，所有的树叶都簌簌地响了起来；河水猛然苏醒了，击打着那断裂的河边台阶，发出了哗哗的响声。在这些突然出现的懒散的声音里，还可以听到牧童在远处的一棵树下吹奏乡间小调的笛声。拉吉波不敢去看莫哈玛娅的脸，他靠着庙里的墙壁伫立着、凝望着河水，犹如一个疲倦的进入梦境的人。

过了一会儿，拉吉波转过脸来，再一次乞求地望着莫哈玛娅。莫哈玛娅摇着头说道："不，这不行。"

莫哈玛娅一摇头，拉吉波的希望也就随之破灭了。因为拉吉波完全清楚，莫哈玛娅的头是按照莫哈玛娅的意愿摇动的，还没有谁能把自己的意志强加给她。多少世代以来，莫哈玛娅的家就以名门望族而自豪，她怎么能同意嫁给像拉吉波这样出身卑微的婆罗门呢？爱情是一回事，而结婚又是另一回事。莫哈玛娅终于明白了，是因为自己不加检点才使拉吉波如此胆大妄为。她准备立刻离开这座破庙。

拉吉波理解到她的心意，就急忙说："我明天就要离开这里。"

开始，莫哈玛娅想对这个消息表现出一种毫不相干的态度，但她却没有做到。她想离开，脚又不肯动，于是平静地问道："为什么？"

拉吉波说："我的老板要从这里调到索那普尔的工厂去，他要带我一起走。"

莫哈玛娅又沉默了很久。她想道："两个人的生活道路是不同的，不能永远把一个人留在自己的身边。"于是她微微张开那紧闭着的嘴唇，说道："好吧。"这话听起来就像一声深深的叹息。

莫哈玛娅说出这两个字，又准备走开，就在这时候，拉吉波惊愕地说道："你哥哥！"

莫哈玛娅看见波巴尼丘龙正向庙里走来，知道他已经发现了他们。拉吉波意识到莫哈玛娅的尴尬处境，就想从庙的断墙上跳出去逃走。莫哈玛娅用力握住他的手，把他拉住了。波巴尼丘龙走进庙里，只是默默而平静地看了他们两个人一眼。

莫哈玛娅望着拉吉波，镇静地说："拉吉波，我一定到你家里去，你等着我。"

波巴尼丘龙不声不响地从庙里走了出去，莫哈玛娅也不声不响地跟着他走了，而拉吉波却呆呆地站在那里，仿佛被判处了绞刑。

二

就在这一天夜里，波巴尼丘龙拿来一件红绸纱丽，对莫哈玛娅说："你把这件衣服穿上。"

莫哈玛娅把衣服穿上了。接着他说："跟我走。"

对于波巴尼丘龙的命令，甚至他的一个暗示，没有人敢不服从，莫哈玛娅也不例外。

当天夜里，他们两个人向河岸上的火葬场走去。火葬场离家不很远，在那里有一个放置垂死人的小屋。在那间小屋里，一个老婆罗门正在等待着死神的降临。他们俩走到他的床边，站住了。小屋的一角有一个婆罗门祭司，波巴尼丘龙向他作了暗示，他很快就做好婚礼的一切准备。莫哈玛娅明白，这是要她和这个垂死的人结婚，可是，她没有丝毫反对的表示。在附近两处火葬堆微弱火光的照耀下，在这间几乎昏黑的小屋里，在喃喃的咒语和病人临死前痛苦的呻吟声中，为莫哈玛娅举行了婚礼。

婚礼之后的第二天，莫哈玛娅就成了寡妇。对于这个不幸的事件，这位寡妇并没有感到过分的悲伤。拉吉波也是如此，莫哈玛娅成为寡妇的消息，并不像出人意料的结婚消息那样，使他受到沉重的打击。相反，他甚至感到一点欣慰。然而，他的这种心情并没有保持多久。当第二次沉重打击袭来的时候，拉吉波彻底被击垮了。他获悉，今天火葬场举行隆重的仪式，莫哈玛娅将焚身殉夫。

最初，他想把这个消息告诉老板，希望在他的帮助下能制止这个残酷的举动。后来，他想起来，老板今天已经动身到索那普尔去了。老板本想把他一起带走，可是拉吉波请了一个月的假，所以才留下来。

莫哈玛娅曾经对他说："你等着我。"他无论如何也不能背弃她的叮嘱。现在他请了一个月的假，如果需要他可以请两个月、三个月，甚至放弃现在的差事，挨家挨户地去讨饭，也要终生等着她。

黄昏时分，正当拉吉波像个疯子似地想跑出去自杀或者做点什么事情的时候，突然间毁灭性的狂风大作，暴雨滂沱。拉吉波感到，这样的暴风雨将会把房子摧毁。当他觉得外部自然界也和他的内心世界一样，正在经历着一场伟大革命的时候，他仿佛平静了一些。他感到整个自然界都在替他发泄某种不满。他自己想竭力去做而又做不到的事情，大自然和苍天大地联合起来，竟然替他做到了。

就在这时候，有人从外面用力推门。拉吉波急忙把门打开。一个女人走进屋来，身穿一件湿漉漉的衣服，头上的一块面纱把整个面部都遮住了。拉吉波一眼就认出她是莫哈玛娅。

他用激动的语调问道："莫哈玛娅，你是从火葬堆里逃出来的吗？"

"是的。"莫哈玛娅回答道，"我曾经向你许诺，要到你家来。我现在是来履行这个诺言的。可是，拉吉波，我不是原来那个我了。我的一切全变了，只有我的心还是原来那个莫哈玛娅的心。现在只要你拒绝，我马上可以回到火葬堆里去。但是，如果你发誓，永远不揭开我的面纱，不看我的脸，那么，我就会在你家里住下来。"

从死神的手中把她夺回来，这就够了，其余的一切都是微不足道的。于是拉吉波急忙说："你就住下来吧，一切都照你的意愿办。要是你离开我，那我也就活不成了。"

莫哈玛娅说："那么立刻走，我们到你老板那里去。"

拉吉波放弃了家中的一切，带着莫哈玛娅，冒着暴风雨出发了。这样的暴风雨很难使他们站住脚，被狂风卷起来的沙砾，像散弹似的打在他们的身上。由于担心路边的树木会倒下来砸在头上，他们就避开大路，在旷野里走着。狂风从背后追打着他们，暴风雨好像要把这一对青年赶出人间，推向毁灭似的。

三

读者千万不要认为，这个故事是极不真实和不可能的。在寡妇焚身殉夫习俗盛行的年代，据说经常发生这样的事情。

莫哈玛娅的手脚被捆住后，就被放到火葬堆上，并且在规定的时间点燃了火。火苗呼呼地蹿上来，这时狂风暴雨大作。前来主持火葬的人们，急忙躲进那间停放垂死人的小屋里，然后关上了门。没多久，大雨就把火葬堆里的火焰熄灭了。这时，捆绑莫哈玛娅双手的绳子被烧成灰烬，她的两只手可以自由活动了。莫哈玛娅忍着烧伤的剧痛，一声没哼地坐了起来，解开脚上的绳索，然后裹上多处被烧坏的衣服，几乎半裸着身子从火葬堆上下来，先走回家去。家里一个人也没有，都去火葬场了。莫哈玛娅点上灯，换了一件衣服，对着镜子看了一下自己的脸。她把镜子摔在地上，仿佛在思考着什么，然后用一条长长的面纱遮住脸，向附近的拉吉波家里走去。后来发生的事情，读者都知道了。

莫哈玛娅现在住在拉吉波的家里，可是拉吉波的生活并不幸福。两个人之间只不过隔着一层面纱。但是，这层面纱却像死亡一样地持久，甚至比死亡更令人痛苦。因为死亡所造成的分离的痛苦，由于绝望，会随着时间的流逝而逐渐淡薄，而这层面纱所造成的隔离，却每时每刻都在煎熬着活生生的希望。

莫哈玛娅一向性情沉静，而面纱里面的那种沉静，双倍地令人难以忍受。她仿佛就生活在死亡中间。这种沉寂的死亡包围着拉吉波的生活，使它一天一天变得枯燥无味。拉吉波失去了从前所熟悉的那个莫哈玛娅。从童年起，他就一直在自己的生活中保持着对她的美好回忆，可是这个罩着面纱的长期默默生活在他身边的形象，却妨碍着他的这种美好回忆。拉吉波常常在想，人与人之间自然隔着许多栅栏，莫哈玛娅更像《往世书》中描写的迦尔纳①，一生下就带着护身符，她一生下来就在自己性格的周围罩上了一层帷幕。后来她仿佛又降生了一次，在自己的周围又加了一层帷幕。她虽然一直生活在拉吉波的身边，可又显得那么遥远，使得拉吉波无法接近。他只能坐在一个魔力的圈外，怀着一种不满足的心情，企图看穿这薄薄而又坚实的奥秘——恰似天上的星星一夜又一夜地虚度时光，想以自己那清醒的、永不闪动的、低垂的目光，看穿这漆黑的夜幕一样。

这两个没有伴侣的孤独的生灵，就这样在一起过了很久。

一天，正是新月出现后第十个夜晚，是雨季以来第一次

---

① 迦尔纳:《往世书》和《摩诃婆罗多》中的人物，为母亲和太阳神所生，一生下来就身披铠甲，手执兵刃。——译者注

云开月现。静谧而明朗的月夜，清醒地坐在沉睡的大地的床前。那一夜，拉吉波毫无睡意，坐在自己房间的窗台上。闷热的树林，把一股股香气和蟋蟀的懒洋洋的低鸣送进了他的房间。拉吉波看到，在一行行黑黝黝的树木旁边，寂静的小湖犹如一个擦亮的银盘在闪闪发光。在这种时候，很难说一个人是否会有清晰的思想。只有他的整个心潮向着某个方向流去——宛如森林散发着一阵阵芳香，又像黑夜发出一声声蟋蟀的低鸣。拉吉波在想什么，我不知道。不过他感到，今天好像一切陈规戒律都破除了。今天这个雨季之夜揭开了它的云幕，今天这个夜晚显得宁静、优美、深沉，正像昔日的莫哈玛娅一样。他的全部身心一起涌向那个莫哈玛娅了。

拉吉波就像一个梦游人似的站起来，走进莫哈玛娅的卧室。莫哈玛娅当时正在酣睡。

拉吉波站在她的身边，皎洁的月光洒在她的脸上。他低头一看，哎呀，多可怕啊！昔日那熟悉的面孔哪儿去了？火葬堆的烈火用它那残酷的贪食的火舌，舔噬了莫哈玛娅左颊上面的容颜，留下了它那贪婪的痕迹。

我猜想，拉吉波一定非常惊讶；我猜想，从他的嘴里一定发出了某种无法形容的声音。莫哈玛娅被惊醒了，她看见拉吉波站在她的面前。她立刻罩上面纱，马上从床上站起来。拉吉波知道这一次她要大发雷霆了。于是他伏在地上，抱住她的腿，说道："原谅我吧！"

莫哈玛娅一句话也没说，连头也没回，就从房间里走了出去。她再也没有回到拉吉波的家里来，到处都没有找到她。她那沉默的怒火，在那毫不留情的诀别时刻，给拉吉波的整个余生烙上了一道长长的伤痕。

1892年法尔衮月

（董友忱　译）

笔　记　本

　　乌玛自从学会写字，就开始捣起乱来。在家里每个房间的墙上，她都用木炭歪歪扭扭地写上一行行大字："水在流淌，树叶在颤抖。"在她嫂子的枕头底下有一本《霍里达斯的秘密》，她把这本书翻出来，在每一页上都用铅笔写上："黑黑的水，红红的花。"

　　在家里人经常使用的日历牌上，她也写满了很大很大的字，弄得日历牌的星星花边都模糊不清了。

　　在爸爸日常账本的收支栏中间，乌玛写道："谁会读书写字，谁就可以骑马坐轿。"

　　她这样学习文化，直到现在都没有遇到过什么障碍。后来有一天，突然发生了一件很不愉快的事。

　　乌玛的哥哥戈宾德拉尔，看上去很不聪明，但他却经常在报纸上写文章。凡是听过他讲话的亲戚朋友或熟悉他的邻居，谁都不怀疑他是一个有头脑的人。其实，不应当因为他善于思考一些问题而非难他，他的确会写文章，而且他的观点是同孟加拉大多数读者的观点完全一致的。

　　在欧洲一些科学家中间，对解剖学存在一些比较严重的错误观点。戈宾德拉尔不用任何论据，只凭着慷慨激昂的语言，就写好了一篇生动的文章，来猛烈抨击他们的谬论。

一天中午，家里没有别人，乌玛就用哥哥的笔墨在那篇文章上面大写特写起来："戈巴尔是一个很乖的孩子，你给他什么，他就吃什么。"

我不相信，她所说的戈巴尔是影射戈宾德拉尔这篇文章的读者，可是哥哥却气得不得了。他先是打了乌玛，然后又没收了她精心保存的书写工具——一个铅笔头和一支墨迹斑斑的粗钝的钢笔。小姑娘很委屈，她一点儿也不明白，自己为什么受到这样严厉的惩罚，于是就坐在屋角里，伤心地哭起来。

戈宾德拉尔惩罚了乌玛之后，感到有些后悔，因此就把没收来的东西还给了妹妹，另外还送给她一个带格的精装的笔记本，想以此来解除妹妹心中的悲痛。

乌玛当时只有7岁。从那以后，她白天就把笔记本揣在怀里，夜晚就把它压在自己的枕头底下。

当她扎起小辫在女仆护送下开始到乡村女子小学读书的时候，也随身带着这个笔记本。同学们见了，有的惊奇，有的羡慕，有的嫉妒。

第一年，她用心地在笔记本上写道："百鸟啼鸣，夜已经过去。"她坐在卧室里的地板上，拿着那个笔记本，一边高声朗读，一边写着什么。就这样，她收集了很多诗歌和散文。

第二年，在她的笔记本上，开始出现了一两篇她自己写的作文。文章很简短，但很有内容——就是没有前言和结尾。有一两篇都是可以引用的。乌玛在笔记本上抄写了《寓言集》[1] 里的老虎和仙鹤的故事，在这个故事下边的一个地方，可以看到这样一行字："我非常爱乔什。"这种语句，不论在《寓言集》中，还是在现代孟加拉文学作品里，都是找不到的。

谁都不会认为，我现在是想杜撰一个爱情的故事。乔什并不是街坊里某一个十一二岁的男孩子，她是家里一位年老的女仆，她的真名字叫乔绍达。

但是，只凭上述那一句话，还是不能确切地说明这个小姑娘对乔什的真正态度的。如果谁想以此为题写一篇真实的故事，他只要翻几页这个笔记本，就会发现一些和上述那句话完全不同的议论。

类似的情形，还不止一个半个。在乌玛的作文里，相互矛盾的错误比比皆是。她在一处写道："我要和霍里永远绝交（不是霍里丘龙，而是她的女同学霍里达斯）。"可是，在离此处不远的地方，又写有这样的话语，从这些话里人们很容易相信，像霍里这样的忠诚朋友，在整个三界[2]都是找不到的。

又过了一年，小姑娘已经9岁。有一次，从早晨开始，

---

① 《寓言集》：孟加拉著名学者伊绍罗琼德罗·比代沙戈尔（1802—1891）创作的一部寓言故事。——译者注

② 三界：印度教和佛教都认为宇宙间存在着三个世界：天堂、人间和地狱。——译者注

在她家里就吹起了唢呐。乌玛出嫁了，新郎名叫彼里莫洪，是戈宾德拉尔的同行作者。他虽然年龄不大，并且知书识字，然而他脑子里却没有一点儿新思想。因此，街坊邻居里的一些守旧的人对他赞不绝口，而戈宾德拉尔也一味地在模仿他，可就是总不大像。

乌玛穿上贝拿勒斯纱丽，用面纱蒙上她那张娇小的脸，哭泣着要到婆家去了。妈妈嘱咐她说："孩子，你要听婆婆的话，应当多做一些家务事，可不要再读书写字啦!"

戈宾德拉尔也嘱咐妹妹："你要注意，可千万不要在他们家的墙上乱画，那里可不同咱们家。千万小心，不要在彼里莫洪的任何稿件上乱写。"

小姑娘的心颤抖了。她当时意识到，她现在要去的那个家，是没有人会原谅她的。在那里，要弄清楚，什么叫作罪过、错误、缺点，还要经过长期的学习和遭受很多的责骂。

那一天的一清早，就吹起了唢呐。但是，在那个披着面纱、穿着贝拿勒斯纱丽、佩戴首饰的小姑娘颤抖的心里，究竟是什么滋味——在这群人中是否有人能很好地了解这一点呢? 这是很值得怀疑的。

乔什陪着乌玛到婆家去了。家里让她在那里住一些日子，等乌玛在婆家安顿好了之后再回来。

慈母般的乔什，经过再三考虑，还是把乌玛的笔记本带去了。这个笔记本是她娘家财产的一部分，是她在自己故居度过的不长岁月的一种美好回忆，这是父母钟爱她的一部简史，而且是用歪歪斜斜的不熟练文字写成的。对于过早地承担家务的小姑娘来说，这个笔记本可以引起她那颗童心对愉快甜蜜的自由生活的回味。

她初到婆家的那几天，什么都没有写，也没有时间写。几天之后，乔什终于回去了。

那一天中午，她闩上卧室的门，从一个铁盒子里取出笔记本，哭着写道："乔什回家去了，我也要回到妈妈那里去。"

现在她没工夫去抄录《精读课本》和《常识课本》了，我觉得她也没有这种兴趣了。所以，如今在她那简短的记述中，也就没有长篇大论。在上述那一行文字后面，写有这样一段话："如果现在哥哥接我回家，我再也不会弄坏他的稿子了。"

据说，乌玛的父亲常常想把乌玛接回家来，但是戈宾德拉尔和彼里莫洪勾结起来，阻止他那样做。

戈宾德拉尔说，现在正是乌玛学习敬奉丈夫的时候，如果现在把她从丈夫家里接回来，使她重温昔日父母对她的钟爱，那就会分散她的精力。他还以此为题，写了一篇充满说教和讥讽语调的美妙文章，那些同他观点一致的读者，都一致认定，那篇文章是令人折服的。

乌玛听到人们这样议论，就在她的笔记本上写道："哥哥，我跪在你的脚下求求你，把我接回家去吧！我再也不惹你生气了。"

有一天，乌玛闩上门，一个人坐在房间里，在笔记本上书写一句无意义的话。她的小姑子迪洛科蒙久里非常好奇。她想，嫂子怎么老是闩着门，应当去看看她在做什么。她从门缝里看见，嫂子正在写什么东西。看到这种情景，她感到非常惊奇。萨拉斯瓦蒂从来还没有这样悄悄地驾临到她们的内室。

她的妹妹科诺科蒙久里，也来到门旁，偷偷地瞧看起来。

她的小妹妹奥依戈蒙久里，跷起脚才勉强能从门缝里看到室内的秘密。

乌玛写着写着，忽然听到门外三个熟悉人的格格笑声，立即明白了是怎么回事。她慌忙把笔记本放进铁盒子锁好，羞怯地把脸藏在被子里。

彼里莫洪听说这件事之后，心里特别忧虑。一旦女人开始读书学习，小说和剧本就会接踵而至，维护家庭节操就会遇到困难。

此外，经过深思熟虑之后，他得出一个非常奇妙的结论。他说，阴性和阳性两种力的结合，构成神圣的姻缘合力，但是由于读书学习，女人身上的阴性就会受到压抑，而阳性就会占上风，然后因为两种阳性发生冲突，结果就会产生一种破坏力，使得姻缘合力遭到毁坏，因而妇女就会成为寡妇。直到现在，还没有人反驳过他这种理论。

彼里莫洪晚上回到家里，狠狠地训斥了乌玛一顿，并且用嘲讽的口气说："应当给你定做一条律师头巾。我的太太可以把笔夹在耳朵上去上班了。"

乌玛没能完全理解他这话的含意。她从来没有读过彼里莫洪的文章，因此她现在还不具备理解他那种幽默的能力。但是她心里感到很难过——她在想，如果世界能一分为二，她也许才能摆脱羞耻。

很多天她没有再写东西了。可是，在一个秋天的早晨，有一个女乞丐歌手，唱起了《阿戈摩尼之歌》①。乌玛把脸贴在窗棂上默默地听着。秋阳普照着大地，童年时代的所有往事，一一浮现在她的脑际。听到《阿戈摩尼之歌》，她就再也按捺不住了。

乌玛是不会唱歌的，但是自从她学会写字之后，便养成了这样一种习惯：只要听到谁在唱歌，就把它写下来，以此来弥补自己不会唱歌的缺陷。今天女乞丐唱道：

> 城里的人说："乌玛的娘，
>
> 那是你丢掉的星星又在闪光！"
>
> 王后听了乐得发狂，
>
> 她急忙跑过去把话讲：
>
> "我的乌玛，你在何方？"

---

① 《阿戈摩尼之歌》：为祝贺印度古代神话中的杜尔伽女神秋天回娘家而唱的一种欢迎曲。——译者注

王后哭诉道："我的乌玛回来了。"

"快过来呀，孩子！快过来吧！"

"快过来，坐在我的膝盖上。"

我伸出双手，搂住母亲的脖颈，

十分委屈地哭着对娘讲：

"你要把女儿带往什么地方？"

乌玛满腹委屈，眼睛里充满了泪水。她悄悄地把女歌手叫到屋里，闩上门，开始在笔记本上一笔一画地抄写起来。

迪洛科蒙久里、科诺科蒙久里和奥依戈蒙久里，从门缝里把这一切都看在眼里。突然她们拍着手叫道："嫂子，你做的事儿，我们全都看到了。"

乌玛当时急忙打开门，走了出去，用羞愧的声调说："好妹妹，千万别对任何人讲！我跪在你们的脚下，求求你们！我再也不这样做了，我再也不写了。"

这时乌玛发现，迪洛科蒙久里的一双眼睛在盯着她的笔记本。乌玛当时急忙跑过去，把笔记本揣在怀里。三个小姑子费了不少劲儿想把它抢走，结果都没有办到，于是只好把她们那位聪明的哥哥叫来。

彼里莫洪一进来，就威严地坐在床上。

"把笔记本交出来！"他用雷鸣般的声音吼道。他看到乌玛不执行他的命令，便扯着嗓子，大喝一声，"交出来！"

小姑娘用手捂着揣有笔记本的胸口，用哀求的目光望着丈夫的脸。当她看到彼里莫洪站起来，准备来抢笔记本的时候，她就把笔记本扔到了地上，用双手捂着脸，也倒在了地上。

彼里莫洪拾起笔记本，高声读着那里所写的东西；乌玛每听一句，就对大地贴得更近一层，而那三个小女孩，作为听众，却笑得前仰后合。

从此之后，乌玛再也没有见到那个笔记本。彼里莫洪也有一个笔记本，上面用尖刻带刺的语言写满了各种文章，但是却没有哪一个人敢把它抢走毁掉！

1894 年法尔衮月

（董友忱　译）

判　　决

一

　　杜基拉姆·路易和契达姆·路易兄弟俩，一大早就手拿砍刀上工去了。这时候，他们的两个妻子就大吵大闹地对骂起来。但是，她们的邻居们对于这种吵骂，就像对待自然界各种各样的声音一样，早就习以为常了。人们听到她们那尖刻的骂声，就互相议论道："嘿，又干起来了。"这就是说，这样的争吵是他们意料之中的事，今天当然也不会有任何例外。每当清晨太阳在东方冉冉升起的时候，谁也不会去询问它升起的原因。同样的道理，当路易家里的两个妯娌争吵的时候，也没有人会对她们争吵的原因发生兴趣。

　　当然，她们的丈夫对于这种争吵，无疑是比邻居更清楚的，但他们却认为，这倒也没有什么妨碍。他们兄弟俩，仿佛乘坐着一辆双轮马车，走过了一段漫长的生活道路，并且认为，车子两边那两个无弹簧的车轮不断地发出叽叽嘎嘎的响声，也是生活之车行进中的正常现象。

　　然而，如果某一天家里一点声音都没有的话，大家就会感到忐忑不安，就会担心这一天可能发生什么意想不到的灾难。这一天究竟会发生什么不幸，谁也无法预料。

在我们所讲述的这个故事发生的那一天，兄弟二人傍晚下工之后，拖着疲惫的身子回到家里的时候，发现冷漠的家里鸦雀无声。

外面仍然十分闷热，中午曾经下过一阵暴雨。现在四周的天边密布着乌云，一丝儿风都没有。雨季里，房子周围的树木和野草长得十分茂盛，从那里和被雨水淹没的黄麻田里，飘来了一股浓郁的野草的芳香，宛如一堵厚厚的墙壁围聚在房子的四周。青蛙在牛栏后边的洼地里，叽叽呱呱地叫个不停。黄昏时节，宁静的天空中充满了蟋蟀的叫声。

在不太远的地方，雨季的帕德玛河在云影下呈现出一副十分沉静而可怕的表情。它冲毁大部分农田，逼近了民房。在被冲毁的河堤上，有三四棵芒果树和木棉树的树根袒露着，就像是在绝望中伸出来的手指，企图在空中抓到最后的某种依托。

杜基拉姆和契达姆，那一天在地主的账房里干活。河对岸田里的水稻已经成熟。为了抢在农田被水淹没之前收割完庄稼，村里的穷苦人都下到田里——有些人在自己的田里，有些人在黄麻种植园里忙碌着；只有他们兄弟俩，被地主的狗腿子硬拉去修理账房。账房的屋顶出现了裂缝，有几处已经漏雨。为了修补屋顶和编织几个竹篱笆，他们哥俩儿整整干了一天，连中午都没有回家，只是在账房里吃了一点儿东西。有时他们不得不站在雨里淋着，可是却没有拿到应得的工钱，相反，倒听到了不少无理的责骂。

兄弟俩一路上踏着泥水，傍晚回到家里之后，看到老二的媳妇琼德拉垫着纱丽的一端，默默地倒在地上，她犹如今天这阴郁的天气一样，中午抛洒了不少泪雨，到了傍晚才勉强安静下来；而老大的媳妇拉塔面带愠色，坐在阳台上——她那个一岁半的儿子哭了很久。他们兄弟二人走进来的时候，看见赤身裸体的孩子仰卧在靠近院子一侧的阳台上，睡着了。

饥饿难忍的杜基拉姆，急不可待地说："拿饭来！"

大媳妇犹如火药桶里掉进了火星一样，立即爆炸了。她用激烈的语调嚷道："我到哪里给你弄饭去？你带回米来了吗？难道还要让我亲自出去给你挣米来不成？"

经过一整天的劳累和辱骂之后，在这个断了炊的郁郁不乐的阴暗的家里，听到正在被饥饿煎熬的妻子这种粗鲁的话语，特别是最后一句话中所暗含的辛辣讥讽，杜基拉姆突然感到无法忍受了。他像一只狂怒的猛虎一样，咆哮道："你说什么！"话音刚落，他就立即操起砍刀，不顾一切地向妻子的头上砍去。拉塔倒在小媳妇的怀里，不一会儿就死了。

琼德拉满身是血。"这是怎么啦？"她大叫起来。契达姆用手捂住她的嘴。杜基拉姆丢下砍刀，双手捂着脸，傻呆呆地坐在地上。孩子被惊醒了，吓得大哭起来。

当时，外面仍然十分宁静。牧童们牵着牛正返回村里来。那些在河对岸田里收割刚成熟的稻谷的人们，三五成群地乘坐着一只小船回到这边的河岸。大家头上几乎都顶着三四捆稻谷，那是他们一天的劳动报酬。他们都回到了各自的家里。

丘克罗博尔迪家的拉姆洛琼大叔，到村里邮局寄过信之后，坐在屋里悠闲地默默吸着烟。忽然他想起来，他的佃户杜基还欠他很多债，答应今天还给他一部分。估计这时候他们该回来了，于是拉姆洛琼便把围巾搭在肩上，带一把雨伞，走出了家门。

他一走进路易家的院子，就感到浑身毛骨悚然。他发现屋内没有点灯。在漆黑的阳台上，可以隐隐约约地看到三四个黑影在晃动。从阳台的一个角落里传来了一阵阵啜泣声——这是一个小孩在哭着喊叫妈妈，而契达姆在捂着这孩子的嘴。

拉姆洛琼感到有些恐惧，他问道："杜基，你在家吗？"

杜基就像一座石像一样，呆坐在那里，一听到有人喊叫他的名字，犹如一个不懂事的孩子似的，竟然嚎啕大哭起来。

契达姆急忙离开阳台，走到院子里，来到了丘克罗博尔迪的跟前。丘克罗博尔迪问道："大概两个女人正在吵架吧？今天一整天我都听她们吵吵闹闹的。"

事情发生后，契达姆真不知道该怎么办。各种不切实际的想法在他的脑子里一一闪过，最后他决定，等天一黑下来，就找个地方把尸体藏起来。他万万没有想到，这时候丘克罗博尔迪会到他家里来。由于事情这样突然，他不知道如何回答是好，就敷衍地说道："是啊，今天吵得很厉害。"

丘克罗博尔迪一边准备向阳台走去，一边说道："可是杜基哭什么呢?"

契达姆知道再也隐瞒不住了，就突然说道："吵架的时候，我老婆向我大嫂的头上砍了一刀。"契达姆自然没有想到，除了眼前这场灾祸，还会有什么灾祸降临。契达姆当时只是在想，怎样才能把这个可怕的事实隐瞒过去。他没有意识到，谎言可能会更加可怕。因此，他听到拉姆洛琼一问，在他的脑海里立即就准备好了一个答案，并且立即说了出来。拉姆洛琼慌恐地问道："啊! 你说什么! 没有死吧?"

契达姆说："死了。"说完，他就抱住丘克罗博尔迪的腿。这样，丘克罗博尔迪就没路可逃了。他默默地念颂："罗摩①，罗摩! 今天晚上我怎么碰上了这种倒霉的事! 往后又要到法院去作证，该跑断腿了!"契达姆怎么也不肯放开他的腿，他说："尊敬的大叔，现在有什么办法，才能救我妻子一命啊?"

拉姆洛琼是全村最熟悉诉讼案件的谋士。他想了一下，说："你看，倒有一个办法。你立刻到警察局去——你就说，你哥哥晚上回到家里想吃饭，因为饭没有做好，他就在他妻子的头上砍了一刀。我敢说，你这样一讲，你那个冒失

---

① 罗摩：印度史诗《罗摩衍那》中的主人公。后世认为他是神仙下凡，所以人们遇到不幸的时候，常常念颂他的名字。——译者注

的媳妇就会得救。"

契达姆的喉咙都干了。他站起来说："大叔！老婆没有了，我还可以再娶一个。要是我哥哥被绞死，我就再也没有哥哥了。"然而，当他把杀人罪推到他妻子身上的时候，并没有想到这些。他只是由于着急才干了这样一种蠢事，现在只不过想偷偷地为自己寻找理由和安慰罢了。

丘克罗博尔迪也觉得他的话有道理，于是说道："那么，你就如实地说吧。想两全其美是办不到的。"

拉姆洛琼说完就走了。一眨眼工夫，全村都知道了：库里家的琼德拉，一气之下向她大伯嫂头上砍了一刀。

警察犹如决堤的河水一样，呼呼地开进村子，有罪的和无罪的——所有的人都感到十分惶恐。

二

契达姆想，还是应当沿着开辟的道路走下去。他亲口对丘克罗博尔迪说的那些话，已经传遍了全村。现在如果再另外说一套，后果会怎么样呢？对于这一点，他自己简直不敢想象。他认为，应当千方百计坚持已经说过的那套谎言，同时再编造一些假话来营救妻子，除此之外，再也没有什么别的出路了。

契达姆请求他的妻子，把罪名揽在自己的身上。这对他妻子来说，简直就像被雷击了一样。契达姆安慰妻子说：

"你要按照我所说的那样去做。你不必担心，我们会把你救出来的。"他虽然安慰了妻子，可是他的喉咙却干涩了，脸色也像死灰一样惨白。

琼德拉只不过十七八岁。她有一张健美而丰润的圆脸；她身材不太高，但显得强壮、有力、匀称。在她的身上使人感到有这样一种美，不论她行走坐卧，还是活动转身，似乎没有一点儿笨拙之感。她宛如一艘新造的小船，小巧、优美、易动，在她身上毫无懈怠之处。她对世界上的一切事情，都怀有浓厚的兴趣和好奇感。她喜欢到街坊邻居家串门、聊天，更喜欢挟着水罐到河边汲水。每当这种时候，她就用两个手指微微把面纱撩开一点，用她那双炯炯有神的机灵的黑眼睛，观望着路上值得欣赏的一切。

大媳妇恰恰和她相反，她十分邋遢、懒惰、迟钝，缝制头巾、哄孩子、操持家务等等，样样她都干不来。虽然她手上没有什么活儿，但是她又仿佛永远也不得闲似的。小媳妇很少同她讲话，有时也用柔和的语调挖苦她几句。这时候，她就会气势汹汹地破口大骂，使得左邻右舍都不得安生。

这两个丈夫的性格同他们的妻子出奇地相似。杜基拉姆是个身材魁梧的男子汉——骨骼宽大，鼻子扁平；那两只眼睛仿佛不能很好理解这个可见的世界，然而却又不向它提出任何问题。像他这样怯懦而又令人畏惧，强壮而又无能力的人，是很罕见的。

但是契达姆倒像是用一块闪闪发光的黑宝石精心雕琢出

来的一样。他穿着整洁，衣服上从来没有过破洞。他那敏捷而有力的身体的每一部分，都显得协调而健美。无论从河岸上的高处向河里跳水，还是用竹竿撑船，或者爬到竹子顶端采集嫩芽——在一切劳动中，都表现出他那种高超的技巧和轻松的美。他那一头长长的黑发，抹着发油，精心地从前额往后梳着，直披到肩上。他的穿戴打扮，甚至有点过分讲究。

他虽然对村子里一些媳妇们的姿色十分欣赏，并且很喜欢在她们面前卖弄自己的风姿，但是他对自己的年轻妻子却特别疼爱。夫妻间有时虽然拌几句嘴，但还是有感情的，谁都没有伤害过谁。还有一个原因，使得这对夫妻之间的纽带系得更紧：契达姆认为，像琼德拉这样一个漂亮而爱动的女人，是不能完全相信的；而琼德拉则认为，自己的丈夫总是东张西望，假如不把他拴紧，说不定哪一天会从自己的手里溜掉。

在上述那件事发生之前不久，夫妻间曾经有过一次激烈的争吵。琼德拉发现，她丈夫借口外出工作，渐渐地疏远了她，甚至一两天才回来一次，而且回来的时候身上又一分钱也没有。她发现这种不好的苗头之后，对自己的行为也不加检点了。她开始经常到河边去，而且从街上回来，就大肆议论迦什·摩久姆达尔家里的二少爷。

仿佛有人给契达姆的生活涂抹了毒药似的，无论到哪里工作，他的心一刻都安定不下来。有一天，他来到嫂子面前，责备她不管教他妻子。他嫂子摇着手，尖声呼叫着死去的父亲，说道："那个女人跑得比狂风还要快，我怎么能管得住她呀！我看，她总有一天要闯下大祸的！"

琼德拉从隔壁房间出来，慢条斯理地说："我说嫂子，你为什么这样害怕呀？"于是，这妯娌俩又吵了起来。

契达姆瞪着眼睛说道："今后如果我再听说你一个人到河边去，我就砸碎你的骨头！"

"那样的话，我的骨头就可以长眠了！"琼德拉说完，立即向外走去。

契达姆一个箭步跳过去，抓住她的头发，把她拖回屋里，然后从外面把门锁上了。

契达姆晚上下工回来一看，门开了，屋里一个人也没有。琼德拉一口气走过三个村子，来到了她舅舅的家里。

契达姆一再哀求并且经过许多周折，才把妻子接回来。这一次，他算认输了。他发现，企图靠暴力来驾驭这个年轻女人是不可能的，这正如用力去抓住手掌中的一粒水银珠一样困难，因为它可以从你的手指缝里滑掉。

他再也不敢使用暴力了，不过，从此之后，他就开始感到惶恐不安。对于这位年轻爱动的妻子这种提心吊胆的爱情，他感到极为苦恼，甚至他有时在想："如果她死了，我倒会因为去掉了一块心病而得到一点儿安静。因为人与人之间存在着的那种醋意，是不会波及到阎王爷身上的。"

正在这个时候，家里出了那件祸事。

当琼德拉的丈夫让她承认是自己杀了人的时候，她愕然地望着丈夫的脸。她那双乌黑的大眼睛，犹如两堆黑色的火焰一样，在默默地焚烧着她丈夫的心。她的整个身心仿佛正在慢慢地萎缩，竭力想从她那魔鬼丈夫的手中挣脱出来。她的整个身心都想离开自己的丈夫。

契达姆对她劝说道："你一点儿也不要怕。"他反复教她对警察和法官应当讲些什么。琼德拉对这些长篇大论一点儿都没有听进去。她宛如木雕像一样，呆呆地坐在那里。

杜基拉姆凡事都依靠契达姆。当契达姆建议，把一切罪过都推到琼德拉身上的时候，杜基问道："那么，孩子他婶儿怎么办呢？"契达姆回答说："我一定能把她救出来。"于是，大个子杜基拉姆也就放心了。

三

契达姆教他妻子道："你就说：大嫂用菜刀来砍我，而我用砍刀一挡，不知怎么一下子伤着她了。"这套谎话都是拉姆洛琼编造的。他还向契达姆详细说明，要证实这套供词必须举出一些什么样的细节和证据。

警察开始调查了。全村人都深信不疑，是琼德拉杀死了她的大伯嫂。所有的证人也都是这样说的。当警察审问琼德拉的时候，她回答说："是的，人是我杀死的。"

"你为什么要杀死她？"

"我看不惯她。"

"你们吵架了吗?"

"没有。"

"是不是她首先想杀害你?"

"不是。"

"她是不是欺负过你?"

"没有。"

大家听到她这样回答,都惊得目瞪口呆。

契达姆简直沉不住气了。他说:"她讲得不对。是我大嫂先……"

警官申斥了他一句,叫他住嘴。警官用各种方法反复审问她,最后得到的回答都是一样的:琼德拉矢口否认关于她大伯嫂先动手的说法。

这样固执的女人,简直没有见过。她既然拼命要往绞刑架上靠拢,那就怎么也拉不住她。这是一种多么可悲的傲气呀!琼德拉在心里对丈夫说:"我离开你,情愿把我的青春献给绞刑架——这是我今生今世最后一次与它结下的缘分。"

琼德拉成了囚徒。这位天真、活泼、爱说爱笑的年轻的乡下媳妇,走过她所熟悉的村子里的大道,绕过路上的车辆,经过市场,经过河边,经过摩久姆达尔的房前,经过邮局和学校,在熟人的注视下蒙着耻辱,永远离开了自己的家园。在她的后面,还跟着一群孩子。村里的女人和同她年龄相仿的那些姑娘媳妇——有的站在门旁，有的站在树后，有的透过面纱的缝隙，望着被警察押走的琼德拉。她们感到羞愧、憎恨和恐惧。

在法官面前，琼德拉也承认了自己的罪行，而且她并没有说，在她杀害她大伯嫂之前，她大伯嫂对她采取了某种粗暴的行动。

但是，那一天契达姆站在证人席上，双手合十地哭着说："法官，我向您发誓，我妻子没有任何罪过。"法官斥责了他，叫他安静下来，然后开始审问他，于是他就一五一十地说出了事实的真相。

法官不相信他的话。因为，德高望重的主要证人拉姆洛琼说了下面一席话："在这件杀人案发生之后不久，我就到了现场。见证人契达姆当着我的面承认，并且还抱住我的腿哀求说：'怎么样才能搭救我妻子呀？请给我出个主意吧！'我当时什么都没有说。契达姆又对我讲：'如果我说，我哥哥想吃饭，但因为饭没有做好，他就一气之下砍死了他的妻子，那么，我老婆能得救吗？'我对他说：'你这个小猪崽子，要注意呢！在法庭上一句假话都不能讲——再没有比讲假话的罪过更大的了。'"

为营救琼德拉，拉姆洛琼编造了许多供词，可是当他发现琼德拉根本不想为自己辩护的时候，他就想："我的天呐！难道到头来我还要落个提供假证词的罪名不成！还是把我所知道的一切都说出来为好。"这样想过之后，拉姆洛琼就把他所知道的都讲了出来。当然，他也没有忘记添油加醋。

法官将此案提交刑事法庭审理。

在这段时间里，有人耕田，有人经商，有欢乐，也有悲伤——世界上的一切都在正常运行。今年的斯拉万月如同往年一样，绵绵淫雨击打着刚插过秧的稻田。

警察把被告人和证人一起带到了法庭。在那里聚集了不少人，他们都在等待着对这起案件的判决。有的人为了分到厨房后面的一块沼泽地，特意从加尔各答请来了一位律师，并且还为自己的案子传来了 39 个证人，来为原告人作证。有多少人为解决一些鸡毛蒜皮之类的小事而忧心忡忡地来到了法院！在他们看来，现在世界上再没有比他们的事情更为重要的了。契达姆从窗子里面凝望着每天都十分繁忙的世界，觉得这一切都像梦幻一样。从枝叶繁茂的一棵大榕树上，传来了布谷鸟的啼鸣——在鸟类世界里，大概是没有任何法律和法院的。

琼德拉对法官说："哎呀，大人！一句话还要我重复多少遍呀！"

法官先生向她解释说："你所供认的罪过，要受到什么样的惩罚，你知道吗？"

琼德拉回答道："不知道。"

法官说："要判处绞刑。"

琼德拉说："噢，大人！我跪在你的脚下，求求你！可不要再折磨我了。你们想怎么办都行，我再也忍受不了了。"

当契达姆被带到法庭来的时候，琼德拉把脸扭到一边。法官对她说："你看看这个证人，他是你的什么人？"

琼德拉用双手捂着脸，说道："他是我的丈夫。"

"他爱你吗？"

"噢，他非常爱我。"

"你爱他吗？"

"我也很爱他。"

当审问契达姆的时候，他说："人是我杀死的。"

"你为什么杀人？"

契达姆回答道："我想吃米饭，我大嫂不给。"

杜基拉姆被传来作证的时候，他晕了过去。当他苏醒过来之后，回答说："大人，是我杀了人。"

"你为什么要杀人？"

"我想吃米饭，她不给。"

经过反复讯问，并听取了各方面的证词之后，法官先生终于明白了：他们兄弟俩都在争着承担罪名，是为了使他们家里的这个女人免于绞刑。可是，琼德拉从警察局到刑事法庭反复说着一样的供词，她的话丝毫没有改变。有两位律师志愿为她辩护。为使她免于死刑，他们两个人做了很大努力，但是最后也只好在她面前认输。

这个年龄小小的、皮肤黑黑的、脸盘圆圆的小姑娘，丢下洋娃娃，离开娘家，来到婆家。在那幸福的花烛之夜，谁会想到她竟会落得今天这样的下场！他父亲在临终的时候，心里是平静的，因为不管怎么说，他总算为女儿安排了一个幸福的归宿。

在执行绞刑前，监狱里一个好心的医生，问琼德拉："你是不是还想见一见谁?"

"我想见一见我的妈妈。"琼德拉回答说。

大夫说："你丈夫想看看你。我把他叫进来吧?"

琼德拉说："那还是让我死了好!"

1893 年斯拉万月

（董友忱 译）

乌云和太阳

一

前一天下了一场雨。今天雨停了。清晨，忧郁的阳光和几朵乌云联合起来，在几乎成熟的稻田上，轮番挥舞着各自的画笔，把一幅辽阔碧绿的田野画卷，一会儿描绘得金灿灿，一会儿又涂上了一层浓重的阴影。

在整个天空的舞台上，只有乌云和太阳这两个演员在表演着它们各自的节目，而在地面的舞台上也有无数的戏剧在上演。

当我们在为一出生活小剧拉开帷幕的时候，就可以看到乡村路边的一座房子。这房子只有靠外边的一间是砖砌的，其余几间都是土坯房，两侧有一道破旧的砖墙围绕着。站在这条路上，透过窗棂可以看到，一个青年人光着膀子坐在木床上。他左手拿着一本书，正在专心地阅读着。

在外面的乡村小路上，一个身穿条格衣服的小姑娘，用衣襟兜着一些黑李子，正在一个接一个地吃着，同时在那扇装有铁条的窗子面前一次又一次地踱来踱去。看她的表情，你就会明白，她和坐在屋子里木床上的那个读书人一定很熟悉。她想方设法吸引他的注意力，并且想以一种沉默的蔑视神情向他暗示："现在我正在忙着吃黑李子，根本顾不上看你。"

不幸的是，坐在屋子里埋头学习的那位青年，眼睛近视，他看不清楚在远处默默等待着他的那个小女孩。小姑娘也知道他近视，因此在长时间地踱来踱去而毫无结果之后，她就不得不使用黑李子核来作为武器，以取代沉默的蔑视。但是想要在瞎子面前保持高傲的态度，那是很困难的。

三四个坚硬的李子核仿佛偶然落在门上，发出了声响，正在读书的青年抬起头来，向外望去。狡猾的小女孩注意到了这一点，就以双倍的注意从衣襟里挑选可以吃的成熟的李子。年轻人皱着眉使劲地看了一下，才认出了小姑娘，于是放下书本，走到窗前，满脸堆笑地叫道："吉莉巴拉！"

吉莉巴拉一面全神贯注地埋头挑着衣襟中的黑李子，一面慢悠悠地一步一步离开了这座房子。

眼睛近视的这位年轻人立即意识到，这是对他在无意中所犯的罪过的一种惩罚。他急忙走出房间，说道："我说吉莉巴拉，你今天怎么不给我带李子来呀？"吉莉巴拉没有理睬他的话，反复挑选着李子，最后拣出来一个，悠然自得地开始吃了起来。

这些李子都是吉莉巴拉家中园子里产的，她每天都带一些来给这位年轻人。我不知道吉莉巴拉是否把这件事忘了。但是她的行动表明：这些李子是为她自己一个人带来的。可是，使人不解的是，从自己家园子里摘了水果，跑到别人家的门前来吃，这是什么意思呢？当时这位青年走到她面前，握住她的手。吉莉巴拉一开始扭来扭去，想把手抽回来，可是后来突然流着眼泪，哭了起来，并且把李子扔在地上，就急忙跑掉了。

早晨活泼易动的阳光和乌云，到了傍晚就安静下来，并且现出了疲惫的表情；臃肿的白云聚集在天边的角落里；逐渐暗淡下来的夕阳，在树叶上、池塘的水中和被雨水冲洗过的自然界的每一个机体上熠熠闪光。这个小姑娘又来到这个窗前，房间里仍然坐着那个青年。所不同的是，这次小姑娘的衣襟里没有李子，年轻人的手中也没有书本。也许，还有一些比这更为重要的隐蔽的区别。

很难说，有什么特别的需要，使这个小姑娘当天傍晚又跑到这个特别的地方来。不管有什么需要，反正在小姑娘的行动中，无论如何都看不出她想和那个坐在房子里的年轻人谈话的迹象。看来，她来这里是想看一看，早晨她扔在这里的那些李子，晚上是否有的发芽了。

不发芽可能有各种原因，但其中比较重要的一个原因就是，这些水果现在都堆放在这个青年面前的木床上了。当这个小姑娘不时地低头假装寻找某种想象的东西的时候，这个青年就在心里暗自发笑，并且十分严肃地一个一个挑选李子，专心地吃着。后来，有几个李子核偶尔落在她的脚边，甚至落在她的脚上。这时候吉莉巴拉才明白，原来这个年轻人是在对她的高傲态度进行报复。但是，难道能这样对待她吗！当她准备牺牲自己那颗小小心灵中蕴藏着的一切傲气，来寻找机会投降的时候，竟然在如此艰难的道路上为她设置障碍，那岂不是太残酷了吗！她是来投诚的——小姑娘意识到这一点之后，她的面颊渐渐现出了红润，于是她开始寻找逃跑之路。当时那位青年走出房间，抓住了她的手。

这时候也同早晨一样，小姑娘扭来扭去，竭力想把手抽回来逃走，可是这次她没有哭。相反，她红着脸，把头偏向一边，把脸藏在这位压迫者的背后，大笑起来，仿佛只是由于外界的引诱她才被俘，并且像一个战败的俘虏似的，走进了这个四周围绕着铁栅栏的囚室。

正如天上的太阳和乌云的戏耍一样，在地上的一个角落里，这两个生灵的戏耍也同样显得平凡和转瞬易逝。天上的太阳和乌云的戏耍并不寻常，而且也并非戏耍，只不过我们把它看作戏耍而已，同样，这两个无名的小人物在一个空闲的雨天里所发生的这个短小的故事——在人世间成千上万的事情中，可以看作是一件微不足道的小事，然而，它并非小事。年迈而伟大的命运之神，总是带着一副刚毅而严肃的面孔，无休止地把一个时代织进另一个时代；也就是这位年迈的老神，让人生中的苦乐种子在这位小姑娘的早晨和晚上微不足道的哭声笑语里发出幼芽来。然而，小姑娘这种毫无缘故的委屈，不仅观众无法理解，而且这出小剧的主要演员——上述那位青年也认为是没有道理的。这个小姑娘为什么有时懊恼，有时又表现出无限的柔情；为什么她有时增加这个青年的每日"俸禄",有时又完全停止对他的供应?要找到这些问题的答案,并不容易。某一天,她仿佛集中了所有想象、智慧和能力,想来赢得这位青年的欢心;某一天,她又集中了所有微弱的力量和狠心,企图向他袭击。如果她没能使他痛苦,她的狠心就会双倍地增加;如果她达到了目的,那么,她那颗狠心就会在同情的泪水中融化,并且化作千万条涓涓的溪流。

太阳和乌云戏耍的第一个小故事,将在下一章里简要地叙述到。

二

村里的人都结成帮派,他们搞阴谋,诬告别人,种植甘蔗,贩卖黄麻,而只有绍什普松和吉莉巴拉两个人,在探讨人的感情和研究文学。

对此倒没有人感到好奇和担心。因为吉莉巴拉才10岁,而绍什普松已经是一个获得文学硕士和法学学士的成年人了。他们两人只不过是邻居罢了。

吉莉巴拉的父亲霍罗库马尔,一个时期曾经是本村土地的转租人。现在由于家境衰落,他卖掉了一切家产,当上了一个住在外乡的地主的管事人。他就在自己所居住的乡里为那个地主经管田产,所以他就可以不必离开他的故居。

绍什普松通过文学硕士考试之后,又通过了法学考试,但是现在他什么工作都没有沾边。

他和人们交往或在开会的时候，总是少言寡语。他也很少离开自己的家门。因为眼睛近视，他都不能辨认熟人，所以他总是皱着眉头看人，而人们都把这看作是一种高傲的表现。

在加尔各答的人海中，不和别人交往，倒也无妨，但是在乡村，这就会被看作是一种独特的清高的表现。绍什普松的父亲多次劝说儿子出去工作，但都毫无效果，最后只好叫他这个无所事事的儿子到乡下去，照看他们在那里的一些家产。绍什普松来到乡下之后，经常受到村民们的欺侮、讥笑和谴责。他受到谴责还有一个原因：喜欢安静的绍什普松不想结婚——而那里受女儿拖累的父母亲们，都认为他这种态度是一种无法容忍的傲慢，因此无论如何都不能原谅他。

人们越是欺负绍什普松，他就越是躲在自己的小屋子里不肯露面。他坐的拐角处的一个房间里，在一张木床上堆了许多英文书籍，他喜欢哪一本就读哪一本。这就是他的工作，至于他如何照管田产，那就只有田产自己知道了。前面已经说过，在人们中间，只有吉莉巴拉和他亲近。

吉莉巴拉的几个哥哥都在学校里读书。每当他们放学回来后，就常常考问他们这位傻呵呵的妹妹：地球的形状是什么样子？有一天还问她：太阳大还是地球大？她要是回答错了，他们就会用一种很轻蔑的态度来纠正她的错误。对于太阳比地球大这一类的问题，如果吉莉巴拉感到缺乏证据，并且敢于表示怀疑，那么，她的哥哥们就会更加轻蔑地对她说："哼！我们书上就是这样写的。而你……"

吉莉巴拉听说书上就是这样写的，就没有什么可说的了，也就是说，不再需要第二个证据。

但是她心里十分希望，她也能像哥哥们一样读书。有时她坐在自己的房间，打开一本书，嘟嘟囔囔装作读书的样子，一页一页不停地翻阅着。印在书本上的那些黑黑的、小小的她不认识的字母（其中"i""oi""r"等字母的肩上都扛着步枪），仿佛列队守卫在一座巨大而神秘的宫殿的门前，它们根本不肯回答吉莉巴拉提出的任何问题。《寓言集》不肯把关于老虎、豺狼、马和驴的故事讲给这位好奇的小姑娘听，《故事蔓》仿佛发誓要让自己的所有故事保持沉默似的。

吉莉巴拉曾经建议她的哥哥们教她读书，可是他们根本不听她的话，只有绍什普松一个人肯帮助她。

最初，吉莉巴拉感到，绍什普松就如同《寓言集》和《故事蔓》一样，难以理解和充满神秘。在靠近路边的那个装有铁窗棂的小房间里，这位青年经常独自一人坐在木床上，埋头读书。吉莉巴拉也常常握着窗棂站在外面，惊奇地望着这位躬身屈背、埋头读书的怪人。她比较一下书的数量，心里断定，绍什普松比起她的哥哥来更有学问。再也没有比这更使她吃惊的事了。她毫不怀疑，绍什普松肯定把世界上所有最重要的课本——诸如《寓言集》等等，都读完了。因此，当绍什普松一页一页翻书的时候，她就一动不动地站在那里，她无法估量他究竟有多少知识。

最后，这个惊奇的小姑娘引起了眼睛近视的绍什普松的注意。有一天，绍什普松翻开一本封面闪闪发光的书，对她说道："吉莉巴拉，你来看看这幅插图。"吉莉巴拉立即跑掉了。

但是第二天，她又穿了带条格的衣服，站在那个窗子的外面，还是那样沉默而聚精会神地注视着正在学习的绍什普松。那一天，绍什普松又叫了她，可是她又甩着小辫，气喘吁吁地跑掉了。

他们就这样开始认识了。但是从什么时候开始他们逐渐亲近起来，又是什么时候这个小姑娘从窗外走进绍什普松的房子里，坐在他那张堆放书籍的木床上的？要准确地弄清这个日期，就必须进行专门的历史考证。

绍什普松开始教吉莉巴拉读书写字了。大家听说一定会发笑的：这位老师不仅教他的小学生学习字母、拼写和语法，而且还翻译很多长诗读给她听，并且还征求她对这些诗的意见。小姑娘能否理解，那只有天晓得。不过她很喜欢他这样做，这是毫无疑问的。她将理解的和不理解的掺合在一起，在自己那颗童心里描绘出各种千奇百怪的想象的图画。她默默地睁大眼睛，用心地听着，间或提出一两个蹩脚的问题，有时还突然转到另一个毫不相干的话题上去。在这种情况下，绍什普松从来不打断她的话——听到这位小评论家对那些长诗的褒贬评述，他感到特别的高兴。在全村，只有这位吉莉巴拉是他唯一的知音。

绍什普松和吉莉巴拉开始认识的时候，吉莉巴拉才 8 岁，现在她已经 10 岁了。在这两年内，她学会了英文和孟加拉文字母，并且读了三四本浅显的书；同时绍什普松觉得，这两年的乡村生活也并不十分枯燥和寂寞。

三

然而，绍什普松和吉莉巴拉的父亲霍罗库马尔，相处并不融洽。起初，霍罗库马尔曾经就诉讼的事情来请教过这位硕士和学士。可是，这位硕士兼学士对此并不感兴趣，并且毫不犹豫地承认，他自己并不懂法律。这位地主的管事先生则认为，这纯属借口。就这样，两年一晃就过去了。

现在，这位管事先生想制服一个不听话的佃户。他打算提出不同的罪名和要求，到几个不同的地区去控告那个佃户，为此霍罗库马尔特意来向绍什普松请教。绍什普松不但没有替他出主意，反而从容坚定地说了几句很刺耳的话，使得霍罗库马尔感到很不舒服。

另一方面，霍罗库马尔控佃户的官司一场都没能打赢。他坚信，一定是绍什普松替那个不幸的佃户出了主意。他发誓要立即把绍什普松从村子里赶出去。

绍什普松发现，牛跑进了他的田里，他的豆垛又着了火，别人还为地界常和他发生争吵，他的佃户非但不肯交地租，还准备诬告他，甚至他还听到人们风言风语地传说：他如果晚上出来，就会挨揍，还有人准备夜里烧他的房子，等等。

最后，这位性情温和、喜欢安静的绍什普松，准备离开这个村子，逃回加尔各答去。

绍什普松正要动身的时候，副县长大人驾到，并且在村子里架起了帐篷。卫兵、警官、侍从、马夫、清扫夫、狗、马等等，搅得整个村子不得安宁。孩子们就像追随着老虎的一群豺狼一样，怀着好奇和胆怯的心理，在这位大人的帐篷外面游来荡去。

这位管事先生想起过去招待客人的开销，照例供给这位大人鸡、蛋、油、奶等物。管事先生慷慨地供给副县长大人的食物，大大地超过了他所需要的限度。但是一天早晨，大人的清扫夫来了，他吩咐管事先生马上拿出 4 公斤酥油来喂大人的狗。霍罗库马尔对于这种讹诈简直无法忍受，于是他对清扫夫说："大人的狗尽管比当地的狗消化能力强，但是这么多的酥油对它的健康是不会有益的。"于是就没有给他酥油。

清扫夫回去后，禀告了大人，说他到管事那里，打听从什么地方可以弄些肉来给狗吃，但是因为他属于清扫夫种姓，管事先生就瞧不起他，而且当着众人的面把他赶走了，甚至还狂妄地对大人表现了轻蔑的态度。

一般说来，一个婆罗门以自己的高贵种姓而自居，就会使洋大人感到无法忍受，何况他竟敢侮辱他的清扫夫呢。因此这位大人勃然大怒，他立即命令侍从："去把管事叫来!"

管事先生浑身战抖，默默念颂着杜尔迦女神的名字，立在大人的帐篷前。这位洋大人从帐篷里款款地走出来，操一口外国的腔调，大声问道："你为什么把我的清扫夫赶走?"

霍罗库马尔战战兢兢，双手合十地报告说，他从来不敢这样无理——把大人的清扫夫赶走；是为了狗的健康，尽管一开始他确实委婉地表示，不赞成一下子给狗4公斤酥油，可是后来还是派人到各地搜集酥油去了。

大人问他都派谁去了，派到什么地方去了。

霍罗库马尔马上说出了几个来到嘴边的名字。为了弄清是否真有这些人到那些村子去弄酥油，大人派出去几个腿脚快的人去调查，同时把管事先生留在帐篷里。

被派出去的人下午回来后，向大人报告说，根本没有人到什么地方去弄酥油。于是这位县官就认定，管事说的全是假话，而清扫夫说的才是实情。当时这位副县长大人气得大发雷霆，于是把清扫夫叫来，对他说："你揪住这个小舅子的耳朵，围着帐篷跑上几圈!"清扫夫毫不迟疑，当着众人的面，执行了大人的命令。

这个消息很快传遍了全村的家家户户，霍罗库马尔回到家里，饭也不吃，就像死人一样，一头躺在床上。

管事先生在替地主经管田产过程中，得罪了不少人，他的这些仇人都为这件事感到高兴。但是正准备动身到加尔各答去的绍什普松，听到这个消息之后，全身的热血都沸腾了，他一夜都没有入睡。

第二天一早，他就来到了霍罗库马尔的家里。霍罗库马尔拉着他的手，激动得哭了起来。绍什普松对他说："你应当控告他污辱人格，我当你的辩护人。"

霍罗库马尔听说要他去控告副县长大人，开始很害怕，绍什普松却毫不动摇。

霍罗库马尔要求给他时间考虑一下。但是当他发现这件事已经传遍了四面八方，而且他的仇人们正在兴高采烈的时候，他就再也坐不住了。于是他就请求绍什普松来帮忙，并对他说："孩子，我听说你正准备回加尔各答去，你又有什么原因非去不可？你千万不能走。有你这样一个人在村子里，我们就会勇气倍增。无论如何，你应当替我洗刷这个奇耻大辱！"

四

这位绍什普松，长期以来一直避开人们的目光，躲在无人的小屋子里，洁身自保，今天他却公然挺身到法院里来了。县长听说他来控告，就把他叫到自己的私人房间，很谦恭地对他说："绍什先生，这个案子私下和解不好吗？"

绍什先生皱着眉，用他那双近视的眼睛，盯着桌子上的一本法典的封皮，说道："我不能这样劝说我的委托人。他是当众被侮辱的，怎么可以私下和解呢？"

他们交谈了几句之后，县长就明白了，轻易地说服这个眼睛近视、话语不多的人，是不可能的。于是他说道："好吧，先生，结果如何，让我们等着瞧吧！"

说完之后，这位县长大人决定推迟审理这起案件的日期，就到郊外旅游去了。

同时，副县长大人给那位地主写了一封信，在信里写道："你的管事侮辱了我的仆人，并且对我也不尊重。我相信，你一定会对他采取必要的措施的。"

地主很恐惧，于是立即把霍罗库马尔叫来。管事把事情的经过从头到尾说了一遍。地主很生气，对他说："大人的清扫夫要4公斤酥油，你为什么不马上给他？还费什么口舌！难道这能花掉你老子的一个铜板吗？"

霍罗库马尔不能否认，他父亲的财产并不会因此而受到任何损失。他承认自己错了，并说："我的时运不好，所以才作出这种蠢事！"

地主又说道："还有，是谁叫你去控告大人的？"

霍罗库马尔回答说："老天有眼！我真没想去控告他，这都是我们村里的绍什干的。他从来没有帮人打过官司，还是个小孩伢子。他不经我同意，就闯下了这起大祸。"

地主听了，对绍什普松非常生气。地主明白，这个人原来是个初出茅庐的新律师，他是想借机闹得满城风雨，在众人面前出出风头。为了尽快使正副两位县长息怒，地主命令管事撤回控诉。

管事带着一些水果作为慰问品，来到了副县长大人家里。他对这位大人说，控告大人完全不是他的本意，这都是村里一个名叫绍什普松的黄口小儿干的——这个年轻律师根本不告诉他一声，就作出了这种无理的事。大人对绍什普松很恼火，而对管事却很满意，并且对于一气之下"处罚"了管事先生深感遗憾。这位大人不久前刚通过了孟加拉语考试，并且得到了奖励。他现在和老百姓讲话都喜欢用文绉绉的孟加拉书面语。

管事说，做父母的有时也会生孩子的气，甚至惩罚他们，但过后就会爱抚地把他们抱在怀里，因此做孩子的就没有任何理由对父母表示怨恨。

然后，霍罗库马尔赏了副县长的所有仆人，就到郊外去拜谒县长大人。县长从他口里听到绍什普松的无理行径之后，说道："我也感到很惊奇，我一向认为管事先生是个好人，怎么会事先通知我不愿意私下和解而突然提出控诉呢？这怎么可能呢！现在我才明白了这一切。"

最后，县长问管事，绍什普松是否加入了国大党。管事毫不踌躇地回答道："是的。"

这位大人凭着他的大人智慧，清楚地意识到，这一切都是国大党捣的鬼。国大党这帮人，到处秘密地寻找机会制造混乱，然后在《甘露市场报》上发表文章，和政府争吵。

县长在心里责怪印度政府太软弱，因为这个政府不给予他更大的权力，以便使这位大人一下子把所有这些刺儿头镇压下去。从此，国大党分子绍什普松的名字，便深深地留在县长的记忆里。

五

当生活中的一些大事开始倔强地冒出芽来的时候，那些小事也撒开它们那些饥饿的小网，向世界提出自己的要求。

绍什普松正在忙于和副县长打官司：他从厚厚的书籍中摘录法律条文，默默地演练自己的发言，审问想象中的证人，并且因为想到开庭时人山人海的场面和打赢这场官司时的胜利情景而有时兴奋得发抖和冒汗。这时候，他那位女学生还是照例拿着她那几乎磨破了的课本和沾上墨水的笔记本，每天按时来到他的门前；有时从园子里给他带一束鲜花，有时给他带来水果；有时她从母亲的贮藏室里给他带来泡菜，有时带来椰子糖，有时带来她家里做的具有菠萝香味的果酱。

最初的几天吉莉巴拉发现，绍什普松打开一本没有插图的厚厚的硬皮书，心不在焉地翻阅着，看来不像是在认真阅读。从前，绍什普松读这些书的时候，总是把其中的某一部分讲给吉莉巴拉听。可是，为什么在这本厚厚的黑皮书里就一点儿也没有值得向吉莉巴拉讲述的东西呢？没有也就罢了，可是，这能说是因为那本书太大，而吉莉巴拉太小的缘故吗？

开始，为了吸引老师的注意，吉莉巴拉就用唱歌和读拼音的声调，一边使劲地摇晃着上半个身子和小辫，一边大声朗读起来。但是她发现，这并没有什么效果。于是她心里就很生那本厚厚的黑皮书的气。她感到，它就像一个可恶的、狠心的、残忍的人一样。那本无法理解的书的每一页，仿佛都板着一副恶人的面孔，默默地向她示威：正因为吉莉巴拉是个小姑娘，所以它才蔑视她。如果有哪一个小偷能把这本书盗走，那么，她就要把她母亲贮藏室里的所有果酱都偷出来，奖赏那个小偷。为了毁灭这本书，她向神仙提出了各种不恰当的和无法实现的要求，但是神仙却根本不听。而且我认为，也没有必要告诉读者，她究竟提出了一些什么要求。

内心十分苦恼的小姑娘，已经有一两天没有再拿着课本到自己老师家里来了。吉莉巴拉想看看他们两天不见面会有什么反应，于是就利用别的借口，来到了绍什普松房子对面的小路上。她偷偷地望了一下，只见绍什普松放下那本黑皮书，一个人立在铁窗前，做着手势，在用外语讲演。看来，他是在这些铁窗上面试验着如何才能打动法官的心。只知道在书林中漫步而又毫无生活经验的绍什普松，大概在想，古代的摩斯武涅斯、西塞罗、柏克、谢里登·立丹等演说家，既然可以运用语言的力量创造出奇迹——以唇枪舌剑推翻了种种不合理的制度，抨击残暴行径和使骄横习气威风扫地，那么，在今天这样的贸易时代，要做到这一点，也并不是不可能的。绍什普松站在这个小村一个破旧的小房间里，研究如何才能使那个以主人自居的高傲的英国佬在全世界面前感到羞愧和进行忏悔。天上的神仙们要是听了，是笑呢还是哭泣，谁也说不清楚。

那一天，他就没有注意到吉莉巴拉，这姑娘的衣襟里也没有兜着李子。自从上一次她扔李子核那件事被捉住之后，她对于这种水果是特别敏感的。甚至，有的时候绍什普松无意中问道："吉莉，今天没带李子来吗？"——她也认为这是对她的一种暗含的讽刺，因而就会尴尬地说一句："去你的吧！"然后气呼呼地跑掉。今天因为没有李子核，她就不得不采取另一种策略。这位小姑娘忽然朝远处望了一眼，大声叫道："绍尔诺姐姐，你别走，我马上就来。"

男读者大概会认为，她一定是在向着远处的一个名叫绍尔诺洛达的女友打招呼，但是女读者很容易明白，远处并没有任何人，她的目标就在眼前。然而，很可惜，这一箭又没有射中这个"盲人"。绍什普松并不是没有听到，而是没能理解她的心意。他认为小姑娘真是想去玩耍，而且那一天他也不想把正在玩耍的小姑娘硬拉来学习，因为那一天他也正在寻找射向某些人心灵上的利箭。正如小姑娘手中的那支短箭没有射中目标一样，这位受过教育的人的手中的长箭也没有击中目标——读者已经在前面知道了这一点。

李子核倒有一个优点，当你把很多李子核一个一个地抛出去的时候，即使有四个都没有击中目标，那么第五个至少还可以击中。但是，即使想象中的绍尔诺有一千个，你对她喊"我马上就来"之后，还长时间地站在原地不动，那也是不行的。那样的话，人们自然就会对于绍尔诺的存在产生怀疑。所以，当这种方法不灵的时候，吉莉巴拉就只好马上走开。然而，要是她真心想和站在远处的一个名叫绍尔诺的女友在一起的话，那她自然会兴冲冲地急速走去，但是从吉莉巴拉的步履中却看不出这一点。她仿佛想通过她的后背来觉察到，是否有人在后面跟着她。当她确实意识到没有谁跟着她的时候，她还是怀着最后一线希望，再一次回过头来向后望了一下，而且由于没有看到任何人，她就把那本散开的课本连同那一线希望撕成碎片，抛撒在路上。如果她有什么办法能把绍什普松教给她的那些知识还给他，那么，她大概就会像扔李子核一样，把所有这一切知识砰的一声扔到绍什普松的门前，然后扬长而去。小姑娘发誓要在第二天和绍什普松见面之前，把所学的一切都忘掉；绍什普松要是提问什么问题，她就一个也回答不上来！一个也答不上——一个也答不上——就连一个也答不上来！那时候呀！哼，到那时候，绍什普松就会感到丢脸！

吉莉巴拉两眼噙着泪水。当她一想到——如果她把所学的东西统统忘掉，绍什普松怎样难过的时候，她那颗被压抑的心就稍微得到了一点儿安慰。但是仅仅由于绍什普松的过错就要忘掉自己所学的一切知识——这位可怜的吉莉巴拉想到这里，她又感到十分惋惜。天空中阴云密布，在雨季里每天都是如此。吉莉巴拉站在路边一棵大树的背后，十分委屈地哭了起来。每天有多少女孩子这样无故地哭泣呀！这里也没有什么值得引人注目的。

六

读者们已经知道，为什么绍什普松对法律的研究和演讲的练习都付诸东流了。对副县长的控诉突然撤销了。霍罗库马尔被任命为本县的名誉陪审员。现在，霍罗库马尔穿着一件脏兮兮的长衫，头上缠着一条油渍斑斑的头巾，经常到县里去拜谒那些大人先生们。

经过这些天之后，吉莉巴拉对绍什普松那本厚厚的黑皮书的那些诅咒，开始灵验了：它被扔到一个黑暗的角落里，渐渐地被人们忘记了，没有人再去理睬它，而且上面还积满了灰尘。但是，看到那本书不被重视而会感到称心如意的那位小姑娘，现在又在哪里呢？

绍什普松第一次合上法典的那天，他忽然发现吉莉巴拉没有来。当时他就开始一件一件地回忆起这几天来所发生的事。他想起来了：在一个阳光明媚的早晨，吉莉巴拉用衣襟兜来了一大把在雨后采集来的水灵灵的素馨花。当时绍什普松虽然看见了她，但是并没有停止读书，因此她的情绪马上低落下来。她从衣服上取下一根带线的针，低头开始一朵一朵地串起花串来——她串得很慢，过了很久她才串完。黄昏已经降临，到了吉莉巴拉该回家的时候了，可是绍什普松还在读书。吉莉巴拉把花串放在木床上，郁郁不乐地走了。他还记得，吉莉巴拉的委屈情绪好像一天天地加深了；因此，她已经不再到他的房里来了，而只是常常走到他房前的路上就返回去；最后，小姑娘干脆不再到这条路上来了，这已经有好几天了。吉莉巴拉的委屈情绪是不会持续这么久的。绍什普松长长地出了一口气，就像一个茫然若失、无所事事的人一样，背靠着墙坐在那里。那位小女学生不来，他读书也觉得很乏味。他拿过一本书来，翻阅几页，又把它放下。他在写东西的时候，也常常以期待的目光望着路和门的方向，所以根本写不下去。

绍什普松担心吉莉巴拉可能生病了。他暗中一了解，才知道这种担心是没有根据的。吉莉巴拉现在已经不再出门，家里为她找了一个女婿。

吉莉巴拉那天撕毁了课本并把碎片扔在村中泥泞的路上。第二天一清早，她用衣襟包着各种礼品，快步走出家门。由于天气特别炎热，霍罗库马尔一夜都没有睡着，一大早他就光着膀子坐在外边抽烟。他问吉莉："你到哪儿去？"吉莉回答道："到绍什哥哥家里去！"霍罗库马尔用威胁的语调说道："不要再到你那绍什哥哥家里去了，给我回屋里去吧！"接着他就责备起女儿来了：都快要到婆家去的人了，这么大的姑娘都不知道羞耻！从那天起，就禁止她再到外边走动。因此，她就再也没有机会来消除自己的委屈情绪。浓缩的芒果汁、加香料的果酱和醋泡柠檬只好重新放回贮藏室里。开始下起雨来，素馨花纷纷凋落，满树的番石榴已经成熟，被鸟儿啄过的熟透的黑李子，从树枝上滚落下来，每天都铺满一地。嗨，就连那本几乎被撕破的课本也不知道在哪里！

七

吉莉巴拉结婚的那天，村里吹起了唢呐。没有被邀请参加婚礼的绍什普松，就在这一天乘船到加尔各答去了。

自从撤销了那次诉讼之后，霍罗库马尔总是用恶毒的目光望着绍什。因为他断定，绍什一定会看不起他。从绍什的脸色、眼神和举动行为中，他看到了上千个想象中的证据。他感到，村里所有的人都已经逐渐忘掉他被侮辱的那件事，唯独绍什普松一个人还对那件丑闻记忆犹新，所以他总不敢正面看他。每次遇见他的时候，霍罗库马尔心里总感到有一点儿羞愧，与此同时，一种强烈的憎恶之感也就随之产生。霍罗库马尔发誓，一定要把绍什赶出村子。

把绍什普松这样的人赶出村子，并不是什么困难的事。管事先生的夙愿很快就实现了。一天早晨，绍什提着一个装有书籍和几样东西的铁皮箱子上船了。他和这个村子之间存在着的唯一的幸福纽带，今天也被这壮观的婚礼扯断了。从前他完全没有意识到，这条温柔的纽带是多么牢固地维系着他的心呐！现在船已经起航，村子里的树梢和婚礼的鼓乐声越来越模糊不清了。这时候，他那颗浸泡着泪水的心忽然膨胀起来，他的喉咙哽咽，全身热血沸腾，额头上的血管怦怦地激烈跳动；他感到整个世界的景象犹如虚幻的海市蜃楼一样，变得十分模糊起来。

逆风猛烈地吹着。尽管是顺水，但船还是走得很慢。正在这时候，在河中出了一件事，因而中断了绍什普松的航行。

从火车站附近的码头到区中心镇，不久前开辟了一条新的客轮航线。一艘客轮轰轰隆隆地逆流开来，螺旋桨不停地掀起波涛。在这艘轮船上，坐着这家轮船公司的一位年轻的经理和为数不多的几个乘客。乘客中有几个人是从绍什普松所住的那个村子上船的。

一个商人的帆船从后面不太远的地方赶来，想和这艘客轮比试一番，它一会儿赶到前面，一会儿又落在轮船的后边。船夫越赛越起劲。他在第一个帆上面拉起了第二个帆，然后又在第二个帆上面扯起了第三个小帆。高高的桅杆都被风吹得向前倾斜了，被船劈开的波浪咆哮着，在帆船的两侧狂跳乱舞。帆船犹如一匹脱缰的野马向前飞奔，河道中一处有些弯曲，在那里帆船抄近路赶过了轮船。

经理大人扶着栏杆，兴致勃勃地观看着这场比赛。帆船正以最高的速度前进，并且已经超过了轮船两三尺远了。这时候，这位大人突然举起枪来，瞄准鼓满风的船帆，打了一枪。一瞬间，船帆破裂，帆船沉没了，轮船拐过河湾，也不见了。

很难说清楚，经理为什么要这样做。我们孟加拉人无法确切地理解这位英国人的心情。也许他不能忍受印度帆船和他的轮船竞赛；也许他觉得用枪弹一瞬间把一个又宽又鼓的东西击穿对他是一种野蛮的乐趣；也许在这艘高傲的小船的篷帆上穿几个洞，并且顷刻间结束这艘小船的戏耍，会使他得到一种巨大而恶毒的快感。究竟为什么，我确实不知道。但是有一点是可以相信的，在这个英国人的心目中形成了这样一种信念：他不会因为开了这样一个小小的玩笑而受到某种惩罚，因为在他看来，那些折了船，甚至可能丢掉性命的人，并不能被看作是人。

当这位洋大人举枪射击和帆船沉没的时候，绍什普松的小船正在出事地点附近行驶。上述事件的经过，绍什普松都亲眼看到了。他急忙把船开过去，救起了舵手和几个船夫，只有一个坐在船里捣香料的人没有找到。雨季里河水上涨，水流湍急。

绍什普松的心中热血翻滚，而审理案件的过程却十分缓慢——它就像一部庞大而复杂的钢铁机器一样，一边权衡着各种意见，一边收集证据，然后才会冷漠地实施惩罚，它缺少人心中的那种激情。但是在绍什普松看来，把愤怒同惩罚分割开来，就如同把饥饿同进餐、希望同享受分开一样，是不正常的。许多罪行被当场发现后，如果不立即亲手施以惩罚，那么，深藏在心灵中的神仙甚至也会对见证人施以报应。在这种时候，如果谁不想依靠法律办事，而只是寻求自我安慰，他就会感到心里有愧。但是，机器的法律和机械化的轮船，载着那位经理，离开绍什普松越来越远了。我不能说这件事会给世界带来什么好处，但是，毫无疑问，这次旅行加强了绍什普松的"印度人的脾气"。

绍什带着被救出来的舵手和船夫返回村子。帆船上满载着黄麻。他又派了几个人去打捞，并且建议舵手去警察局控告经理。

但是舵手怎么也不同意。他说："船已经沉没了，现在我不能再让自己也沉没。要控告，首先就得贿赂警察；然后就要把工作抛在一边，不吃不睡，整天往法院里跑；此外，控告了大人之后，会遭到什么不幸，后果如何——这就只有神仙知道了。"最后，他得知绍什普松本人是位律师，又情愿负担全部诉讼费用，并且完全有把握通过审判使对方赔偿损失，他才勉强同意。但是，当时在轮船上的几个绍什普松的同村人，都不肯提供证据。他们对绍什普松说："先生，我们什么也没有看见；当时我们在轮船的后面，由于马达隆隆作响和哗哗的水声，在那里根本不可能听到枪响。"

绍什普松在心里默默地咒骂着自己的同乡人，亲自到县长那里提出了控诉。

不需要任何证人。经理承认他是放了一枪。他说，当时天上正飞过一群仙鹤，他是瞄准它们开了一枪。轮船当时正在全速前进，并且就在这一瞬间拐进了河湾，所以他就无法知道，是打死了乌鸦，还是打死了仙鹤，还是船沉了。天上和地上有那么多可以猎取的东西，没有哪一个聪明的人，愿意在这块 dirty rag——即肮脏的破布上，浪费一颗价值四分之一拜萨的子弹。

经理大人被宣告无罪后，叼着雪茄到俱乐部打牌去了；坐在船里捣香料的那个人的尸体，被冲到 9 英里外的河滩上。绍什普松忿忿不平地回到了自己的村子。

他回来的那一天，正赶上人们扎起彩船，送吉莉巴拉到婆家去①。虽然没人邀请绍什普松，但他还是慢慢地来到了河岸上。河边台阶上聚满了人，但他没有到那里去，而是站在前面不太远的地方。当彩船离开河岸，从他面前经过的时候，他一瞬间又看了一眼新娘子，她正蒙着面纱，低着头坐在船里。很多天以来，吉莉巴拉一直希望，在她离开村子之前，能设法再见绍什普松一面，但是她今天却无法知道，她的老师就站在不远的河岸上。她甚至都没有抬起头来看一眼，只是在默默地哭泣，泪水沿着她的面颊不住地流淌。

船渐渐走远了，在附近的芒果树上，一只鹧鸪悲伤地叫着，似乎总也发泄不完它内心的哀怨；在渡口，船载着人和

----

① 在孟加拉邦大户人家女儿的婚礼一般都在娘家举行，而且连续几天，然后才送女儿去婆家。

货物向对岸开去；姑娘们来到河边汲水，高声谈论着吉莉出嫁的事；绍什普松摘下眼镜，一边擦拭着眼睛，一边来到路边的铁窗前，走进那小小的房子里。突然他仿佛听到了吉莉巴拉的声音："绍什哥哥！"——在哪儿，在哪儿呢？哪儿都没有！她不在这房子里，她不在这条路上，她也不在村子里——她是在绍什普松那颗被泪水浸泡着的心里。

八

绍什普松收拾好东西，又准备出发到加尔各答去。他在加尔各答没有什么工作，而且到那里去也没有什么特别的目的，因此，他决定不乘火车，而是乘船从水路走。

在雨季雨水最盛的时期，整个孟加拉邦到处水网密布，大大小小、弯弯曲曲的河流纵横交错。在清新碧绿的孟加拉大地上，到处长满了树木、蔓藤、花草、水稻、黄麻和甘蔗，到处生机勃勃，充满青春的活力。

绍什普松乘坐的船，就沿着这些狭窄而弯曲的水道行驶。河水已经没过了河岸，芦苇，水草，有些地方的稻田，都已被水淹没。村里的栅栏、竹林和芒果园，也已接近水边——仿佛是仙女们把孟加拉邦所有树木根部周围的水槽都灌满了水似的。

绍什普松动身的时候，那些刚沐浴过的树林，在阳光下笑盈盈，光闪闪，但是不久天空又布满了乌云，并且开始下起雨来。当时，不论你的目光落到哪里，到处都显得阴郁污浊。在洪水季节，牛群挤在肮脏、泥泞、狭小、四周是水的牛栏里，它们睁着一双可怜巴巴的眼睛，站在那里，被斯拉万月的淫雨淋着；孟加拉邦就像这群牛一样，陷在泥泞、难以通行的丛林里，带着一副沉默忧郁的面孔，痛苦地淋着雨。农民们外出都打着棕叶伞；女人们从一个茅屋走进另一个茅屋，在忙着家务；她们的衣服全被雨淋湿了，潮湿的冷风一吹，浑身瑟瑟发抖；有时她们穿着湿漉漉的纱丽，小心地迈着脚步，来到光滑的河边台阶上汲水；在家里的男人们，都坐在门台上吸烟；如果有重要事情要办，他们就把披肩缠在腰上，提着鞋，撑着伞出去。但是在这个有时烈日炎炎、有时大雨滂沱的孟加拉邦，古老而神圣的习俗是不许柔弱的女人们打伞的。

雨一直下个不停，绍什普松坐在船舱里，心里感到很烦闷，于是决定改乘火车。绍什普松来到一个水面开阔、类似河口的地方，系住船，准备去吃点东西。

瘸子的脚掉进壕沟里——这不能全怪壕沟，因为瘸子的脚就特别容易往沟里滑。那天，绍什普松就证明了这个道理。

渔民们在两条河的汇流处插上竹竿，下了一张大网，只是在一侧留了一个通道，供船只通行。他们长期以来就一直从事这项工作，并且还为此缴纳税钱。也该他们倒霉！这一年，县警察局长阁下，突然要从这条水路经过。看到他的船来了，渔民们就大声喊着，叫他们绕道走侧路。但是，这位大人的船夫从来就没有尊重人为障碍而绕道走的习惯，于是他就从这张网上面把船开过去。网脱落了，船也过去了，但是船桨却被缠住了。经过好长时间，费了很大的劲才解开。

警察局长大人气得满脸通红，他命令把船停下。四个渔民看见他那副表情，都吓得逃跑了。局长大人命令他的船夫们砍断渔网。于是他们就把这张价值七八百卢比的大网砍得稀巴烂。

在网上面发泄了自己的愤怒之后，局长大人又吩咐把那几个渔民抓来。警官找不到逃走的那四个渔民，就把随便遇到的四个人给抓来了。这四个人双手合十地苦苦哀求说，他们是无辜的。局长大人命令把这几个被抓来的人带走。正在这时候，戴着眼镜的绍什普松，急忙披上一件上衣，连扣子都没有扣，趿拉着一双便鞋，气喘吁吁地来到局长的船前。他声音颤抖地说："先生，你没有任何权利砍坏渔民的网，更没有权利欺压这四个人！"

警察局长用印地语骂了他一句特别粗鲁的话，这时候绍什一下子从不太高的河滩上跳到船里，立即向这位大人扑去。他就像一个小孩发了疯一样，痛打起那位大人来了。

后来发生的事情，他就不知道了。可以简单地说，当绍什在警察局苏醒过来之后，他不会觉得在那里所受到的待遇能使他在精神上得到安慰，或者在肉体上感到轻松。

九

绍什普松的父亲聘请了律师，首先把绍什从关押所里保释出来，尔后就开始准备打这场官司。

被毁坏渔网的那几个渔民，是绍什普松的同乡，归同一个地主管辖。在困难的时候，他们常常来向绍什请教法律问题。被警察局长用船押来的那几个人，也是绍什普松的熟人。

绍什把他们叫来，请他们当证人，他们都吓得坐立不安。他们都有妻子儿女和家庭，一旦和警察过不去，那他们还能得好吗！人不都只有一条命吗？他们受到的损失既然已经过去，那么，现在又来出庭作证，那岂不是自找苦吃吗！于是他们说道："先生，你可给我们带来了极大的灾难！"

经过反复劝说之后，他们才同意到法庭上去讲真话。

后来，有一次霍罗库马尔因为到法院来办事，顺便拜谒了县里的大人们。警察局长笑着对他说："管事先生，我听说你的佃户们准备提供假证据来和警察作对。"

"是吗！这怎么可能呢？"管事惊恐地说，"这些肮脏的牲口崽子，竟敢如此胡作非为！"

读者从报纸上已经知道，绍什普松的这场官司没有打赢。

渔民们一个个出庭作证说，警察局长大人并没有砍坏他们的渔网，只是把他们叫到船上，记下了他们的姓名和地址。

还不仅如此，和他同乡的那几个熟人还证实说，他们当时为了去参加一个婚礼，正好赶到出事的地点，亲眼看见绍什普松无缘无故地跑来侮辱警官。

绍什普松承认，因为大人辱骂他，所以他就跳进船里揍了他一顿，但是主要原因还是大人毁坏渔网和欺压渔民。

在这种情况下，判处绍什普松徒刑，不能说是没有道理的。然而，刑罚是比较重的。他们提出了三四条罪状：打人、非法侵入、妨碍警察执勤等等，这几条罪状都得到了充分的证明。

绍什普松离开了他那间小屋子里的那些心爱的书籍，在监狱里度过了五个年头。绍什普松的父亲想要上诉，但都被他一再阻止了。他说："监狱里好哇！铁锁链不会说假话，而监狱外的那种自由，只会欺骗我们，使我们遭难，而且在监狱里还可以结识好朋友。在这里，说假话的、忘恩负义的坏人就比较少，因为这儿地方有限，而在监狱外这种人是很多的。"

十

绍什普松被投入监狱之后不久，他的父亲就死了，他家里再也没有什么人了。不过，他还有一个哥哥，长期在中央邦做事，很少回家来；他在那里建造了房子，带着他的一家就定居在那里。村子里还有一些家产，其中大部分都被霍罗库马尔以种种借口据为己有。

看来，绍什普松命里注定，他在监狱里受的苦要比大多数囚犯多一些。然而，漫长的五年毕竟过去了。

雨季又到来了。一天，绍什普松拖着瘦弱的身体和怀着一颗空虚渺茫的心，走出了监狱的大门。他获得了自由，但是除了自由，在监狱之外，他一无所有。他既没有家，又没有亲人，更没有朋友，孑然一身。他觉得这个巨大的世界太广阔了。

他正在思考着中断了的人生之线应当从哪里开始。这时候，一辆双马大轿车停在了他的面前。一个仆人走下车来，问道："您是绍什普松先生吧？"

"是的。"他回答道。

仆人马上打开车门，请他上车。

他惊奇地问道："让我到哪里去？"

"我的主人请您。"仆人说。

绍什普松无法忍受来往行人的好奇目光，于是就不再询问，匆匆上了车。他想这一定是一个误会。但是总得到一个地方去呀——那就让误会来作为这新生活的序幕吧。

那一天，太阳和乌云在天空中互相追逐着，位于路旁被雨水冲洗过的碧绿的田野，在阳光和云影的辉映下，呈现出五彩缤纷的景象。在市场附近，停着一辆大马车，离它不远有一家食品杂货店。在这个商店里，一伙毗湿奴教派的乞讨者，在琴鼓铙钹的伴奏下唱着歌：

> 来吧，来吧，回来吧！
> 噢，主人，回来吧！
> 我那饥饿、干渴、焦灼的心，
> 噢，情人，回来吧！

车在前进，歌声从越来越远的地方传入耳中：

> 噢，无情的人，回来吧！
> 我那可怜、多情的人，回来吧！
> 噢，美人，温柔清新的含雨之云，回来吧！

歌声越来越微弱和模糊了，已经听不清歌词的内容，但歌声的旋律却在激荡着绍什普松的心，他在自己的心里一行接一行地创作着新的歌曲，并且低声地唱着，仿佛无法停止似的：

> 我那永恒的幸福，回来吧！
> 我那永恒的痛苦，回来吧！

我那苦乐交融的财宝，回到我心里来吧！

我那永恒的渴望，回来吧！

我那心灵的眷恋，回来吧！

噢，变化！哎，永恒！

请回到我的怀抱中来吧！

请回到我的内心里来吧！

请回到我的眼睛里来吧！

来吧！请到我的睡眠、梦境、服装和首饰

中来，

到我那整个的世界中来吧！

到我的面部微笑中来吧！

到我眼睛的泪水中来吧！

到我的尊敬，到我的欺诈，

到我的傲慢中来吧！

请回到我那一切记忆中来吧。

请回到我的信仰、功业、爱抚、羞涩、

生生死死中来吧！

马车走进一个围墙环绕的花园，在一座两层楼房的前面停了下来，这时候绍什普松的歌声也停止了。

他什么也没有问，就随着仆人走进屋里。

绍什普松走进一个房间，坐下来。这个房间的四周都摆着高大的玻璃书橱，书橱里装着一排排带有各种颜色封皮的书籍。看到这种情景，他仿佛觉得自己从前的生活又获得了第二次新生。他感到，这些烫金的五颜六色的书籍，就好像是他所熟悉的那扇通往幸福世界的镶着宝石的大门。

桌子上还有几件什么东西。绍什普松用他那双近视的眼睛，低头看了一下。原来是一块有裂纹的石板，石板上面还有几个旧的笔记本，一个几乎撕破了的算术课本，一本《寓言集》和迦湿拉姆·达斯编译的《摩诃婆罗多》。

在石板木框上，是绍什普松亲手用墨水写的几个大字："吉莉巴拉女士"。在笔记本和几本书上，用同一个手笔写着同样的名字。

绍什普松终于明白他来到了什么地方，他心中的血液翻腾起来。他从敞开的窗子向外望去——在那里他看见了什么呢？那座带有铁窗棂的小房子，那条坎坷不平的乡间小路，那个穿着条格衣服的小姑娘，以及自己那种平静的无忧无虑的独身生活。

当时，他并没有感到那种欢乐的生活有什么不寻常或了不起的地方。生活就在这平凡的工作和欢乐中，一天一天不知不觉地过去，而且他认为，在他自己的学习之余教一个小姑娘学习也是一件微不足道的小事。但是，在村边小屋子里度过的那孤独的岁月，那小小的宁静，那小小的欢乐，小姑娘那张小小的脸——这一切犹如梦境一样，超越了时间和空间的界限，只存在于理想的王国和想象的虚幻之中。当时的所有情景和回忆，同今天这雨季里的阴郁的晨光，以及在心里轻轻哼着的赞歌交织在一起，构成了一幅音波袅袅、光彩夺目的壮丽图景。在那丛林之间泥泞而狭窄的乡间小路上，那个被人轻视的、苦恼的小姑娘的委屈而阴郁的小脸，就像造物主创造的一幅十分优美而又令人惊异、十分深沉而又十分痛苦的天堂美景一样，映在了他内心的屏幕上。在他的心里又响起了悲戚的《基尔侗》之歌①，他似乎觉得，整个宇宙之心上的一种无可名状的苦痛，将自己的阴影投置在那位乡村小姑娘的面孔上了。绍什普松双手捂着脸，趴在放有石板和笔记本的桌子上，又开始做起昔日的梦来了。

过了很久，他听到一阵轻微的声音，于是惊奇地抬起头来。他看见在他面前放着一个银盘，上面摆着水果和甜食，吉莉巴拉站在离他不太远的地方，在默默地等待着。他一抬起头来，吉莉巴拉就走过来，跪在地上向他行了触脚大礼。她没有佩戴首饰，一身缟素，完全是寡妇的打扮。

寡妇站起来后，用她那双怜悯而深情的眼睛，望着面容憔悴、脸色苍白、身体瘦弱的绍什普松，泪水涌出了她的眼窝，并且沿着双颊簌簌地流淌。

绍什普松想问一问她的身体情况，但是怎么也找不到合适的词句；强忍住的泪水堵塞着他的言路，话语和眼泪这两者，都无可奈何地被阻止在喉咙和心口里。那一伙诵

---

① 在孟加拉邦流行的一种歌谣，其内容多为黑天和罗陀的故事。

唱《基尔侗》歌曲的乞讨者，为收集布施来到了这所楼房的面前，并且一遍又一遍地重复唱道："回来吧，回来吧！"

1894年阿什温月—迦尔迪克月

（董友忱　译）

法　官

一

　　青春已逝的基罗达，几经波折，终于又找到一个养活她的男人。可是，这个男人却像扔掉一件破衣烂衫一样，又把她抛弃了。当时，为了混口饭吃，她才不得不找个新的庇护者。然而，屈辱和痛苦，深深地铭刻在她的心头。

　　随着青春的消逝，人生也会出现一个像金灿灿秋天一样的深沉平静、坚定美妙的时刻。这是收获生命果实的年龄，也是收获成熟庄稼的季节。到了这个年龄，任性青年所具有的荡漾春心，已经失去了活力。到了这个时候，通常都成家立业了。生活中所经历的许许多多吉凶善恶，欢乐忧愁，使人更加成熟，将人磨炼得性格内向。人到中年，会放弃虚幻的世界和不切实际的欲望，总是将其局限在自己力所能及的范围之内。这时候，我们再也没有吸引新欢的迷人目光，然而，对于老熟人却倍感亲切。青春丽质渐渐消退时，永不衰老的内在个性却在长期共存的脸上、眼睛里更加明显地表露出来。笑容、眼神和声调，通过内在的我交织在一起。我们放弃那些无法实现的愿望，不再哀悼那些离开我们的人们，原谅那些欺骗过我们的人；把心交给那些来到身边的，而且热爱我们的人——他们在离别中，经历了世界上一切风暴的洗礼，却仍然忠于我们，在可以信赖的、久经考验的老熟人之中筑个安乐窝。在这里，我们能得到充分的休息，一切愿望也都能得到满足。青春即逝的温柔黄昏，正是生活中该平静享受的时刻。倘若这时候还要疲于奔命，去作新的探索，去求新的结识，去徒劳无益地建立新的关系以及另做打算的话，那确实是太可悲了。也就是说，到了中年，一个人还没有可供休息的床铺，没有迎接他归来的夜间灯火，世界上再也没有比这更可叹息的事情了。

　　基罗达的青春妙龄即将结束。一天早晨，她起床后发现，情夫已在夜里逃之夭夭，并把她所有的首饰和金钱席卷一空。她既没有钱付房租，也没有钱为 3 岁的儿子买牛奶。她终于意识到，自己已经 38 岁了，然而却还没有一个贴心人，也没有一个有权在其角落生活和死去的家。她突然醒悟了，今天，她又得擦去眼泪，描上眼圈，抹上口红，涂上胭脂，用虚假的色泽去掩盖那凋零的青春；以极大的耐心，强作笑颜，施展新的手腕，去捕捉新的人心。基罗达关着房门，倒在地上，一再用头磕着那坚硬的地板。整整一天，她就这样不吃不喝，奄奄一息地瘫痪在地上。黄昏来临了，在这没有灯光的屋子里，夜色更浓。这时，偶然来了一个她旧日的相好，一边"基罗""基罗"地叫着，一边用力敲门。基罗达手拿扫帚，像母老虎一样吼叫着，从房里冲出来。那年轻的好色之徒，见势不妙，赶忙夺路而逃。

孩子饿得嗷嗷叫，哭着哭着滚到床下睡着了。这阵吵闹声把他惊醒，他在黑暗中用嘶哑的声音哭叫着"妈妈，妈妈"。

基罗达用尽全身力气，抱起哭泣的孩子，闪电般地跑到附近的水井边，纵身跳了下去。

邻居们听到响声，提着灯来到井边。基罗达和她的孩子被迅速捞上来了，基罗达昏迷不醒，孩子则断了气。

基罗达被送到医院后，逐渐恢复了健康。法官以谋杀罪传她到法院受审。

二

莫希特莫洪·德多是一个按章办事、循规蹈矩的法官，他重判基罗达绞刑。律师们考虑到被判死刑女人的种种情况，尽了很大的努力来挽救她，但毫无成效。法官认为，她根本不值得怜悯和宽恕。

法官的这种看法，是有其原因的。一方面，他把所有印度教妇女称作女神；另一方面，他内心又不相信任何妇女。他的观点是，女人总是想破坏家庭的。只要稍一放松约束，上层社会的妇女就不会仍旧留在她那社会的笼子里。

他持这种信念，也是事出有因的。要了解这一点，就不得不谈谈莫希特年轻时候的一段经历。

莫希特在大学二年级念书的时候，他的衣着外貌和风度举止，与现在相比判若两人。现在，莫希特的前额已经秃了，但后脑勺却像虔诚的印度教徒一样，留着一小撮神圣的头发。每天早晨他用锋利的刮脸刀，把胡须刮得干干净净。但是，当年他是一个戴着金边眼镜、留着修剪过的胡须和英国老爷式发型的19世纪孟加拉时髦的公子哥儿。他特别注意衣着打扮，对酒肉之类也颇喜爱。此外，他还有一两种其他癖好。

离莫希特房子不远，住着一户小康人家。这家有一个寡居的女儿，名叫赫姆莎西。她很年轻，还不到15岁。

从海上看来，墨绿色森林笼罩的岸边，就像仙境一样的可爱和美丽。然而，一上了岸，就觉得不那么迷人了。从赫姆莎西与世隔绝的孀居生活看来，那遥远的现实世界，仿佛是海岸上欢乐神奇的森林。她不知道，这个世界像工厂机器那样极其复杂，如钢铁那样坚硬。人世间，欢乐与忧愁，机遇与不幸，疑虑与危险，以及绝望与悔恨总是交杂在一起的。她以为，人生如潺潺清泉那样轻松愉快，以为面前美丽世界的所有道路，都是那么宽广笔直，以为幸福就在窗外等着她呢，以为只有她那胸腔牢笼里跳动着的火热和柔软的心灵里才孕育着永不满足的愿望。特别是，当她内心世界远处地平线上吹起一股春风时，她觉得整个世界被五光十色的春景装饰得更加艳丽，整个蓝天随着她心胸的颤动而更加丰满，她那芬芳的心花也仿佛被宇宙围绕着，就像灿烂斑驳的荷花的柔软花瓣一样，一层层向外舒展着。

赫姆莎西家里，除了爸爸妈妈和两个弟弟之外，没有别的人了。兄弟俩早上吃了饭就去上学，放学回来，吃完饭，又到附近夜校去补习功课。父亲收入甚微，没有能力为他们请家庭教师。

赫姆在家务之余，总爱在自己空无一人的房间的窗前坐着，好奇地望着大路上来来往往的行人，听那小贩凄凉的高声叫卖。她以为，所有的行人都是幸福的，甚至连乞丐也是自由自在的。仿佛小贩不是为了谋生而苦苦挣扎，而是人生流动舞台上的喜剧演员。

每天早上、下午和黄昏，赫姆都能看到服饰讲究、神气傲慢的莫希特经过这里。赫姆把他看成是天神一般的、最幸福的男人中的佼佼者。她想象，这位高傲自负、衣着漂亮的年轻人拥有一切。她认为自己的一切，也值得都献给他。女孩子玩布娃娃时，总爱把它当成活的人，这位年轻寡妇也总是暗自在心中把一切美德都赋予莫希特，并与自己所创造的神做着游戏。

一天晚上，她看到莫希特房子里灯火辉煌，跳舞的脚铃和女人的歌声，在耳边回荡。这一天，她注视着来回摆动的身影，带着如饥似渴的眼神，毫无倦意地整整坐了一夜。她那颗痛苦的、受了伤的心，就像笼中鸟儿一样，在胸膛的牢笼里，扑通扑通地跳着。

赫姆莎西是不是在暗自责怪，非难她那位假天神的恣意作乐呢？没有！莫希特的房间里，灯火辉煌，歌声不断，充满欢声笑语，这一切就像天堂幻影似的吸引着她。她正如飞蛾扑向火焰，还以为那是灿烂的星空。夜深人静，她独自醒来，坐在床上，把远远的窗前光影和歌声同自己内心的愿望和想象混合在一起，建造了一个幻觉的王国。她把自己心中的偶像，安置在这幻觉王国的宝座上，带着惊奇迷醉的目光，注视着他，把自己的生命、青春、欢乐、哀愁以及今生来世的一切，就像为神供奉的香火一样，献给寂寞清静庙里的那尊偶像。她不知道，她面前这座富丽堂皇的宫殿里面，在激荡的欢乐气氛之中，还有极端的疲惫、厌腻和污秽，还有卑鄙的欲念和毁灭灵魂的烈火。年轻的寡妇从远处观看，她哪里会想到：在这通宵达旦的灯火里面，是丧心病狂的虚伪、狞笑和残酷无情的死亡游戏！

赫姆本来可以坐在自己那寂寞的窗前，生活在虚构的天堂里，陪伴着意念中的天神，幻梦似的了此一生。然而，不幸得很！天神对她宠爱，天堂向她移近。当天堂完全移到了人间时，那天堂也就倒塌了，而且把建造天堂的人压成齑粉。

莫希特贪馋的目光，落到了这位坐在窗前神情恍惚的女郎身上了。他化名为"比诺德琼德罗"，给她写了许多信。有一天，他终于收到了一封别字连篇、胆怯不安但充满激情的回信。此后，他们在狂风暴雨中打发日子——时而打打闹闹，时而高高兴兴，时而相互猜疑，时而狂热等待。从此，仿佛整个世界都围绕着这位被极度幸福所陶醉的寡妇在旋转，直至化为泡影。终于有一天，旋转的世界把这位可怜的、误入迷途的美人，抛到了遥远的地方。其中的情节，我看没有必要细说了。

一天深夜，赫姆莎西离开父母、兄弟和自己的家，与化名为"比诺德琼德罗"的莫希特，坐上了同一节车厢。现在，当神像带着泥土、草屑和闪闪发光的装饰来到身边的时候，赫姆竟然羞愧、悔恨，感到无地自容。

火车终于开动了。赫姆伏在莫希特脚下哭泣央求："唉，我跪拜在你的脚前，请你把我送回家去吧！"

莫希特急忙捂住她的嘴，火车急速向前驶去。

当一个人落水快要被淹死的一刹那，生活中所经历的一切往事，就会像潮水般地浮现在自己的记忆里。赫姆莎西在那车门紧闭的漆黑的车厢里，也有类似的感觉。她沉浸在往事的遐想之中：每天吃饭的时候，她不到场，父亲就不坐下来吃饭；她那最小的弟弟放学回来，总爱让姐姐喂饭吃；早晨她与妈妈一起做蒟酱叶包，晚上妈妈帮她梳理头发。家里每一个细小角落，日常的每一件琐碎小事，此时此刻都展现在她的脑海里，历历在目。她突然感到，那平静的生活和那小小的家庭，像天堂一样美好。包蒟酱叶包，梳理头发，吃饭时给父亲扇扇子，假日午休时给父亲拔掉偶然出现的白发，以及忍受弟弟的淘气——这一切，对她来说，好像是最平常而又是最难得的幸福，她不能理解，既然家里已经有了这一切，那还要什么其他幸福呢？

赫姆想到，世界上家家户户所有体面的女子，现在都已进入梦乡。在这之前她怎么就没有意识到——深夜在自己家里，在自己床上酣睡是多么幸福啊！明天早上，各家的女孩子在自己家里醒来，都会毫不犹豫地去操持日常家务。可是，失掉家庭的赫姆莎西，在这不眠之夜过后，明天早上会来到什么地方呢？在这不幸的早晨，当熟悉平静、笑容可掬的旭日照到他们那街巷的小屋时，那里会突然出现什么样的丑闻？什么样的耻辱？什么样的嘲笑呢？

赫姆心都碎了，哭得死去活来。她苦苦哀求："现在还是夜里，我母亲，我两个弟弟还没有醒来，现在就送我回去吧！"

但是，她心目中的天神，却根本不理睬她的请求，坐在一个车轮轰鸣的二等车厢里，正把她带往她向往已久的"天堂"。

这以后不久，这位天神又跳上了另一列破旧的二等车厢，朝另一个方向溜走了。赫姆莎西被遗弃，深深地陷入了污泥浊水之中。

三

我所提到的事情，只不过是莫希特莫洪过去的风流韵事中的一桩。我不打算再说其他类似的事情了，以免文章单调乏味。

现在没有提及这些往事的必要。如今，世界上是否还有人记得那个比诺德琼德罗的名字，都是很值得怀疑的。现在，莫希特是个虔诚的教徒，他每天祷告，总是遵循教规。他以瑜伽典范教育自己的孩子，对家里的女人严加管束，把她们藏在不见太阳、不见月光和不透风的内室里。可是，这个不只对一个女人犯有罪行的人，今天竟对女人社交方面的任何过失，都给予极重的惩罚。

在判处基罗达绞刑的第二天，爱吃蔬菜的莫希特来到监狱的菜园，打算随便采摘些青菜。他想起了基罗达的案子，产生了一种好奇心，想去了解一下，她对过去堕落一生的罪过是不是有所悔恨。他走进了关押女犯人的牢房。

他老远就听到了一阵吵闹声。走进屋里，只见基罗达与看守吵得面红耳赤。莫希特暗自好笑，想道：女人的天性就是这样，死到临头也还要吵架。她们到地狱去的时候，大概也要与阎王的使者争执不休呢！

莫希特决定，应该好好地训斥和规劝基罗达一番，使她忏悔。他正气凛然地刚走近基罗达，她就双手合十，伤心地对莫希特说："啊，法官先生！求求你，叫他还给我戒指吧！"

莫希特一打听，才知道：原来基罗达的发髻里藏了一枚戒指，偶然被看守发现后，把它拿走了。

莫希特更觉得好笑。今天活着，明天就要上绞刑架了，可是，她却念念不忘一枚戒指。珠宝真是女人的一切啊！

莫希特对看守说："戒指在哪里？拿来看看！"

看守把戒指交给了他。

莫希特拿着戒指仔细一看，不禁大吃一惊，仿佛手里拿的是一块烧红的木炭。戒指的一面镶嵌着象牙，上面有一个胡须剪修得整齐的年轻人的油彩小影，另一面金底上刻着"比诺德琼德罗"几个字。

莫希特扭过头来，全神贯注地望着基罗达的脸。他记起了24年前一张含情脉脉、娇柔温顺、腼腆羞怯的脸。那张脸与这张脸，无疑就是一个人。

莫希特又看了看金戒指。他慢慢抬起头来，眼前这个被判罪的堕落女人，在小小金戒指的灿灿光芒之下，像一尊金光万道的女神像，光彩夺目。

1894 年巴乌沙月 12 日

（黄志坤　译　董友忱　校）

深　夜

"大夫！大夫！"

真是烦人。正是在深更半夜……

我睁开眼睛，看见我们村的地主多奇纳丘龙先生站在我的面前。我急忙起来，拖过一把已破旧的靠背椅子，让他坐下来，并且忐忑不安地望着他的脸。我看了一下表，当时是夜里两点半。

多奇纳丘龙先生面色苍白，他睁着一双大眼睛，说道："今天夜里还是出现了同样的情况，你的药没有起任何作用。"

"您大概又喝过量了。"我有些怀疑地说道。

多奇纳丘龙先生很不高兴地说："这可是你的大错了。根本不是酒的问题。如果你不从头至尾叫我讲完，那你就不可能确定真正的病因。"

壁龛里那盏洋铁盒式的小煤油灯显得有些昏暗，我拨了拨灯芯，它才开始亮了一点儿，同时冒出很多的烟来。我披上了一件上衣，在一个铺着报纸的箱子上面坐下来。多奇纳丘龙先生开始讲述起来：

像我第一房妻子那样的主妇，是很难得的。但是当时我还年轻，很容易对玩乐着迷，此外我还迷恋学习诗歌经典，所以对纯家务事很少关心。心里经常想起迦梨陀婆的诗句：

> 家庭主妇是人生的伴侣和朋友，
> 是亲爱的学生和高雅艺术的能手。

但是有关高雅艺术的任何说教对我妻子都是不适用的，如果我向她述说起充满爱恋的亲切话语，她就会大笑不止。听到她的笑声，长诗中的那些警句和优美亲切的话语瞬间就卡在我的嗓子里了，就像因陀罗的大象面对着恒河的激流而停止脚步一样。我妻子的确具有一种惊人的大笑的本领。

大约四年前，我患了一场大病。上嘴唇鼓起脓疱，持续高烧不退，我正濒临死亡，活下来的希望已经没有了。有一天，甚至大夫都无能为力。就在这时候，我的一位亲戚不知从什么地方请来了一位婆罗门。他把一种捣碎的草根和奶油和在一起，让我喝下去。不知是这种药的作用，还是命不该绝，我竟然得救了。

在我患病期间，我妻子日日夜夜守护在我的身边，一会儿都不曾休息。一个柔弱的女子，用凡人那种微弱的力量，多少天来站在家门口，同死神的使者拼命地进行不懈的搏斗。她以自己的全部爱情、全部心血、全部关怀，用两只手就像保护婴儿那样，保护着我这个不值得保护的生命。她不吃，也不睡，几乎忘掉了世界上的一切。

死神当时就像一头被打败的老虎一样，把我从他的口中吐了出来，但是在他要离开的时候却给了我妻子一次致命的打击。

我妻子当时已经怀孕在身，不久生下一个死胎。从此以后，她就开始染上了各种复杂的疾病，于是我就开始照料她。可是她对此感到十分不安。她说："哎呀，你在干什么呀！人们会怎么议论呢？你不要白天黑夜总这样往我房间里跑啊！"

夜里，当她发烧的时候，我假装为自己扇风、无意中也为她扇扇子的样子，这时就会发生一场严重的争夺扇子的大战。如果某一天我为了照料她往后拖延自己用餐的时间，哪怕只有十分钟，那么，她也会以各种理由来劝说、恳求、责怪我。即使我稍微侍候她一下，她都要反对。她常说："男子汉，这样婆婆妈妈的不好。"

在波拉纳格尔的我们那座房子，大概，你看见过。房子的前面是花园，恒河就从这花园前面流过。在我们卧室的下面朝南方向，有一块用一排活树围绕起来的土地，我妻子按照自己的想法把它辟建成一座小花园。这块地方在整个花园里最一般和最僻静，也就是说，在那里色彩的娇艳无法与芳香相媲美，而枝叶更不能与鲜花相比。在木盆里栽植的某种植物旁边，也没有插上贴有拉丁文名称的木牌。但是这里却栽种着大量的茉莉、玫瑰、栀子、夹竹桃和夜来香。在一棵高大的波库尔树下，摆放着一条白色的大理石长条凳子。她在没有生病之前每天都亲自来擦拭两次。夏天，在做完家务的闲暇时间，她经常坐在这里休息。从这里可以看到恒河，但是在恒河中乘船漫游的大人先生们却无法看到她。

她在卧床多日之后，在恰特拉月一个月色溶溶的夜晚，对我说道："一直关在家里，我感到有些心烦，今天我们到我那个小花园里坐一会儿吧。"

我小心翼翼地扶着她慢慢地走到那棵波库尔树下，让她躺在大理石长凳上。我本来可以把她的头放在我的膝盖上，但我知道，她会把这种做法看作是一种令她惊讶的反常举动，所以，我就拿来一个枕头，放在了她的头下。

一两朵凋谢的花儿从波库尔树上飘落下来，夹杂着暗影的月光，透过枝叶的缝隙，洒落在她那张清瘦的脸上。四周一片宁静。在这充满浓郁芬芳的阴暗中，我默默地坐在一边，望着她的脸，我的眼睛里溢满了泪水。

我缓缓地移到她的身边，用两只手握住她那只滚烫而瘦骨嶙峋的手。她对此举没有表示反对。我就这样默默地坐了一会儿，我的心情十分激动，于是我说道："我任何时候都不会忘掉你对我的爱。"

随后我立即意识到，没有任何必要讲这种话。我的妻子笑起来。在她的笑声中有羞愧，有愉悦，还有一点不信任感，这其中更多的则是尖刻的嘲讽。她一句反驳的话也没说，但是她的笑声仿佛在说："你任何时候都不会忘记——这是不可能的，而且我也不抱这种希望。"

由于害怕她那种甜蜜而尖刻的笑声，我再也不敢和我妻子谈论这种很正常的爱恋之情了。在见不到她的时候，我心里涌现出许多的话语，可是一到了她面前，就觉得这些话语变得空洞乏味了。直到现在，我都无法理解，在铅印的书本上读到这种话语时会激动得两眼垂泪，可是为什么这些话语一旦从口中说出来，就会被人讥笑呢？

可以用语言去争论反驳，但是用辩论回答笑声却不行，所以，只能保持沉默。月色变得更加明亮了，一只雄布谷鸟"布谷""布谷"地叫个不停。我坐在树下在想："在这种皎洁的月夜难道雌布谷鸟的耳朵聋了吗？"

虽然进行了很多治疗，可是我妻子的病总不见好转。大夫说："如果换一下环境，就会好的。"于是我就带着妻子去了阿拉哈巴德。

多奇纳丘龙先生讲到这里，突然沉默了。他满腹狐疑地望着我的脸，然后用两只手抱着头思索起来。我也沉默不语。壁龛里的煤油灯还在闪耀着昏暗的亮光，在沉寂的房间里蚊子发出的嗡嗡声显得十分清晰。多奇纳丘龙先生忽然打破了沉默，又开始讲述起来——在那里哈岚大夫开始为我妻子治疗了。

这样过去了很长时间，最后大夫说话了，而且我已意识到了，我妻子也意识到了，她的病治不好了。她只好拖着病体度过自己的一生。

有一天，我妻子对我说："既然我的病治不好而且又甭指望我会很快死去，那么，你还要和我这个活着的僵尸度过多少岁月呀！你再娶一位吧。"

这似乎是一个很好的建议，也是经过深思熟虑之后说出来的话。从她这番话里，并没有流露出伟大的英雄主义气概，或某种不同寻常的情感来。

这一次该轮到我笑了，可是，我哪儿有这种笑的能力呢？我就像一部长篇小说中的主人公一样，用严肃高亢的语调说道："只要我这身体内还有一口气……"

"得了，得了！"她打断我的话说，"不要再说了。听了你的这种话，我简直恶心得要死！"

我不甘心承认自己的失败，于是又说道："今生此世我绝不会再去爱别人。"

听了我的话后，我妻子就哈哈大笑起来，我只好停止述说。

我不知道，当时我自己是否承认，但是现在我意识到，在照料这个毫无希望康复的病人的操劳中，我心里感到疲倦了。我心里从没有过让别人照料的念头，可是，一想到我要陪伴这个病人过一辈子，心里就感到很痛苦。嗨，在少年时代展望前程，我总觉得未来的生活就像繁花似锦的花园，那里有对爱情的迷恋，有对幸福的憧憬，有对美满生活的追求。可是，从今以后展现在我面前的只有一片毫无指望的干燥的漫漫荒漠。

在侍候病人的过程中，我感到心里很疲惫，我妻子当然看出了这一点。当时我不晓得，但是现在却毫无疑问，她轻而易举地看透了我的心思，就像看透了一个没有学会复合字母的一年级小学生一样，因此，每当我像长篇小说主人公那样，在她面前严肃认真地大唱高调的时候，她就会大笑起来，这笑声既蕴含着深切的爱恋，又必然带有嘲讽。她能洞察一切，就像藏在我自己内心深处的神灵一样。今天一想到这一点，我就羞得简直想去死。

哈岚大夫和我们都属于同一个种姓，我经常应邀到他家里去做客。经过一些天的来往走动之后，哈岚大夫把我介绍给了他的女儿。这姑娘尚未婚配，她的年龄快满 15 岁了。大夫说，因为没有为她找到理想的对象，所以还没有给她成亲。可是，我听局外人议论说，这姑娘的家庭出身是有污点的。

不过，这姑娘本人是没有任何缺点的。她既俊秀又受过良好的教育。因此，有时因为和她谈论各种话题，我回到家里就晚了，错过侍候我妻子吃药的时间。她知道，我去了哈岚大夫的家里，但是她一次也没有问过我回来晚的原因。

在荒漠中我又一次观赏到了海市蜃楼。正当内心里感到干渴难忍的时候，在我的眼前出现了齐岸深的一片清澈的湖水，于是我的心就拼命奔向那里，我已经无法再把它收回来了。

妻子的房间对我来说更加没有乐趣了，那时候我几乎不能细心照料妻子和按时服侍她吃药了。

哈岚大夫常常对我说，对于那些没有可能治愈的重病人来说，选择死亡更好一些；因为这样活着不仅他们自己不会感到幸福，而且别人也很痛苦。这种话一般讲起来，并没有什么毛病，可是，他如果针对我妻子这样提出问题，那就不应该了。做大夫的对于人的生死问题都是冷漠无情的，他们根本不理解我们的心情。

有一天，我突然从隔壁房间听到，我妻子对哈岚大夫说："大夫，您看到了吧，不管我吃了多少药，都不管用，只会增加对药房的赊账。我已经病入膏肓，请你给我一种能尽快结束我生命的药吧。"

大夫说："哎呀，您怎么能这样说呢！"

听到这种话，我的心突然受到沉重的打击。大夫走了之后，我走进妻子的房间，在她的床边坐下来，用手轻轻地抚摸着她的前额。

她说道："这个房间很闷热，你到外面去吧。你散步的时间到了。如果你不去散散步，到了吃晚饭的时候，你又不会感到饿了。"

出去散步的含义，就是到哈岚大夫家里去。我曾向她解释说，散步对于消化来说是特别必要的。现在我当然可以说，她明白了每天我搞的这种小小骗局的用意。我愚蠢，我以为她也愚蠢。

多奇纳丘龙先生讲到这里突然停下来，他用两手捧着头，默默地坐了好一会儿。最后，他说道："请给我拿一杯水来。"喝过水后，他又开始讲述起来——有一天，哈岚大夫的女儿摩诺罗玛想来看望我妻子。我不知道出于什么原因，不喜欢她提出的这个建议，可是我又没有反对的理由。有一天黄昏，她来到我们的家里。

那一天，我妻子的病情比往日加重了一些。哪一天疼痛加剧，那一天她就会静静地躺着不动；只是有时紧紧握着拳头并且面色铁青，这说明她很痛苦。房间里一点儿响声都没有，我默默地坐在床边。那一天，她甚至都没有力气劝我出去散步，或许，在她十分痛苦的时候，她内心里暗自希望我坐在她的身边。因为怕刺眼睛，煤油灯放在了屋门的旁边。房间里显得昏黑而沉寂，只是在疼痛减缓了一点之后，才能听到我妻子的深深叹息声。

就在这时候，摩诺罗玛出现在房间的门旁，来自对面的煤油灯光照射在她的脸上。由于灯光刺眼，一时看不清楚房间里的东西，她就站在门边，犹犹豫豫没敢贸然走进来。

我妻子惊恐地抓住我的手，问道："那是谁呀？"在身体如此虚弱的情况下，突然看到一个陌生人，我妻子感到很恐惧，因此她就用微弱的声音一连问我两三次："那是谁呀？那是谁呀？"

我有些不知所措，于是脱口而出："我不认识。"刚一说出口，仿佛有人抽了我一鞭子，随即我又改口道："噢，那是我们大夫先生的女儿。"

妻子瞧了一下我的脸，而我却没敢去看她。随后她用微弱的声音对这位不速之客说道："您请进来吧。"她又对我说："把灯拨亮一点。"

摩诺罗玛走进房间，坐下来。病人同她开始交谈起来，这时候大夫先生也来了。

他从自己的诊所带来了两小瓶药。他掏出那两个小药瓶，对我妻子说："这个蓝瓶子是擦抹用的药，而这个是服用的。您要注意，不要把两个瓶子弄混了，这种擦抹药毒性很大。"

哈岚大夫也提醒我注意，并把这两瓶药放在了床边的桌子上。哈岚大夫在告辞的时候，叫他女儿一起回家去。

摩诺罗玛说："爸爸，为什么我不留下来？她身边一个女人也没有，谁来照顾她呢？"

我妻子很激动，她说道："不，不，不必麻烦您了。有老女仆在这里，她像母亲一样关心照顾我。"

大夫笑着说："她是圣母拉克什米，永远在侍候别人，却无法忍受别人对她的侍候。"

就在大夫带着女儿准备走的时候，我妻子说道："大夫先生，我丈夫在这个房间里坐的时间太长了，您能不能带他出去散散步呀？"

哈岚大夫对我说道："走吧，我带您到河边散散步。"

一开始，我不怎么愿意，但很快我就同意了。大夫临走的时候，再一次提醒我妻子注意那两瓶药。

那天我在大夫家里吃了晚饭，回来的时候已经很晚了。我走进屋里，看见妻子正在床上翻来覆去地折腾。我心里像针扎一样难过，于是问道："你痛得很厉害吗？"

她没有回答，只是默默地望着我。当时她的喉咙哽咽了。

我立即打发人连夜去叫大夫。

大夫第一个赶来了，但是好一会儿都弄不明白是怎么回事。最后他问道："这种疼痛怎么会加剧呢？你没有给他擦药吧？"

大夫说完，就从桌子上拿起药瓶，可是他发现，药瓶全空了。

哈岚大夫向我妻子问道："您是不是错服了这药？"

我妻子点了点头，默默地暗示："是的。"

大夫立即乘车回家取吸管等洗胃肠用品去了。我就像一个处于半昏迷状态的人一样，倒在我妻子的床上。

当时，她犹如母亲安慰一个痛苦的孩子一样，把我的头搂在她的怀里，用双手抚摸着我，企图让我明白她的心情。仿佛她只用这种怜悯的抚摸一次又一次地向我述说："你不要难过，这样很好。你会幸福的，而且一想到这一点，我也会幸福地死去。"

当大夫回来的时候，我妻子的一切痛苦也随着她的生命一起结束了。

多奇纳丘龙又喝了一次水，然后说道："啊，太闷热了！"说完他快速走到阳台上，踱了几步，然后又回到房间坐下来。可以理解，他不想再讲下去了，但是我仿佛运用法术硬把他的话引了出来。他又开始讲起来。

我和摩诺罗玛结了婚，一起回到家乡。

摩诺罗玛是经她父亲的同意才嫁给我的，然而，当我向她述说仰慕的话语，谈论爱恋之情，企图占据她的心灵的时候，她却从不笑，总是那样严肃。她的内心深处是否隐藏着什么怀疑呢？我就不得而知了。

这期间，我对饮酒的嗜好非常强烈。

在初秋的一天傍晚，我带着摩诺罗玛到波拉纳格尔我们的花园里去散步。天色渐渐黑下来，飞鸟已经归巢，甚至听不到它们扇动翅膀的声音。只有在小径两旁那些被浓荫覆盖着的怪柳，伴着簌簌风声在瑟瑟颤抖。

摩诺罗玛觉得有些疲倦，就来到波库尔树下那个白色大理石长凳前，她把自己的双手放在头下，在凳子上躺下来，我也在她的身边坐下。

那里显得更加黑暗，只能看到布满星星的一小块天空。树下蟋蟀的鸣叫，仿佛在为从广袤天宇胸部垂落下来的寂静无声的天幕织编一个有声的精细花边。

那一天晚上，我喝了一些酒，神智处于一种游离恍惚的状态。当眼睛适应了黑暗之后，我似乎看见，在树荫下的发亮处显现出一个身穿宽松纱丽的疲倦女人的身影，一种恐惧和不安立即袭上了我的心头。我觉得，那身影仿佛是一个幽灵，我用两只手仿佛都无法抓住她。

这时候，在黑暗的怪柳上面仿佛燃起一团火，随后一轮缺损边缘的金黄色的明月慢慢地升上了树顶端的天空；月光泼洒在那位身着白色纱丽、静卧在白色大理石凳子上的疲倦女人的脸上。我再也忍不住了。我走到她身边，用双手拉住她的手，说道："摩诺罗玛，你不相信我，但是我很爱你。我任何时候都不会忘掉你。"

这话刚一说出口，我就恐慌起来。我想起来了，恰恰就是这句话，有一天我曾经对另一个人说过！就在这个时候，从波库尔树梢上，从柽柳树的顶部，从金黄色的明月上，从恒河东岸到悠远西岸的广大空间，传来了"哈哈——哈哈——哈哈"的大笑声。我无法说清楚，这是撕心裂肺的笑声呢，还是直冲霄汉的尖刻笑声。我立即失去了知觉，从大理石凳上滚落下来。

我苏醒过来后发现，我躺在自己房间的床上。我妻子问道："为什么你会突然病成这种样子？"

我战战栗栗地说："一种哈哈大笑在整个天空中回荡，难道你就没听到？"

我妻子笑着说："哪有什么笑声啊？当时排成长队的一群大雁从头上飞过去，我只听到了它们展翅飞翔的声音。你怎么这样胆小？"

白天的时候，我清楚地意识到，那的确是一群大雁飞翔的声音。在这个时期，大雁结队从北方飞到河边来觅食。可是一到晚上，我就不相信了。当时我常常感到，沉重的笑声就聚集在周围的黑暗中，由于某一个小小的缘故，这笑声就会突然刺破黑暗，响彻天空。最后，我竟然达到了这样一种地步：黄昏一过，我就不敢再和摩诺罗玛讲话了。

当时，我和摩诺罗玛离开我们在波拉纳格尔的家，乘船外出旅游去了。

阿格拉哈扬月的河风驱散了我的一切恐惧。几天来，我感到很幸福。摩诺罗玛也被四周的美景所吸引，她那紧闭的心扉在过了这么多日子之后，仿佛也慢慢地向我敞开了。

我们沿着恒河航行，最后驶入了帕德玛河。令人恐惧的帕德玛河，当时就像一条蛰伏在洞穴里的蟒蛇一样，瘦弱而又毫无生气地沉湎于长期的冬眠之中。河北岸上那片一直延伸到地平线的寸草不生的荒无人烟的沙洲，在腾腾地冒着干气；在南岸高坡上有一个村庄，那村庄周围的芒果园仿佛双手合十地伫立在这条魔鬼河流的嘴边，在瑟瑟地颤抖，帕德玛河即使在睡梦中，也一次又一次地翻身，于是受冲击的岸边土地轰隆轰隆地塌落下来。我们发现，在这里散步很方便，于是就让船靠了岸。

有一天，我们两人散步时走出了很远。太阳落山了，金色余晖染红了西部天边，一轮皎洁的明月渐渐升上了中天。当洒落在一望无边的白色沙洲上那自由而宽宏的月华一直扩展到无边的时候，就仿佛觉得，在这月光普照的广袤无垠的梦幻王国中，只有我们两个人在自由地漫步。一条红色披肩从摩诺罗玛的头上垂下来，将她的脸和全身都遮盖了。当宁静开始变得浓重，除了无边无际的苍白和空濛之外，什么都不存在的时候，摩诺罗玛慢慢伸出手来，使劲儿握住我的手，紧紧地贴在我的身边，她仿佛把她的全部身心和勃勃青春都寄托在我的身上。我怀着喜悦和激动的心情在想："在家里能感受到如此充分的爱情吗？如果没有这种广阔无边的自由的天空，两个人在哪里结合呢？"当时就觉得，我们没有家园，没有门户，没有回归之地，就这样手拉手地沿着无人走过的小径漫游，我们要在洒满月光的空濛中自由自在地行走。

就这样，走啊走啊，最后我们来到一个去处，当时发现，在一片沙滩中间有一个水池——原来是帕德玛河流经此地之后在那里留下的一片积水。

一条悠长的月华素带，呆木地横卧在被沙漠环绕的沉睡而宁静的水面上。我们俩走到那个地方，站住了。摩诺罗玛一边望着我的脸，一边在思考着什么，披肩突然从她的头上滑落下来。我捧着她那张洒满月华的脸，吻了她一下。

就在这时候，在那荒无人迹而又与世隔绝的沙漠中间，不知何人用低沉的语调一连三次问道："那是谁呀？那是谁呀？那是谁呀？"

我大吃一惊，我妻子也吓得颤抖起来。但是随后我们两个人明白了，这不是人的语声，也不是幽灵的声音——而是沙洲中栖息的水鸟的叫声。在深夜里，它们见有人走近它们那人迹罕至的安全住地，就惊叫起来。

受了这次惊吓之后，我们两人匆匆回到了船上。夜里，我们倒在床上，摩诺罗玛由于身体疲倦很快就睡着了。当时，有一个人影在黑暗中出现在我的蚊帐旁边，她伸出一个长长的瘦骨嶙峋的手指头，指着摩诺罗玛，仿佛冲着我的耳朵用不甚清楚的声音一个劲儿地悄悄问道："那是谁呀？那是谁呀？那是谁呀？"

我急忙爬起来，划着火柴，点上灯。这时候，幻影立即消逝了，我的蚊帐颤抖着，船也摇晃起来，我出了一身冷汗，血液都变凉了。"哈哈——哈哈——哈哈"，从漆黑的深夜中传来这样一种笑声。这笑声越过帕德玛河，穿过河滩，越过河对岸的所有沉睡的乡村和城镇——仿佛它从一个国家传向另一个国家，从一个世界传向另一个世界，渐渐地变得微弱了，传向无限的悠远之地；它仿佛渐渐地超越了生死的国度；它仿佛渐渐地变得像针尖一样细小。如此细小的声音，我还从来没有听见过，也想象不出来。在我的头脑中仿佛出现了一个广袤无际的天空，这声音不论传播得多么遥远，却怎么也无法超越我的脑际。最后，当我实在无法忍受的时候，我就在想，不熄灯我是睡不着的。可是，刚一把灯熄灭，我就听到，那种被压抑的声音又在我的蚊帐旁边、我的耳畔和黑暗中响起来："那是谁呀？那是谁呀？"我胸中的血液也开始随着相同的节奏不停地响起来："那是谁，那是谁，那是谁呀？那是谁呀，那是谁呀，那是谁呀？"那天深夜，我的怀表在船上也活跃起来，它的时针从表盘上指着摩诺罗玛有节奏地说道："那是谁，那是谁，那是谁呀？那是谁，那是谁，那是谁呀?"

多奇纳丘龙先生讲着讲着，脸色变得煞白，他的喉咙哽咽了。我轻轻地碰了他一下，说道:"喝点儿水吧。"

就在这时候，我那煤油灯火苗突然忽闪了几下就熄灭了。我忽然发现，外面已经亮了。乌鸦开始聒噪起来，鸥鸪也开始鸣叫起来。一辆牛车在我家前面的路上慢悠悠地走着，发出嘎吱嘎吱的响声。当时多奇纳丘龙先生的面部表情完全变了，一点儿恐惧的影子也不见了。因为夜里产生了幻觉和恐惧，他在我这里讲了这么多的话，为此他仿佛觉得很难为情，可是心里却对我有些生气。他甚至都没有和我有礼貌地告别，就突然站起来，匆匆地走了。

那一天的半夜，在我家的外面又响起了敲门声:"大夫! 大夫!"

1895 年玛克月

(董友忱　译)

姐　　姐

一

　　达拉在详细地讲述一个邻居（同她住在一个村子里的一个不幸的女人）的无理而残暴的丈夫胡作非为之后，简要地归结道："像这样的丈夫，应当用火去烧他的嘴。"

　　久伊戈巴尔先生的妻子绍西，听了这种议论，感到很难过。一个女人，最多只能看到自己的丈夫嘴里叼着一支点燃的香烟，如果除此之外还想用什么火焰去烧他的嘴，那还成什么体统！

　　因此，她对此表示了一点不同的意见，而狠心的达拉却更加激愤地说："宁可守七辈子寡，也不嫁给这样的男人！"她说完便气冲冲地离去，大家也都不欢而散。

　　绍西在心里对自己说："我可不能想象，丈夫会作出这样一些坏事，而且为此要对他那样狠心。"当她在心里回味着这句话的时候，在她那颗温柔的心里，就对出门在外的丈夫产生了一种爱恋之情。她伸展双臂倒在床上，倒在她丈夫睡觉的位置上，吻着他的枕头。在这个枕头上，她感觉到了丈夫头上的气息。然后，她闩上门，从木盒子里取出一张因时间过久而褪了色的丈夫的照片和他亲笔写的几封信，坐在屋里看着。在这一天宁静的中午,她就这样独自坐在房间里,回忆着往事,流着伤心的眼泪,痛苦地熬磨着时光。

绍西科拉和久伊戈巴尔,已经不是新婚夫妇。他们在童年就结了婚,并且已经有了子女。夫妻俩长期生活在一起,所以就觉得日子过得很平淡。他们两个人中的任何一方,都没有表现出过分的爱恋激情。夫妻俩在一起度过了将近16个年头,从来没有分开过。可是为了工作,她丈夫突然到外地去了,此后绍西心里就涌起了一股强大的爱情之波。离别的纽带拉得越紧,心里的爱情结扣就系得越牢;在爱情结扣松弛的情况下,她倒没有这样的感觉,现在她却感到很苦恼。

就这样,在过了这么多年之后的今天,在这样的年纪,已经做了母亲的绍西,竟在这样一个春天的中午,独自倒在房间里的空床上,做起了充满青春激情的新娘子美梦。情不自禁地涌现在生活面前的这种爱情,今天忽然以它那温柔的歌声把绍西惊醒了,她仿佛觉得是在默默地逆着这种爱情的溪流而上,并且看到了两岸远处那许许多多金碧辉煌的城池和郁郁葱葱的丛林——但是在那已经逝去的幸福渴望中,如今再也没有她的立足之地。她在心里想:"我再和丈夫重逢的时候,可再不能让生活平淡无味,不能再虚度春光了。"她过去为了一些鸡毛蒜皮的小事,曾多次嘀嘀咕咕地搅得丈夫不得安生。今天她怀着忏悔的心情默默地发誓:从今往后,再也不急躁了,再也不违拗丈夫了,一切都要按照丈夫的嘱咐去做；不管丈夫的行为好坏，她都要怀着一颗爱恋而温柔的心来忍受这一切——因为丈夫就是她的一切，丈夫是自己最亲爱的人，丈夫就是神呀！

绍西科拉从前是她父母的独生爱女。所以，久伊戈巴尔尽管收入不多，可是他对未来一点儿都不担忧。他岳父有相当多的财产，足够他们一家将来在乡下过王公般的生活。

现在，绍西的父亲伽利普罗松诺几乎到了桑榆之年，却不合时宜地新添一子。说实话，对于父母这种出乎意料的、不合适的行为，绍西心里感到很不是滋味，久伊戈巴尔也很不高兴。

父母的钟爱都集中到这个晚来子身上了。这个新生的、瘦小的、只知道吃奶和睡觉的小舅子，伸出两只软弱的小手，无意识地把久伊戈巴尔的一切希望都抓走了。这时候，久伊戈巴尔在阿萨姆邦的茶园里找到了一份工作。

大家都劝他就近找个事情做，但不知道他是和大家赌气，还是了解在茶园里有某种迅速发迹之道，谁的话他都不听。他将绍西和孩子一块送回岳父家里，就到阿萨姆去了。这是他们夫妻婚后的第一次离别。

为此事，绍西很生她那年幼兄弟的气。她心里的这种不满又说不出口，所以这种情绪就更加强烈。那孩子照常安静地吮吸着乳汁，或者闭着眼睛睡觉，可是他的姐姐却日夜不安地发脾气，不是说牛奶太热，就是说米饭太凉，再不就说孩子上学迟到了，等等，搅得大家都不得安宁。

没过多久，孩子的母亲去世了。这位母亲在临终的时候，把这个婴儿交给了自己的女儿照管。

不久，这个没有母亲的孩子，就轻而易举地占据了他姐姐的心。他高声叫着扑到他姐姐的身上，总想用他那无牙的小嘴去咬她的嘴唇、眼睛和鼻子；他一旦用小手抓住她的头发，就怎么也不肯放开；每当太阳升起之前，他就醒了，然后爬到他姐姐身边，温柔地贴在她的身上，接着就大喊大叫起来；他开始口齿不清地呼叫她"喋喋"了，并且在她工作或休息的时候，他尽做一些不让他做的事，吃一些禁止他吃的东西，他到处乱跑，开始给她捣乱，因此，绍西就再也不得安生。在这个任性的小霸王面前，她彻底屈服了。因为这个孩子没有母亲，所以他就可以对姐姐施展无限的权力。

二

这孩子名叫尼尔莫尼。他两岁那年，父亲得了重病。家里给久伊戈巴尔去了一封信，叫他火速回来。久伊戈巴尔经过不少周折才请到假，当他回到家的时候，伽利普罗松诺已经奄奄一息。

伽利普罗松诺在临死之前，委托久伊戈巴尔照管这个没成年的孩子，并将四分之一的家产写在他女儿的名下。

为了照看家产，久伊戈巴尔只好辞掉原来的工作，回到了家乡。

经过长期分离之后，夫妻二人又重新团聚了。一件东西如果打破了，还可以把它准确地重新拼凑起来，但是两个人在一个地方分离之后，又度过了漫长的岁月，是不可能还在原来那个地方一点不差地再重逢的。因为人的心是一种活的东西，它每时每刻都处在不断的变化之中。

对于绍西来说，重新团圆激发了她新的感情。她仿佛觉得自己和丈夫才结婚不久似的。在过去的夫妻生活中形成的那种习以为常的淡漠之感，被离别期间的思念一扫而光了，她仿佛感到比以前更加需要自己的丈夫。她在心里暗暗地发誓："不管日子过得如何艰难，也不管岁月多么漫长，我永远不会再让自己对丈夫的那种爱情火焰黯淡下来。"

久伊戈巴尔对待重新团聚的心理状态，是与妻子截然不同的。以前，当夫妻二人生活在一起的时候，他所有的切身利益和各种习惯，都与妻子联系在一起，妻子成了他生活中一个常在的实体。假如没有妻子，在他那日常生活习惯的大网里就会突然出现许多漏洞。因此，初到外地的时候，久伊戈巴尔感到很不习惯，简直就像掉进了深水里一样。但是，新的习惯渐渐地驱逐了过去的旧习惯。

还不仅如此。以前，他总是懒懒散散、无忧无虑地过日子。这两年他振兴家业的雄心勃发了，在他心里就再也没有什么别的念头。同这种新的强烈的愿望相比，他从前的生活简直就像虚幻的影子。女人性情的主要变化是受爱情影响，而男人则受罪恶企图的驱使。

久伊戈巴尔过了两年回来后，发现他的妻子与从前大不一样了。他那年幼的小舅子为她的生活开辟了一个新的天地。这个新天地对他来说完全是陌生的，在这个新天地中，他和妻子是没有共同语言的。他妻子多次试图把自己对这孩子的钟爱分一部分给自己的丈夫，但是很难说这种愿望是否能够实现。

绍西面带微笑，抱着尼尔莫尼，来到丈夫的面前，可是尼尔莫尼拼命地搂着绍西的脖子，把脸藏在她的背后，根本没有对久伊戈巴尔表现出任何亲戚般的情意。绍西希望她这个小弟弟能把学会的各种动人的把戏，在丈夫面前表演一番，可是久伊戈巴尔对此根本不感兴趣，而且对这个孩子也不特别热心。久伊戈巴尔一点儿都不理解，在这个身材瘦弱、面孔严肃、皮肤黝黑的大头孩子身上，到底有什么值得如此厚爱的东西。

女人是很懂得爱的感情的。绍西很快就明白，久伊戈巴尔根本就不喜欢尼尔莫尼。从此之后，她就特别小心地照看着弟弟——尽量使他避开丈夫那双冷漠、厌恶的目光。因此，这个孩子就成了她秘密关注的财宝，独自宠爱的对象。众所周知，爱的情感越是藏在心底，越是藏在无人之地，它就越发强烈。

尼尔莫尼哭的时候，久伊戈巴尔就非常反感，因此，每当这时绍西就急忙把他抱在怀里，用心地安慰他，哄他不要哭泣——特别是夜里，如果是因为尼尔莫尼的哭叫妨碍了丈夫睡眠的话，她丈夫就会极端仇视这个爱哭的孩子，并且还要大发脾气。这时候绍西就像罪犯一样，感到困窘和不安，于是就立即把他抱在怀里，走出房间，并且用十分恳切亲昵的语调叫着"我的宝贝"、"我的心肝"、"我的宝石"来哄他入睡。

孩子们由于各种原因总是要吵架的。以前遇到这种情况，绍西总是惩罚自己的孩子，而袒护自己的弟弟，因为他没有母亲。可是现在随着法官的更换，惩罚也变了。现在，尼尔莫尼常常无缘无故地受到严厉的责罚。这种无理的责罚，就像利箭一样，刺痛了绍西的心。所以，她只好把受到责罚的弟弟领进自己的房间，给他糖果和玩具，抚摸他，吻他，企图安慰他那颗受了伤的心。

结果发现：绍西越是疼爱尼尔莫尼，久伊戈巴尔就对他越讨厌；反过来也一样，久伊戈巴尔越是讨厌尼尔莫尼，绍西就越向他身上喷洒爱的甘露。

久伊戈巴尔从来不粗暴地对待妻子，绍西也总是满怀感情，默默而温顺地侍候丈夫，夫妻俩都是因为尼尔莫尼才伤了彼此的心。

这种潜伏着的无声的矛盾冲突，比起公开的争吵来，更加令人难以忍受。

三

在尼尔莫尼的整个身体中，头是最主要的。只要看他一眼，你就会觉得，他的头仿佛是造物主在一根纤细的管子顶端吹起来的一个大气泡。医生们也常常担心，这个孩子就像一个气泡一样，可能是短命的，很长时间他都不会说话和走路。看到他那张忧郁深沉的面孔，你就会觉得，一定是他父母把自己晚年的一切忧患都压在了这个瘦小的孩子头上了。

在姐姐的关怀照料下，尼尔莫尼总算渡过了难关，并且长到了6岁。

在迦尔迪克月兄弟节那天，绍西把尼尔莫尼打扮得像小少爷一样，让他穿上新上衣，披上围巾，裹上镶有红边的拖提。正当绍西为弟弟点画兄弟痣的时候，快嘴邻居达拉走了进来。还没有说上几句话，她就和绍西争吵起来。

达拉说，一边在暗地里谋害自己的弟弟，一边又在他的头上装模作样地点画兄弟痣——那有什么用呢！

听了这话，绍西就像是被雷击了一样，她感到惊异、愤怒和痛苦。最后达拉还说，他们夫妻合谋暗算那个没成年的尼尔莫尼，借口偿还尼尔莫尼地产拖欠的税钱，假借她丈夫表弟的名义买下了他的家产。

绍西听了之后，诅咒说："谁散布这种流言蜚语，就让他烂舌头！"

她说完，就哭着跑到她丈夫那里，把这种飞短流长的议论告诉了他。

久伊戈巴尔说："这年月谁都靠不住。吴潘是我的表弟，把田产交给他照管，我是很放心的。可是我真没有想到，他会用拖欠税款的办法，自己买下了哈西洛普尔地区的田产。"

绍西听了之后惊愕地问道："那你怎么不去告他？"

久伊戈巴尔说："我怎么能去控告自己的表弟呢！而且即便是告了他，也不会有什么结果，只会浪费钱财而已。"

相信丈夫，这本来是绍西最主要的天职，但是今天，她怎么也不能相信他了。绍西觉得，在这个幸福的家庭里，在他们的爱情归宿面前，突然呈现出十分狰狞的面孔。她曾经把这个家庭看成是自己的主要依托，可是她忽然发现，它只不过是一个自私而野蛮的大网——他们姐弟俩都被它缠在里面了。她是一个女人，怎样才能保护这个孤立无援的弟弟呢——她简直想不出办法来。她越想越感到愤怒和恐惧，越想就越疼爱她这个面临危险的弟弟。她在想，假如她有办法的话，她就会向印度总督提出申诉，甚至给英国女王写信，请求他们来保护她弟弟的财产。女王怎么也不会答应把哈西洛普尔地区的那处田产卖掉，属于尼尔莫尼的那处田产每年有758卢比的收入。

正当绍西思考着如何去谒见女王和如何制服她丈夫表弟的时候，尼尔莫尼突然发起高烧来，并且还伴随着一阵阵的痉挛，常常处在昏迷状态。

久伊戈巴尔请来了一个乡村土医生。绍西恳求丈夫去请一个好医生来，但是久伊戈巴尔却说："怎么，难道摩迪拉尔是个庸医吗？"

绍西跪在丈夫的脚下，苦苦哀求，久伊戈巴尔才说："好吧，我到城里去请个医生来。"

绍西一直把尼尔莫尼抱在怀里，甚至睡觉都搂着他。尼尔莫尼一刻也不让她离开，总是缠着她，很怕姐姐抽空跑掉，就是在睡觉的时候，都拉着她的衣襟不放。

一整天就这样过去了。晚上久伊戈巴尔回来后，说："在城里没有找到医生，医生到很远的地方看病去了。"他又说："为了一起案子，我必须马上到外地去。我已经嘱咐过摩迪拉尔，他会按时来给孩子瞧病的。"

夜里，尼尔莫尼昏昏沉沉，开始说起胡话来。第二天一早，绍西什么都不顾了，就带着生病的弟弟，乘船到城里去。医生就在家里，他根本就没有离开城市，哪儿也没有去。医生看到她是一个有身份人家的女人，便很快为她安排了住处，让一个年老的寡妇照料她们，并且开始为孩子治病。

第二天，久伊戈巴尔也赶来了。他气得火冒三丈，命令妻子马上跟他回去。

他妻子回答说："你就是把我杀了，现在我也不能回去。你们是想把我弟弟弄死，他既没有母亲，又没有父亲，除了我，他再也没有什么亲人了。我是要保护他的。"

久伊戈巴尔气急败坏地说："那你就留在这里好了，你再也不要回到我的家里来了!"

"你的家? 那是我弟弟的家!"绍西当时也发火了。

"好吧，我们走着瞧吧!"久伊戈巴尔说。

这件事使村里的人感到很震惊。绍西的邻居达拉说："要和丈夫吵架，为什么不坐在家里吵呢? 为什么要离开自己的家而跑到外边去呢? 说一千道一万，他毕竟是你丈夫啊!"

绍西随身带来的钱都花光了，于是就卖掉自己的首饰，最后总算把弟弟从死神的手里救了出来。后来，她听说，在达里村有她父亲的一个很大的庄园，那里还有房产，各种收入加起来，每年大约有 1500 卢比。久伊戈巴尔勾结那里的一个地主，把这处庄园改写在自己的名下。现在，一切家产都成了他的，而绍西的弟弟就一无所有了。

尼尔莫尼痊愈后，可怜巴巴地说："姐姐，咱们回家去吧!"那里有他的伙伴——他的外甥们，他是很想念他们的。所以，他才一再地说："姐姐，怎么还不回到我们那个家里去呀?"他姐姐听了只是哭泣："我们的家在哪里啊!"

可是，只哭是没有用的。在这个世界上，除了她，这孩子就再也没有什么亲人了。绍西想到这里，就擦干了眼泪，来到副县长达里尼先生的家里，请求他的太太帮助她。

副县长认识久伊戈巴尔。在他看来，一个有身份人家的女人，为了财产跑到外边来和自己的丈夫打官司，有失体统。因此，他对绍西特别反感。为了哄骗绍西，他立即给久伊戈巴尔写了一封信。久伊戈巴尔来了之后，就硬拉着妻子和小舅子上了船，把他们拖回家去了。

夫妻第二次离别之后，又第二次团聚了。这是月下老人的旨意！

过了很多天，尼尔莫尼又回到了家里。他见了从前的伙伴，十分高兴，于是便和他们一起玩了起来。看到他那种无忧无虑的高兴劲儿，绍西的心都要碎了。

四

冬天，县长大人到郊外巡视。为了狩猎，他就在村里搭起了帐篷。在村里的路上，尼尔莫尼见到了这位大人。别的孩子都把这位大人看作是青面獠牙、头上长角的怪兽（就像贾诺科的诗歌中所描述的那样），所以一看到他就跑得远远的。但是天性沉静的尼尔莫尼，却怀着一种强烈的好奇心，安详地望着这位大人。

县长对他很感兴趣，走到他跟前，问道："你在学校里读书吗？"

孩子默默地点了点头，然后回答说："是的。"

这位大人又问他："你在读些什么书籍？"

尼尔莫尼不明白"书籍"这个词的意思，只是呆呆地望着县长的脸。

尼尔莫尼兴致勃勃地向姐姐详细讲述了他与县长大人见面的情景。

中午，久伊戈巴尔穿上礼服，缠上头巾，去拜谒县长。在县长周围聚集了一大群人——原告、被告、衙役、警官等等。县长大人怕热，就叫手下的人把桌子摆在帐篷外的树荫下，他就坐在那里。县长让久伊戈巴尔坐在椅子上，开始向他询问当地的情况。在普通的乡下人面前，久伊戈巴尔坐在这光荣的席位上，心里感到有些飘飘然了。他在想："现在，丘克罗波尔迪家族或依迪家族中有人来看一看，该多好哇！"

正在这时候，一个罩着面纱的女人带着尼尔莫尼，来到了县长面前。她对县长说："大人，我把我这个无依无靠的弟弟交给您了，请您来保护他吧！"

县长大人看见这个他已经见过的沉静的大头孩子，判断她一定是一个有身份人家的女人，因此立即站起身来说："请到帐篷里边来吧。"

这个女人说："我想要说的话，就在这里说吧。"

久伊戈巴尔面色苍白，坐立不安。好奇的村里人，怀着极大的兴趣从四面围拢来。县长大人一挥手杖，他们就纷纷吓跑了。

绍西当时拉着她弟弟的手，从头至尾把这个没有父母的孩子的全部历史讲了一遍。久伊戈巴尔几次想打断她的话，但是县长面带愠色，大声呵斥他"住嘴"，并且执着手杖命令他站起来。

久伊戈巴尔默默地站立着，他只能在心里向绍西喊叫。尼尔莫尼紧紧偎依着姐姐，惊愕地立在那里静听着。

绍西讲完之后，县长又向久伊戈巴尔提了一些问题。听了他的回答，县长沉默了好久，最后对绍西说："孩子，这件事虽然不归我管，但请你放心，我一定妥善处理。你不用害怕，带着你弟弟回家去吧。"

绍西说："大人，在那栋房子没有归还给我弟弟之前，我是不敢再把他带回家的。您现在要是不肯把尼尔莫尼留下，那就没有人能保护他了。"

县长大人问她："那你准备到哪里去呢？"

绍西说："我回到我丈夫的家里去，我倒没有什么可担心的。"

县长大人微微一笑，只好同意带着这个脖子上挂着护身符、身材瘦小、皮肤黝黑、性情沉静温和的孟加拉孩子。

绍西向县长告辞的时候，这孩子还拉着他姐姐的衣襟。县长大人说："孩子，你不要怕，过来吧。"

绍西在面纱里面不住地流眼泪，她说："我的好兄弟，去吧！你还会见到姐姐的。"

绍西一边说着，一边把他搂在怀里，用手抚摸着他的头和背，然后让弟弟放开她的衣襟，就匆匆地走了。县长伸出左手搂着尼尔莫尼，但他却喊叫着"姐姐，姐姐"，大哭起来。绍西再一次转过身来，望着弟弟，站在远处伸出右手，示意他安静下来，然后怀着一颗破碎的心走了。

在那栋他们很早就十分熟悉的、古老的房子里，他们夫妻又团聚了。这是月下老人的旨意！

然而，这次团聚的时间不长。因为，此后不久的一天早晨，村里人听说，绍西夜里患霍乱死了，而且就在那天夜里她的尸体已经被火化。

对于这件事，没有人说长道短。只有他们的邻居达拉，常常想大发议论，可是大家都劝她住嘴。

绍西在与弟弟分别的时候，曾经向他许诺：他们还会再见面的。我不知道，是在什么地方实现了这个诺言。

1895 年恰特拉月

（董友忱　译）

饥饿的石头

　　我与我的一位亲戚，借朝圣的机会，游览了一下全国的名胜古迹，现在正返回加尔各答。在火车上，我们遇见了一位素昧平生的先生。起先，根据这位先生的穿着打扮，我误以为他是我国西部地区的一位穆斯林。可是，听了他的谈吐之后，我却如坠五里云雾，迷惑不解。这位先生竟以如此权威的口气纵论天下大事，仿佛造物主若不事先与他商量，就什么事都干不成似的。世界范围之内，发生的许许多多前所未有的秘闻逸事——什么俄国人正在大踏步地前进，什么英国人正在酝酿的秘密计划，什么国内土邦王公之中正在谋划一个大阴谋，等等，他谈得唾沫横飞，我们却对此一无所知，真使我们惊讶得目瞪口呆。我们新结识的这位健谈家，莞尔一笑地说："There happen more things in heaven and earth, Horatio, than are reposed in your newspapers."（这是莎士比亚名剧《哈姆雷特》中的一句台词——"霍拉旭，天地之间有许多事情是你们报纸里没有梦想到的呢！"）我们是初次离家外出的，因此，当听到这位先生如此博学多闻，滔滔不绝的谈吐风度，确实惊愕不已。这位先生就是谈论一般事情的时候，也是引经据典、旁征博引，时而科学论证，时而以《吠陀经》来解释。有时候，他还会突然背诵一段波斯名诗。由于我们对科学、吠陀经以及波斯语一窍不通，对他的言谈只好听之任之，不能妄加评论。我的那位笃信神学的亲友则坚信不疑：我们的这位旅伴肯定与非人间的事业有某种联系，或者与闻所未闻的魔力或神力，或者与精灵等诸如此类的东西有某种联系。我的那位亲戚，以虔诚甚至迷恋的心情，倾听着这位不寻常旅伴的所有细枝末节，并做了记录。我猜想，这位气势不凡的人物，心里肯定知道自己的影响而洋洋得意。我们的火车在一交汇站停了下来，要等另一列火车。我们来到候车室，当时正是夜里十点半钟。我们听说，由于路上出了故障，火车要很晚才能到达。于是我就在一张大桌子上摊开铺盖，打算睡一觉。就在这时候，我们那位不同凡响的旅伴，坐下来讲了下面这样一则故事。那晚，我就再也无法入睡了：

由于在政务管理方面，我与别人存在一些分歧，于是，我辞去了朱纳戈尔土邦王国的职务，进入了海德拉巴的尼贾姆政府部门任职。上级看我如此年轻和身强力壮，起初委任我到巴里奇地区从事棉花税收工作。

巴里奇这地方，山清水秀，景色迷人。在杳无人烟的山麓下，在大片茂密的森林之中，有一条名叫舒斯达（梵文含义是"秀水跌落"）的河流。它如一位技艺娴熟的舞女，在多石的河床上踏着舞步，弯弯曲曲，逶迤地向远方流去。在这条河的河边，在一个150级石砌台阶的河岸旁，有一座用白色大理石建造的宫殿。它孤零零地矗立在那里，附近再也没有房屋了。巴里奇的棉花市场和村庄离这里都很远。

大约在250年前，穆罕默德二世国王，为了自己尽情地享乐，在这幽静的河谷，建造了这座巍峨壮观的宫殿。那时候，沐浴厅里的喷泉嘴里不断喷射出玫瑰花香的水流。在这静悄悄的宫殿里，一群年轻美貌的波斯姑娘，在沐浴前，先松开乌黑浓密的秀发，怀抱西塔尔琴，低吟慢唱《果园》①里的抒情歌曲，而后坐在清凉滑溜的大理石板凳上，把一双双柔软的脚，伸进洁净透明的水池中。

现在，这些喷泉不再流水，那些歌声也不复存在。在白色大理石上面再也没有美丽的脚光顾了。如今，它成了我们税务所那些孤独苦闷、没有伴侣的单身汉的巨大住宅，它显得空空荡荡。可是，我们所里的老职员卡里姆·汗一再告诫我不要住在这座宫殿里。他对我说："要是愿意，可以白天待在这里，但任何时候晚上都不要住在这里。"

我说："好吧，就这样吧！"

这座宫殿如此声名狼藉，夜里连小偷也不敢进来。

刚开始，这座被遗弃的石砌宫殿的荒凉景象，仿佛像一副可怕的重担，压在我的胸脯上。我尽可能在外面不停地工作，然后，到了晚上，我就拖着疲惫的身子倒下就睡。

可是，不到一个星期，一种空前的陶醉感逐渐地袭击着我，控制着我。当时我的情况是很难描述的，而且要是告诉

---

① 《果园》：伊朗13世纪大诗人萨迪（1208—1292）的名著。

别人，也是无法令人相信的。整个宫殿，像一个有生命的机体，把我吞进胃里，仿佛要用迷人的胃液把我一步一步地消化掉似的。

也许，我一跨进这座宫殿，这种情况就开始了。但是，我最清醒地感觉到这一点的那一天，至今还历历在目。

那是夏季刚刚开始的一天，集市已经疲软，我手上什么工作也没有。日落之前的片刻，我带了一把椅子来到河岸下面，坐在那里。当时，舒斯达河河水已经很少。彼岸河堤在夕阳的照耀下，显得灿烂斑驳。此岸不深的河床上的鹅卵石透过清澈的河水，熠熠闪光。那天，风平浪静。附近山坡上从杜尔西草丛、山薄荷和茴香等植物丛中漫逸出浓郁的芳香，这仿佛使凝固不动的天空更加显得沉闷了。

当太阳隐没山后，立即给白天的舞台留下一个长长的阴影。由于山峦起伏，日落时光明与黑暗相结合的时间并不长。这时，我心中出现了一个骑马去散步的念头。可就在此时，我突然听到石阶上的脚步声。我转身四顾，却没有看到任何人影。

我当时想这可能是我的错觉。于是我又重新坐下来，完全清楚地听到台阶上许多脚步声，似乎有好多人，一起从台阶上跑下来。我心里有点害怕，也有些高兴，两种情绪混杂在一起，浑身有些颤抖。尽管我面前没有任何人影，但我清晰地感觉到，在那夏日黄昏时刻，有一群女人下到舒斯达河里洗澡。

虽然在这黄昏时刻，静谧的山坡和堤岸、荒无人烟的宫殿，均无任何声息，但是，我却清晰地听到女人的欢乐的脚步声，相互追逐的嬉笑怒骂声，她们仿佛从我身边擦身而过，准备去河里洗澡。

她们任何人也没有瞧见我。我也如她们一样，也看不见她们。河水仍如以前一样，碧波如镜。然而，我却清楚地感到，在那不深的清澈的河水里，传来了女人首饰的叮当声。姑娘们的欢笑声，肢体的击水声，以及游动和划水激起的水珠溅到空中回落下来的声音。

我的心中有一种莫名的颤动。那是激动害怕的颤动，还是兴奋快乐的颤动，或是惊愕好奇的颤动呢？我还真的说不清。我很想好好地瞧一瞧，可是眼前却什么也没有看到。我想竖起耳朵仔细听一听，然而，当我全神贯注地竖起双耳时，又只听到树林里蟋蟀的低鸣。

此时此刻，我仿佛觉得250年前的一幅黑色帷幕正挂在我的眼前。我略带恐惧的心理掀起幕布的一角，想朝里面仔细看看，那里也许正在举行一个隆重的会议。但是，那里一片黑暗，什么也看不到。

蓦然地呼呼地刮起了一阵风，消除了窒息的闷热；平静的舒斯达河水，如风吹仙女的长发一样，泛起了波浪；被黄昏阴影覆盖的整个森林大地，顷刻间如从噩梦中苏醒，发出了一阵簌簌的响声。

梦幻之力也罢，还是现实之力也罢，在我面前呈现的、反映 250 年前这块故土上的如今已看不见的海市蜃楼景象，顷刻间就消失得无踪无影。以无形的碎步和无声的欢笑、经过我身边跑到舒斯达河沐浴的那些魔幻般的美女，她们洗濯一新又拧干衣裙，没有经过我的身边，而是直接从沐浴之处，仿佛如一阵风，把弥漫在空中的香味吹跑似的，也在春天的一阵呼吸中，腾空飞走了。

当时，我是非常恐惧的。我真担心，诗歌女神看不见别人而突然把重担压在我的肩上。我这可怜之人来这儿收棉花税，混口饭吃，毁灭女神可能会要我的这颗光头落地。我还想，最好美餐一顿，因为空着肚子可能什么病都会找上门来的。于是，我吩咐仆人，用油和香料煎炸一份传统的咖喱鸡肉饭送来。

第二天清晨，我醒来后，觉得昨天发生的一切，似乎很令人发笑。我怀着愉快的心情，像老爷一样戴上遮阳帽，自己驾着马车出发检查工作去了。那天，要写一份三个月的工作小结，可能要很晚才能回家。但一到黄昏，仿佛有人拉我回家。到底是谁拉我，我也说不清楚。可是，总觉得，不能再耽误了。心里想，一切都会办妥的。我扔下没有写完的报告，赶忙戴上遮阳帽，驾着马车，沿着黄昏中树荫覆盖的空无一人的道路，急匆匆朝那黑暗幽静的巍峨宫殿飞驰而去。

正对着台阶的大厅是很宽敞的。里面有三排又高又大的立柱，托起图案精美的屋顶。那巨大屋宇充满无限空虚的日日夜夜，发出呼呼响声。那天黄昏，没有预先点亮灯盏。当我推开门迈进去的时候，我马上感到，好像大厅里发生了骚动，似乎会议被突然中断。无数的人们从四周的门窗和长长甬道，夺路而逃，不知去向。可是，我却什么也看不见。我惊愕地站在那里，身体微微颤抖起来，似乎多日久违的头油和玫瑰油香味扑鼻而来。我站在这无灯无人的宽敞的大厅里的一排排立柱之间，听到了喷泉的淙淙流水滴落在白色的大理石上的声音，听到了西塔琴的声音——但却分辨不出是什么曲调，从什么地方传来了金银首饰的叮当声，从什么地方传来女人走动的脚铃声，时而传来巨大铜钟的撞击声，远处传来悠扬的鼓乐声，被风摇曳的大玻璃吊灯的当当声，从围廊上传来夜莺婉转的啼鸣，从花园里传来饲养的仙鹤的凄厉鸣叫……我的四周，仿佛形成了阴曹地府里广灵们的一支优雅动听的交响乐曲。

我心里产生了一种迷惑，感到这无法触及的、高深莫测的、并非真实的事实，是尘世间唯一的真实，其他的一切都是虚假的海市蜃楼。我就是我——是受人尊敬的奥穆克纳特，是已故的奥穆克琼德罗的长子，每月挣450卢比薪俸的棉花税务官员。我的遮阳帽、我的马车、我的办公室——在我这里的一切，我觉得都是荒唐的、可笑的、没有根基的、虚假的废话。我站在幽静黑暗的大厅里，顿时哈哈大笑起来。

就在这时候，我的穆斯林仆人手持煤油灯走了进来。我不知道，他是不是以为我疯了。不过，我当时记起，我的确是已故的奥穆克琼德罗的长子——受人尊敬的奥穆克纳特。我当时还想道：世界的里面或外面，某处是否存在一个永远喷射着的喷泉？是否存在着一只看不见的手在拨动着魔幻的西塔尔琴，弹着无穷无尽的乐曲？这一切，我们伟大诗人或诗哲可能会知道的。但是，这样一个事实无疑是真实可信的——我在巴里奇市场收棉花税，每月薪俸是450卢比。当时，我又想起了片刻前的迷惘。在煤油灯照着的桌子上，我拿起报纸，并好奇地傻笑起来。

我浏览了一下报纸，吃过仆人送来的晚餐，我就在小小一角的卧室里熄灭了灯，上床躺下了。我通过敞开的窗户，远眺黑暗山林覆盖的阿拉利山上方一片闪烁的天空。千万颗灿烂的星辰，仿佛从遥远的苍穹，凝神屏息，目不转睛地注视着躺在低矮的行军床上的受人尊敬的税务官员。我一想起这些，就感到非常惊奇和有趣。后来什么时候进入梦乡，我说不上来；睡了多久，我也不知道。但我突然被惊醒。房里并没有任何响动，我也没有看到有什么人进来。黑乎乎的山峦上空警觉的星辰，已经消失得不见踪影，只有下弦月的微光，困窘忧伤地从窗户潜入我的房间。

我什么人也没有看见。可是我似乎明显地感到，有一个人在慢慢地推我，把我弄醒。她什么话也没有说，只是用那纤纤细手向我发出命令——要我小心地跟着她走。

我悄没声儿地起了床。尽管这个拥有数百间房间的巨大宫殿广漠空旷、充满沉睡的声响以及觉醒的回音，但除我之外，再也没有人了。我不免渐渐感到害怕起来，生怕吵醒什么人似的。这宫殿大多数房间是关着门的，并且所有这些房间，我还从来没有进去过。

那天夜里，我没有发出任何声响，轻轻地迈着脚步，屏住呼吸，紧紧地跟着那位无形的召唤女郎。至于经过哪些地方，到过何处，至今我都说不清道不明。我通过多少狭窄昏暗的小径，多少长长的走廊，多少深邃静谧的会议大厅，多少封闭的小小密室……也是无法胜数的。

我虽然看不见那位无形的女使者，可是我的心里仍然能够感受到她的存在——她是一位阿拉伯美女。在她那低垂宽袖里面，舒展着她那宛如白色大理石般的光滑而有力的玉臂，她腰间佩戴着一把弯刀。

我仿佛觉得，阿拉伯小说《一千零一夜》中的一个良宵，今天从小说中飞到这里来了。我似乎在一个漆黑的夜晚，在沉睡的巴格达一条无灯的小巷中，经历着某种危机四伏的旅行。

最后，我的女使者把我领到一面深蓝色的帷幕前，突然她停了下来。她似乎用手指朝下指了指，可是，地上什么也没有。我血管里的血因恐惧几乎要凝固了。我感觉到，在帷幕前的地上，坐着一个身穿锦缎衣服的黑人，他怀抱着一把宝剑，伸着腿，正在打盹。那位女使者轻巧地跨过黑人的双腿，走到帷幕前，撩起帷幕的一角。

从帷幕外面，可以看到里面房间的一部分，那房间的地上铺着精美的波斯地毯。看不见座位上坐着的是什么人，只可看到番红花色的长裤下面，穿着锦缎绣花鞋的一双娇小的脚。桌上一边浅蓝色水晶盘子里盛着苹果、梨、橘子和一串葡萄。盘子旁边还有两个小杯子和一个装着金黄色酒液的瓶子，准备接待客人。屋内逸出一种前所未有的香气，顿时使我心醉神迷。

当我带着颤抖之心打算跨过门口黑人的双腿时，他突然惊醒，他怀中的宝剑掉落在地上，发出了响声。

随后，我突然听到一声巨响，我惊奇地发现，我正大汗淋漓地坐靠在行军床上。晨光熹微中，下弦月如遭受痛苦折磨的病人一样，显得脸色惨白。这时候，我们的疯子梅赫尔·阿利又开始大声叫喊起来："滚开！滚开！"

我的阿拉伯小说式的第一个夜晚，就这样突然结束了，不过，还剩下一千个夜晚呢！

我的夜晚与我的白天，发生了强烈的对抗。白天，我投入工作时，显得精疲力竭，并诅咒充满虚无梦幻的夜晚。而傍晚来临之时，我又感到白天的工作非常低下、虚假和可笑。

黄昏之后，我总是怀着激动的心情堕入了心醉神迷的罗网之中。我仿佛成了数百万年前，某个未写进历史的人物。欧式西装和紧身裤，穿在身上显得特别别扭。于是，我头上就戴了一顶红色天鹅绒帽子，身穿宽松的上衣，再套上绣花长袍和丝绸长衫，色彩鲜艳的手帕上洒上点玫瑰香水。总是精心收拾打扮，并扔掉了香烟，而是拿起了浸透玫瑰香味的长烟袋，潇潇洒洒地坐在一把高高的椅子上，似乎是位怀着急切心情的情郎，在夜里等待着与未曾见面的情人幽会。

后来，随着黑暗越来越浓重，越是发现各种稀奇古怪的事情。这一切，我都无法用语言来描述。这仿佛是一部充满神秘色彩的奇妙小说。它被拆散成许多部分，被一阵突如其来的春风吹散到这个大宫殿的各个房子里去了，有的残页在很远的地方才被拾到。可是，它后面的那部分，却找不到了。尽管我跟随那些残页，整夜在各个房间里奔波，可仍然拼不成完整的故事。

在断断续续的梦幻的漩涡里，有时在混合有香水气味的阵阵清风里，偶尔看到一个女主角如电火花似的在走动。她那番红花色长裤下，露出一双穿着锦缎绣花鞋的白里透红的柔软小脚，上身穿着金丝绒锦缎绣花衣，头上戴着红色华丽的帽子，帽子周围垂下金色的流苏，包围着她那白皙的额头和面颊。这位女主角简直使我神魂颠倒，快要使我发疯了。每天夜里，为了能与她相会，我在沉睡的阴间王国的幻梦魔城中，在纵横交错的街头巷尾及每一个房间里踯躅徘徊。

一天傍晚，我在一面大镜子两旁各点上一支蜡烛后，便精心地收拾打扮成王子模样。就在这时候，我在镜子中看到，我的影像旁边突然出现了一个伊朗少女的倩影——她腼腆地低垂着头，浓密的长睫毛遮掩着清亮乌黑的眸子。她含情脉脉，又带痛苦恳求的神情，朝我望了一眼，随即她那婀娜多姿的美妙身影，用一种我不理解其含义的动作活动起来，她那轻盈优雅的舞姿，充满了青春的活力，身体如藤蔓似的飞速旋转升高；顷刻间化作痛苦、欲望、迷惑与嘲弄的一瞥，而首饰的华光火星般地飘落下来，随即她就在镜中消失了。

一阵大风呼啸而过，掠走了山林的所有芬芳，也吹灭了我点燃的两支蜡烛。我卸了装，走进化妆室旁边的卧室，身心激奋，闭上双眼，躺在床上。那时候，在我四周的习习和风里，在阿拉利山树木混合的香气里，在空无一人的黑暗里，我仿佛感到漂浮着丰富多彩的爱，热情洋溢的吻，许许多多温柔的抚摸。耳边还听到好多低声絮语，我的额头上还感触到一股带香味的气息。一位美女轻柔芳香的薄纱围巾一次又一次轻拂我的面颊。渐渐地，我仿佛被这美女蛇妖所迷醉，她似乎已把我全身紧紧缠住，我频频地呼吸，带着无知无觉的身体，深深地堕入梦乡。

一天下午，我打算骑马出去遛一遛，显然，有人禁止我出去，但我不知道那是谁。可是，那一天，我不承认这种禁令。我从衣架上取下博士帽和短上衣，正准备穿戴时，突然刮起了一阵大风，舒斯达河飞沙走石，阿拉利山枯叶横飞，我的衣帽也被吹得团团转，刮落在地上。而我还听到一阵甜蜜的笑声也随风一起旋转，并令人惊奇地撞击着每一层帷幕，随后，从高处向更高的七层云天飞去，直达那落日的世界，并与之融合在一起了。

那一天，我没有骑马，而且从第二天起，我再也不穿那件可笑的短上衣和戴那顶博士帽了。

还有，那天半夜，我从床上起来，我们仿佛听到，有人在撕心裂肺地号啕大哭，好像就在我的床下，就在地面底下，在这巨大宫殿基石的最底层，就是从一个潮湿黑暗的墓穴里传来的哭泣声和叫喊声。

"你来把我救走吧！请你捣毁这残酷的魔幻，驱除深沉的熟睡，打破一切毫无结果的梦幻之门吧！扶我上马，把我紧紧抱在你的怀里，穿越丛林，跨过高山，渡越江河，把我带到你们那阳光普照的家里。救救我吧！"

我是什么人？我如何去搭救你？我能把沉溺在梦幻急流中的这位满怀希望的美女搭救上岸吗？天仙般的美人啊，你生于何时呢？生于何地？你是诞生在某个清凉泉畔的椰树林里，还是诞生在某位无家可归的流浪荒漠的女人的怀里？是哪个丧尽天良的贝杜因人强盗，就像从园中采摘鲜花一般，把你从母亲怀中掳走了！然后，乘上风驰电掣的快马，穿过灼热的沙漠，把你带到哪个国王拍卖女奴的市场来的呢？

哪个国王的侍从，看见了你那刚刚萌发的羞涩的青春光辉，马上付清金币，漂洋过海，让你坐上金色的轿子，献进王宫里来的呢？在那里，又是一段什么样的光怪陆离的经历呢？在那琴瑟歌声中，脚铃叮当声中，以及金黄色酒液杯盘交错中，都是闪烁着刀光剑影、毒汁的烈焰以及蔑视的打击。多么的奢华！多么的无理监禁！两边两个女仆一身珠光

279

宝气，佩戴的戒指、手镯也熠熠生辉，她们摇着扇子。国王就躺在她们娇小洁白的脚旁，脚下是镶嵌珠宝的凉鞋。

外边门旁，站着阎王使者般的黑人，穿着却如天使般的华丽，手持出鞘的宝剑。后来，你漂浮在那鲜血玷污的、嫉妒泡沫淹没的、阴谋诡计和奢侈豪华的激流里。你这沙漠里的花蕾，被抛到何等残酷的死亡之中啊？或者说，被抛到什么样的彼岸？

这时候，那个疯子梅赫尔·阿利又突然叫了起来："滚开，滚开！啊，一切都是虚伪的！啊，一切都是虚假的！"

我睁开眼睛一看，已是早晨了。邮差把一封信交到我的手里。厨师也来请安，并问今天准备什么吃的。

我说道："不，再也不能待在这里了。"

就在那一天，我把我的东西搬到了我的办公室，公司那位老职员卡里姆·汗看到我微微一笑。他的笑使我有些生气。我没有理睬他，而是开始埋头工作。

一到下午，我就心神不宁。心里想，现在该到什么地方去。检查棉花收购的数量，显然没有什么必要；尼贾姆的规章制度显然不必考虑。我仿佛觉得，现存的一切，我四周一切来来往往的、吃吃喝喝的，对我来说，都是可怜的、毫无意义的、不值一提的。

我扔下笔，合上厚厚的账本，立即跑到室外，驾起马车跑了。后来，我才发现，一阵奔跑之后，马车竟自动地停在那座石头宫殿的大门口，我沿着台阶快步拾级而上，进入宫内。

这里，今天格外宁静。黑暗的房间好像都在生我的气，脸色阴沉。我的心顿时感到有些后悔，可是，我能对谁倾诉？能在谁那里寻找到谅解呢？我怀着失落空虚的心情，在一间间黑暗的屋子里转悠徘徊。我开始想，要是手里拿着一件乐器，我该对谁纵情歌唱呢？我真想说："喂，火神！只想抛开你而逃跑的那只小鸟，它今天又回来找死了。这次请你饶了它吧！请你把它的两只翅膀烧掉吧！烧成灰烬吧！"

这时，突然从上面掉下来两滴眼泪，落在我的额头上。那天阿拉利山上，乌云滚滚。黑暗的森林，舒斯达河墨黑的河水，在等待着一场恐怖的考验。水域、大地和天空突然颤抖起来。一阵雷电交加的风暴，如挣脱枷锁到处乱窜的疯子，突然从遥远的没有路径的森林中间哀号着呼啸而来。宫殿高大空旷的各个宫室所有门窗，被大风吹得瑟瑟抖动，痛苦地呻吟，大声哭了起来。

今天，所有仆人、职员都住在办公室里。这里没有任何人来点灯。在这乌云密布的新月出现的夜晚，室内伸手不见五指的漆黑之中，我清楚地感到——有一位美女仰卧在地毯上，双手紧握着拳头，扯着自己松散的头发，鲜血从她那白皙的面颊上往下流淌。她时而发出冷峻强烈的、带有讥讽嘲弄情绪的哈哈大笑，时而发出撕心裂肺般的抢天呼地的号啕恸哭。

整整一夜，暴风雨都没有停息，哭声也没有终止。我怀着一种毫无结果的忧伤，开始在黑暗中到各房间转悠徘徊。

哪里也没有找到她。我无法给谁以安慰。这个强大的自尊心是属于何人呢？这个无法平息的怨恨之声来自何处呢？

疯子又在那里叫开了："滚开，滚开！啊，一切都是虚假的！啊，一切都是虚假的！"

我看到，天已破晓。梅赫尔·阿利在这种气候恶劣、天昏地暗的日子里，也依然如故，围绕着宫殿进行他习以为常的叫喊。我心中突然想到，这个梅赫尔·阿利，很可能如我一样，某段时期在这宫殿里住过。现在，他疯了，跑到外面去了，但仍然受到宫殿的迷惑，每天清晨被吸引到这里来，围绕着石头宫殿叫喊。

我立即跑到暴风雨中那疯子身旁，问道："梅赫尔·阿利，喂！什么东西是虚假的？"

他对我的问话充耳不闻，也不作答，而是把我推倒，然后像被巨蟒张口所吸引的小鸟，拼命地叫喊着，围绕着宫殿四周转悠起来。他只是竭尽全力，警觉地，一次又一次重复喊叫道："滚开，滚开！啊，一切都是虚假的！啊，一切都是虚假的！"

我在那暴风雨中，如疯子一般，不顾一切地跑回了办公室。我对卡里姆·汗说道："这到底是怎么一回事？请仔细对我解释一下吧！"

这位老职员说的主要意思是这样的：有一段时间，在这座宫殿里，有许多无法满足的欲望，有许多疯狂的享受，如火焰般熊熊燃烧。那一切仇视，那一切对落空愿望的诅咒，使这座宫殿的每根立柱都变得非常饥渴与贪婪。它们一旦获得有生气的人，就如饕餮的恶魔，将其吞噬。凡是在这宫殿住过三个晚上以上的人，几乎是无一幸免。唯有梅赫尔·阿利成了疯子，跑了出来，是一个例外。迄今为止，再也没有谁能逃脱这种吞噬。

我于是问道："有没有解救我的办法呢？"

老头说："只有唯一的一个办法，不过这是极其难以理解的。我将把这办法告诉你。在此之前，必须讲讲玫瑰园里买来的一个伊朗女奴的故事。如此令人惊奇，如此震撼心灵的事件，世上恐怕再也没有发生过。"

这时候，苦力们来通报消息——火车已经到了。

这么快？我们匆匆忙忙捆绑行李时，火车已经进站了。

头等车厢一位刚刚睡醒的英国人，从窗口探出头来，想看看站名。我们的这位旅伴朋友看到那个英国人后，"哈罗"地叫了一声，就急匆匆回到自己的车厢里去了。

我们上了二等车厢。后来，我们再也没有听到那位朋友的消息，因而也就没法听到那个故事的结尾部分。

我曾说过，那位旅伴把我们当作傻瓜，以好奇心理把我们欺骗了。故事从头至尾完全是虚构的。由于对这故事真假的争论，我与我的那位笃信神学的亲戚，从此永远分道扬镳了。

1895 年斯拉万月

（黄志坤　译　董友忱　校）

求 子 献 祭

　　博伊多纳特在村里是最明事理的，可称得上是有学问的人物了。因此，现在他在做一切事情时，总是把目光瞄向了未来。当他结婚的时候，他对自己未来儿子的相貌，比对目前新娘的面貌看得更加真切。对一般人来说，在拜堂相见、喜庆良辰之时，谁都不会有这样一种远见的。博伊多纳特精明过人，老于世故，所以他懂得，生儿育女比谈情说爱更为重要，而且正是为了子孙满堂，他才与比诺迪妮结为夫妻的。

　　然而，遗憾的是，在这世界上，受骗上当的往往是那些精通世故的聪明人。比诺迪妮青春焕发，风华正茂，可是她却不能履行最主要的天职。博伊多纳特面临断子绝孙的境地，他感到极其不安。百年之后，谁来享受他的万贯家产呢？他一想到这个问题，就忧心忡忡。真是人还未死，就为财产继承的问题大伤脑筋了！前面我们说过，博伊多纳特更看重未来，而不是现在。

　　要使年轻的比诺迪妮幡然醒悟，懂得这个道理，几乎是毫无希望的。这位薄命女子认为，如今的珍贵年华与旺盛青春，若得不到爱情的抚摩和热情的回报，就这样白白地消磨，对她来说是最令人难受和伤心的。比诺迪妮今生内心空虚，在欲望未能得到满足时，她就完全忘却了对小生命的需要。《摩奴法轮》的神圣条律与博伊多纳特精神上的说教，也根本满足不了比诺迪妮心灵的饥渴。

不管怎么说，对于这些青春妙龄女郎来说，给人以爱和受人之爱是她们的全部幸福，与其他一切职责任务相比，爱情自然是最主要的。比诺迪妮真是不走运，新婚燕尔、尚未领受爱情甘霖，就面临丈夫、公婆、其他长辈和兄辈的隆隆雷声，猛然砸下来的阵阵冰雹。

由于她未生育，大家全都责怪她。就像一棵嫩绿的花苗，从阳光及风雨和谐的地方移到黑暗的、紧闭的小屋子里，使它渐渐枯萎一样，比诺迪妮身上积蓄的青春活力也慢慢地消失了。在家的时候，她整天听到的是唠唠叨叨、嘀嘀咕咕，比诺迪妮实在难以忍受。于是，她便到库苏姆家里去玩牌，这使她过得非常快活。在那里没有求子的凶神恶煞的可怕阴影，她就可以纵情地欢笑、玩耍和毫无顾忌地聊天。

一天，当她们玩牌还缺一个人的时候，库苏姆就把她那年轻的小叔子诺根德罗叫来了。起先，比诺迪妮表示反对，诺根德罗则以微笑对之，总算避免了一场冲突。人世上的事情就是这样，有了第一次，就会有第二次，而且，玩牌还可以逐渐变成一场危机。如此重要的话题，这位年纪轻轻的人，怎么也不可能相信。

对诺根德罗的反对越来越弱，他在玩牌时的局促不安的情绪也已消失，有时候他还会不请自来。

就这样，诺根德罗开始与比诺迪妮频繁见面。

　　坐下来玩牌的时候，诺根德罗的心思和眼光很少停留在无生命的纸牌上，而经常是停留在充满青春活力的比诺迪妮的身上。这样心不在焉地玩牌，当然总是要输牌的。库苏姆和比诺迪妮心里都很清楚诺根德罗输牌的原因。不过，我早说过，年轻人不知轻重，也不懂得这种事会引发多么严重的后果。

　　库苏姆心里想，这件事是十分有趣的。她还希望，这件有趣的事一步一步地继续发展下去，看看最后会出现什么样的圆满结果。比诺迪妮也不认为有什么坏处。在某个男人身上试用一下自己销魂夺魄魅力的想法，也许是不对的，但绝不能说，这是不自然的。就在玩牌的输赢和吆五喝六的反反复复的叫喊声中，两位牌友的心更加接近了。一位牌友把另一位牌友看作是知心人，并觉得是一种快活的消遣。

　　一天中午，比诺迪妮、库苏姆和诺根德罗三人正在玩牌。一会儿，库苏姆听到自己生病的孩子在哭，于是，起身走了。诺根德罗就开始给比诺迪妮讲故事。不过，到底讲的什么故事，连他自己也弄不清楚。他只觉得血往上涌，心跳加速，他顿时全身热血沸腾。

　　一时间，诺根德罗打破青春的谦恭和羞涩，他抓住比诺迪妮的两只手，用力拉到胸前，吻了她一下。比诺迪妮受到诺根德罗的侮辱，又气恼又羞赧，急忙把手抽了回来。

　　就在这时候，屋里进来了第三者。诺根德罗低垂着头，恨不得夺路而逃，从房里匆匆跑出去。

女仆用严肃的语调说："太太，姑妈叫你呢!"

比诺迪妮眼含泪水，朝诺根德罗闪电般地瞥了一眼，就跟着女仆走了。

女仆把她看到的简要地说了几句，而充分发挥想象力，把她没有看到的，添油加醋地描绘了一番。这样一来，博伊多纳特的内室立即掀起了一场风暴。至于比诺迪妮的处境怎么样，就用不着描写了，只要想象一下，就会很容易知道的。她并没有走得很远，她是无罪的。这一切，她都不打算对任何人进行解释。她只低着头，忍受着别人向她身上泼来的脏水。博伊多纳特知道妻子已无希望生儿育女，于是冷酷无情地对比诺迪妮说："你这不要脸的女人，从我家里滚出去! 我再也不愿见到你了。"比诺迪妮锁上卧室的房门，倒在床上。她那欲哭无泪的眼睛，如烈日中午的沙漠，正在熊熊燃烧。暮色黄昏越来越暗，花园里的乌鸦也停止了聒噪，她望着静谧闪烁的星空，猛然想起了爸爸妈妈，这时她的眼泪经过两颊不断地滚落下来。

那天夜里，比诺迪妮离开丈夫的家，悄然出走了，谁也没有去寻找她。

当时，比诺迪妮并不知道，她已获得生育的伟大幸运——她丈夫前世的善行，已化作胎儿在她腹中栖息。

10 年过去了。

这期间，博伊多纳特的财富增长了许多。现在他已离开了村庄，在加尔各答买了一座豪华公馆，并在那里住下来了。

可是，随着他财富的不断增加，财产继承人的问题，使他越来越心神不宁和痛苦。

后来，他又结了两次婚，不过他没有生儿子，反而家里闹得鸡犬不宁。家里算命的、看相的、苦行者及江湖医生来往不绝；什么草药、符咒、圣水以及特效药源源不断。要是把博伊多纳特为祭祀迦梨女神所宰杀的羊羔的骨头堆起来，那真会使帖木儿①用人骨建造的胜利之塔黯然失色。即使如此，却连只需要用一点骨头合成一个小小的孩子，仍然没有踏进博伊多纳特家这宏伟的宫殿。

博伊多纳特一想到他死了之后，别人家的孩子，就占有他的所有家产，大吃大喝、挥霍无度、一掷千金、寻欢作乐，他就连一点食欲也没有了，对什么事物都失去了兴趣。

博伊多纳特又娶了一房妻子。原因很简单，世界上欲望是无止境的，待字闺中的姑娘也是很多的。

算命先生们认为，这个姑娘，是一副产子娘娘的福相。博伊多纳特娶了她，很快就会有孩子的。可是，一晃6年过去了，有产子福相的预言又落空了。

博伊多纳特完全绝望了，他心灰意冷。最后，接受那些

---

① 帖木儿（1335—1405），自称是成吉思汗的后裔，在公元14世纪，曾领兵占领伊朗全境，杀死反抗者10万人之众。——译者注

博览群书、学富五车的经书学者们的劝告，打算举行一个盛大的祭典活动。这种祭典要持续很长时间，而且要请许多婆罗门来主持。

那一年，正好全国各地大闹饥荒。受饥馑折磨的人们四处觅食，到处流浪。博伊多纳特却坐在粮食堆上想："我的粮食，谁来吃！"而所有饥民却在四处张望，寻思着"吃什么！"

就在这时候，博伊多纳特的第四房太太，按祭司们的建议，要连续四个月喝一百个婆罗门的洗脚水。这一百个婆罗门每天早晨就大吃大喝一顿，傍晚还要大盘小碟地招待。不光自己吃，走时还要用香蕉叶包上酥油、奶酪、甜食等招摇过市。这些食品的香味儿，引来了一大群又一大群的饥民，围在大门口。为了驱赶他们，请来了大批的看门人。

一天早上，博伊多纳特的弹子房走廊上，一位大腹便便的苦行者正在享用一赛尔①的甜食和一赛尔半的牛奶。而博伊多纳特则双手合十正襟危坐在他面前的地上，等待着他的祝福。

就在这时候，一个身材瘦削、衣着褴褛的女人带着一个骨瘦如柴的孩子，不知是怎么逃过了看门人的目光，来到博伊多纳特跟前，低声细气地说："先生，请给点吃的吧！"

博伊多纳特顿时一惊，连忙叫道："古鲁多亚尔！古鲁

---

① 赛尔，重量单位，约1公斤。——译者注

多亚尔!"那女人知道情况不妙，仍然哀求道："啊，先生，给这孩子两张饼吃吧！我什么也不要。"

古鲁多亚尔来了，他把那男孩和他的母亲一起赶了出去。

饥肠辘辘的讨食孩子，正是博伊多纳特的独生子。这位有"远见"的博伊多纳特，可以慷慨款待一百个脑满肠肥的婆罗门祭司和三个身体强壮的苦行者，可是对自己饿得快昏倒的儿子，却一点吃的也不肯给。

1898 年杰斯塔月

（黄志坤　译　董友忱　校）

丢失的珠宝

　　我的小船停靠在这个几乎被损坏的码头上。当时太阳已经落山了。船夫正在甲板上做祈祷。他那默默祈祷的身影，就像在仍然发亮的西部天幕上的一幅图画一样。在那毫无涟漪的平静的河面上，无数的无声色彩不停地变化着：由浅变深，由金黄变成铁青，由一种颜色变成了另一种颜色。

　　黄昏时分，知了不停地叫着，我独自一人坐在被无花果树根拱坏的河边台阶上，望着面前这座窗子破损而凉台几乎要塌下来的破旧的大楼。我的眼角湿润了。就在这时候，我听到一句"先生从何处来"的问话，全身不由得颤抖了一下。

　　这时我看见了一位身材矮小又瘦弱的有身份的人。大概，他是位常常受到命运女神捉弄的人。他的形象就像在外省打工的大多数孟加拉人一样，长期穿着破衣烂衫并且不修边幅。除了围裤，他上身还穿一件脏乎乎的、沾有油渍的阿萨姆式的制服上衣，而且没有纽扣。看样子，他刚刚从工作场所回来不久。在本来应该喝一点儿水的时候，这个不幸的人来到河边，他就只能喝西北风了。

　　这位不速之客在我身边的台阶上坐下来。

　　"我从朗吉来。"我回道。

"您是做什么的?"

"我是做买卖的。"

"做什么买卖?"

"做香果、蚕茧和木材买卖。"

"您叫什么名字?"

我停了一下,说出了一个名字,但那不是我自己的真名字。

这位有身份的人的好奇心还是没有得到满足。他又问道:"您到这里来做什么?"

我回答说:"换一换空气。"

此人有点儿迷惑不解,他说道:"先生,到今天为止已经六年了,我一直都在呼吸这里的空气,同时每天还要服用0.9克左右的奎宁,可是一点儿效果都没有。"

我回答说:"应该承认,这里的气候与朗奇相比有很大的差别。"

他回答道:"是啊,是有很大差别。你打算住在这里的什么地方?"

我指着河岸上的那座破旧楼房,说道:"打算住在这栋房子里。"

我觉得,这个人内心里在怀疑我是否要在这座无人居住的空房子里寻找什么秘密财宝,但是他并没有说出来,只是向我详细讲述了 15 年前在这座可恶的房子里发生的一件事情。

此人是本地的一位小学教师。由于饥饿和疾病的折磨，他那张脸显得很消瘦，他几乎完全谢了顶，一双大眼睛从眼窝里闪烁着不同寻常的光泽。看着他，我不由得想起了英国诗人科尔里恰塑造的一个古代水手的形象。

船夫做完了祈祷，正在专心做饭。落日的余晖映照着河边那座无人居住的昏暗的楼房，这座建筑物本身就像昔日盛况的巨大幽灵一样，静静地屹立在河岸上。

这位小学教师讲述起来：

"大约在我来这个村庄的十年前，在这座房子里曾经住着一个名叫冯尼普松·沙哈的人。他的伯父杜尔伽莫洪·沙哈没有子女，所以，他在伯父死后就成为这位长辈巨大家产和商贸业务的继承人。

然而，冯尼普松·沙哈是在现代环境中长大成人的。他受过良好的教育。他可以进出身着西装革履的洋大人的办公室，能讲一口流利的英语。但是，他却留有胡须，因此，他未能赢得那些外国商贾的好感。只要看他一眼，你就会确信，他是一位新型的孟加拉人。

在他的家庭内部也出现了一种不祥的兆头——他的妻子是一个美人。

一个受过高等教育的人娶了一个美丽的妻子，所以，陈旧的习俗传统在他们家中已经荡然无存，他们甚至竟然走到了这样一种地步：如果妻子生了病，就请外科助理男医生来诊治。花费在食品、衣物、首饰方面的开销也开始增加了。

先生当然是结过婚的人，所以，不需要向您详细赘述这样一点，即女人都喜爱不成熟的生芒果、很辣的辣椒和强壮的丈夫。不幸的男人之所以失去自己妻子的爱情，并不是因为丑陋或贫穷，而是因为他们太软弱。如果您问：为什么会这样？那么，关于这一点我就有许多话要对您讲。一个人如果不清楚自己的爱好和能力，他就不会幸福。鹿总是寻找坚硬的树干摩擦它的犄角，在香蕉树上摩擦犄角，它是不会感到舒服的。自从人类分成男人和女人之后，女人们就用各种手腕欺骗不听话的男人，并且一直在研究制服男人的技巧。如果丈夫自己很驯服，那么，他那可怜的妻子就完全无事可做了，她从祖母、曾祖母那里继承下来的历经千万年磨砺而闪闪发光的水神宝刀、火神利箭和锁链镣铐，就统统派不上用场了。

女人运用自己的力量迷惑男人，想以此赢得爱情，如果丈夫是个好男人，不给她这种机会，那么，丈夫就会倒霉，而妻子就会更不幸。在现代文明的影响下，男人丧失了自身所固有的造物主所赋予他的那种伟大的粗野性，因此，现代社会中的夫妻关系才松弛到如此的地步。不幸的冯尼普松是由现代文明机器制造出来的一个大好人，所以，不论在商贸事务上，还是在夫妻关系中，他都没能获得成功。

冯尼普松的妻子摩妮玛莉卡，不用费劲儿就得到了宠爱，不用流眼泪就得到了达卡纱丽，不用发火就得到了手镯。这样一来，她那做女人的本性就迟钝了，同时她对丈夫的爱意也淡漠了。她只知道索取，根本不晓得奉献。她那位温顺而愚蠢的丈夫却常常在想，看来，馈赠是获取回报的最好方法。他完全想错了，实际情况恰恰相反！

这样做的结果就是，她自己仅仅把丈夫看作是一部能提供达卡纱丽和手镯的机器，而且这部机器又这样好，甚至从来都不需要给它的齿轮加注一滴润滑油！

冯尼普松的出生地是福洛贝尔，但是他在这里做生意。由于工作需要，他不得不大部分时间都住在这里。他的母亲已经不在人世了，但是在福洛贝尔的家里还有姑母、姨妈等五位亲人。不过，冯尼普松把美丽的妻子娶到家里，并不是为了让她伺候姑母、姨妈等五位亲人。因此，他把妻子接了出来，让她一个人住在自己身边的这栋洋房里。但是妻子与其他不动产的区别就在于，让妻子离开五位亲人，单独一个人住在自己身边，短时间还可以，但是长此下去，是做不到的。

冯尼普松的这位妻子少言寡语，与街坊邻居很少来往；即使出于行善的目的，她也从来都没有招待婆罗门吃过饭或向毗湿奴派苦行者施舍过一点儿钱财。在她手里任何东西都不会损坏。除了丈夫的宠爱之外，她把到手的一切东西都积攒起来。令人惊奇的是，她对自己的青春姿色是绝不肯浪费一点儿的。人们都说，她虽然已经 26 岁了，但是看上去就像 14 岁少女那样年轻。凡是心如雪球一样冰冷的女人，她内心里就根本感受不到渴望爱情的痛苦。我觉得，这样的女人就会长期保持着如花似锦的青春，她们就会像吝啬鬼一样，保护着自己的肉体和灵魂。

摩妮玛莉卡就像一株枝叶繁茂的挺秀的青藤一样，造物主没有让她结出果实，没有赐给她儿女，也就是说，造物主并没有赐给她这样一种礼物，这种礼物对她来说要比自己铁箱里的珠宝还要珍贵。这种礼物就像春天早晨的旭日，用自己那温柔的热量去融化她那颗冰冷的心，让一股爱情的清泉流进这个家庭的生活之中。

但是摩妮玛莉卡是个很善于操持家务的女人。她家里从来不雇用多余的人。凡是她能干的活儿，如果雇请别人来干，并且因此要支付报酬，那么，她对此是无法容忍的。她从不为任何人着想，也不爱别人，她只知道干活儿和攒钱，因此，她从不生病，也没有痛苦和忧伤。摩妮玛莉卡身体非常健壮，性格十分沉静，并且很会攒钱，她牢固地占据着财富的王国。对于大多数丈夫来说，这样做也就足够了，为什么足够了？因为这是很难得的。在人的身体上有一处叫作腰的部分，如果腰部不痛，人就不会想到它的存在。如果一个男人有一个作为家庭堡垒的妻子，并且在爱情的鞭笞下，甚至在一天二十四小时中，每走一步都感受到她的存在，那么，这就是家庭中的腰疼病。妻子过分地爱丈夫，这固然是件值得骄傲的事，但是丈夫就会得不到安宁，这就是我的看法。

先生，每天都十分精确地衡量：我们得到了妻子的多少爱，又有多少没有得到——这难道是男人应该做的事情吗？让妻子做她自己的事情，而我做我自己的事情，这就是我对家庭的大致看法。在无法言喻的思绪中有多少感情可以表述，在情感中还缺少什么东西，在清晰可见的事务中有多少暗示，在原子中蕴含着多大的威力——造物主并没有赋予男人如此精细的感知能力，而且也没有必要赋予他们这种能力。女人就不同了，她们的确对男人好恶的一点点流露都在仔细用心斟酌，企图从男人的每一句话、每一个举动中发现和领悟他的真正的含义。因为男人的宠爱，才是女人的力量源泉，才是她们人生的主要资本。只有看准这种爱情的风向，及时升起风帆，女人才能驾驭自己的航船驶向理想的彼岸。因此，造物主只把爱情的导航仪挂在了女人的心中，而没有给男人悬挂这种仪器。

但是，现在男人们也掌握了造物主本来没有赐给他们的那种东西。

诗人们超越了造物主，把这种难得的仪器——这种用于观测方位的东西不加考虑地交给了所有人。我不想责怪造物主，他创造的男人和女人是有很大区别的，但是，在现代文明中这种区别已不复存在，现在女人也变成了男人，而男人则变成了女人，从此安宁和秩序就告别了家庭。如今，在举行婚礼之前，小伙子和姑娘双方心里都感到忐忑不安，因为他们根本不知道，他们是和男人结婚呢，还是和女人结婚。

您感到厌烦了吧！我一个人住在这里，离妻子很远；在远离家庭的情况下，静静地思考，家庭生活中的许多隐蔽的东西，就浮现在我的脑海里。这些东西不宜向我的学生们讲述。我已经向您讲了一些情况，您会有些印象的。

总的情况是这样的：虽然在冯尼普松的菜肴中没有少放盐，蒟酱叶上也没有多放石灰，但是，冯尼普松的心里仿佛总有一种莫名其妙的难以忍受的压抑感。妻子并没有什么缺点，也没有任何过错，然而，丈夫却没有感受到幸福。他看到他的生活伴侣那空虚的心灵，就想用缀有珍珠宝石的首饰填满她内心的空虚，但是这些首饰却被装进了铁箱子里，她的心灵仍然是空虚的。已故叔叔杜尔伽莫洪并没有如此精细地理解爱情，也不想为此而伤心劳神，更没有付出如此之多，然而，他从婶母那里获得成千倍的回报。如果你想成为商人，那就必须丢掉老爷派头才行，而如果你想成为一个丈夫，那首先就应当成为一个男人，对此大概您是不会有疑虑的。"

就在这时候，一群胡狼在附近的灌木丛中大声嗥叫起来。教师先生的故事中断了几分钟。我仿佛觉得，在这片昏暗的土地上，这群怀有好奇心的胡狼是在嘲笑教师先生关于夫妻生活中伦理关系的讲述，或许，是在嘲笑深受现代文明之害的冯尼普松的行为。在这群胡狼停止了感情抒发之后，周围的水陆世界显得更加宁静，教师先生在这黄昏的幽暗中转动着他那双闪闪发光的大眼睛，又开始讲起故事来：

"在冯尼普松那十分庞杂的商务中，突然出现了一种危机。究竟是怎么一回事？——要弄明白并解释清楚，对于像我这样一个不经商的人来说，是很困难的。概括地说，就是不知何故在金融市场上突然出现了可能失去贷款信誉的危险性。如果在五天之内他能筹措 15 万卢比，以闪电般的速度一次性地投入市场，那么，危机就会立即消逝，他的商贸之船就可以扬起风帆，继续前进。

为筹措这笔钱，遇到了困难。如果向当地他所熟悉的高利贷者贷款，这消息传播出去，就会给他的生意造成更大的损失。出于这种担心，他必须到陌生的地方去贷款。在这种情况下，没有相应的抵押是不行的。如果用首饰作抵押，既不用书写文书又节省时间，就可以迅速而又不费劲儿地办妥此事。

一天，冯尼普松来到妻子的身边。本来丈夫来到自己妻子面前，是件很容易的事，可是冯尼普松却没有能力这样做。不幸的是，他只能像爱情诗中男主人公爱女主人公那样，去爱自己的妻子。这种爱情迫使人们小心翼翼地投足举步，并且不能说出全部心里话，这种爱情具有巨大的吸引力，就像太阳和地球之间的吸引力一样，但是他们之间的距离却非常遥远。

即使是爱情诗中的男主人公，在遇到不幸的时候，也不得不向自己的爱人谈及有关期票、典当和收据等话题，当然，说话的语气可能不够顺流，语句不够连贯，在所有这种纯业务性的谈话中，会夹杂着情感的压抑和痛苦的震颤。不

幸的冯尼普松不能这样明确地说：'喂，我需要你的首饰，拿给我吧。'

话，他还是讲了，但是他讲得非常无力。摩妮玛莉卡摆出一副严肃的面孔，什么都没有说。当时冯尼普松仿佛受到了一种非常严厉的打击，但是他并没有反击，因为在他身上一点儿也没有男人所具有的那种粗野性。相反，在需要用力量夺取自己所需要的东西的时候，他却把自己内心的委屈压在了心底。即使自己遭到破产，他也绝不允许暴力进入由爱情的唯一权利所统治的领地，这就是他的心态。如果有人为此而责备他，那么，很可能，他会提出这样一些精细的理由来：'即便是由于不公正的原因，我在市场上失去了贷款信誉，那么，我也没有权利去抢劫市场，如果妻子不相信我，不情愿把首饰交给我，那么，我也绝不会去抢夺。家庭中的爱情，就像市场上的贷款信誉一样，手臂的力量只能用于战场。造物主创造如此慷慨大度、如此强壮、如此高大的男人，难道就是为了让他们进行如此精确细致的推理吗？男人是否有时间如此精细地去感受别人那种非常美好的心态呢？没有，这样做也不会给男人增添光彩！'

怀有高尚情操和高傲心态的冯尼普松，无论如何，都不肯触动妻子的首饰，他前往加尔各答，另想办法筹措资金去了。

在家庭中，一般说来，妻子对丈夫的了解，要比丈夫对妻子的了解更多些，然而，如果丈夫的性格非常细腻内向，那么，他的全部思维就不会在妻子的显微镜上显示出来。冯尼普松的妻子就没有正确地理解我们这位冯尼普松。长期以来，所形成的古老观念造成了女人的愚昧，这就使得当代的男人们与她们格格不入。男人也是一样的人！他们也会变得像女人一样神秘。一般男人可以划分为几种类型，也就是说，有些人粗野，有些人愚昧，有些人是瞎子，然而，我们无法准确地认定哪些男人属于哪种类型。摩妮玛莉卡把她的参谋摩图舒顿叫来商量。不晓得此人是她的同村老乡呢，还是远方亲戚中的一个兄弟，他在冯尼普松的公司里做经理助手。这个人缺少那种依靠自己劳动而获得报酬的气质，他出于某种目的总强调他与主人的亲戚关系，因此他不仅得到了工资，而且还获得了比工资更多的好处。

摩妮玛莉卡把他叫来之后，把全部情况都对他讲了，然后问道：'现在你有什么好主意？'

他就像一个非常聪明的人那样，只是摇了摇头，这就是说，情况不妙。

聪明的人从来都看不到好的形势。

他说道：'先生永远不会筹措到这样一大笔钱，最后他还得动用你的首饰。'

摩妮玛莉卡就像了解此人一样，明白了他讲的这番话，出现这种情况是可能的，并且也是符合逻辑的。她的忧虑感加剧了。她没有给这个家庭生下一男半女；虽然她有丈夫，但是她在内心里感觉不到丈夫的存在，所以，她唯一关心的东西就是财富，这种东西就像她的儿子一样，一年一年逐渐长大了，这笔财富不只是银子，还有真正的黄金和宝石，这笔财富成为摩妮玛莉卡自身的一部分，填满了她的心胸，占据了她的头脑。长期以来她苦心积攒的所有这些财富，顷刻间将会被抛到商贸的无底深渊—— 一想到这里，她的全身就变得冰凉。

她问道：'怎么办?'

摩图舒顿说：'你带上首饰，到你娘家去待一段时间吧。'聪明的摩图舒顿在心里默默地想出了一个办法，他要把摩妮玛莉卡首饰的一部分，甚至大部分弄到自己手里。

摩妮玛莉卡立即表示赞成他的这个建议。

在阿沙拉月①末的一天黄昏，一艘船停靠在这条河的岸边。

次日凌晨，天空彤云密布，周围一片漆黑，不眠的青蛙叫个不停。就在这时候，摩妮玛莉卡登上了这艘船。她用一条大披肩，从头到脚把自己缠裹得严严的。睡在船舱里的摩图舒顿醒过来后，说道：'你把首饰匣子放在我身边吧。'

摩妮玛莉卡说：'这以后再说，现在开船吧！'

船离开了河岸，顺着湍急的水流呼呼地向前驶去。

摩妮玛莉卡一夜都没有睡，她把所有首饰一件一件地戴在身上，从头到脚再没有空闲的地方。如果带着首饰匣子，

---

① 孟加拉历的四月，公历6月至7月间。——译者注

那么，这匣子可能会被抢走——她就担心这一点。可是，要是把首饰都戴在身上，只要不把她杀死，谁也不能把首饰抢走。

摩图舒顿没有看到什么匣子，他感到迷惑不解。他无法猜到，在厚厚的披肩下面不仅覆盖着摩妮玛莉卡的肉身和灵魂，而且还覆盖着比肉体和灵魂更珍贵的首饰。摩妮玛莉卡的确不了解冯尼普松，但是她对摩图舒顿还是了解的。

摩图舒顿给经理留下一封信，说他护送女主人回娘家去了。经理是冯尼普松父亲时代的人。这位经理对此事非常生气，于是就给自己的主人写了一封含有不少拼写错误的信（他没有学好孟加拉语字母的拼写规则），在信中明确表达了这样一种思想：作为男人过分地放纵妻子是不应该的。

冯尼普松明白了摩妮玛莉卡的心思，他内心里所受到的打击是巨大的。他在想：'虽然我可能会遭受到更严重的损失，但我已经打消动用妻子首饰的念头，而是拼命地设法去筹借资金。可是就这样，妻子还是对我怀疑！直到今天她都不理解我。'

冯尼普松本应该对于这种极其无理的举动表示愤慨，可是他却只是为此感到伤心而已。男人就是天神的正义之杖，天神把闪电之火赋予了男人，如果他对自己或别人的无理行动不能举火去攻击，那么，他就要受到谴责。男人内心里的愤怒，由于某种微不足道的缘故，就会燃起熊熊的森林大火，而女人则像斯拉万月①的雨云一样，常常会无缘无故地降下泪水。这就是造物主所做的安排。不过，这种安排已不复存在了。冯尼普松在心里默默地对他那个有罪的妻子说：'如果你对我持这种看法，那你就这样看吧！我将去做我应该做的事情。'冯尼普松本来应该再过五六百年之后出生，到那时世界就只能凭人的智力来管理了。可是，这个应该在未来若干世纪之后再出生的冯尼普松，却在 19 世纪降生了，并且同原始社会的一个女人结了婚，而这种女人的智慧在法典中被称之为破坏性的力量。冯尼普松一封信也没有给妻子写，并且默默地发誓，对于这件事他永远也不会向妻子提一个字。这是多么可怕的惩罚啊！

大约过了十天之后，冯尼普松设法筹集到了所需要的资金，危机消除了，他回到家里来了。他猜想，摩妮玛莉卡把首饰匣子存放在娘家后，这时也该回来了。在想象中他仿佛看见，当他一改昔日那副痛苦的乞求者的面孔，作为一个在事业上获得成功的有能力的男人出现在妻子面前的时候，摩妮玛莉卡将会怎样地难为情，甚至还会做作地表现出一点儿懊悔来。冯尼普松正在这样思考的时候，不知不觉已走到内房里的卧室门口。冯尼普松发现，房门锁着。他砸开锁，走进房间，看到屋子里是空的。放在一个角落里的铁箱子已经打开，那里边的首饰已荡然无存。这位丈夫的心里仿佛遭到

---

① 孟加拉历的五月，公历 7 月至 8 月间。——译者注

了猛烈的一击！他觉得，人生的航船已经失去了目标，爱情、商贸等等全部没有意义了。'我们曾准备为了这个人生铁笼的每一根铁条献出自己的生命，'他默默地在想，'但是这笼子里却没有鸟了，即使放养过鸟，如今也不在了，那么，我为什么每天还要用心灵矿藏中的带血宝石和泪水编织珍珠宝石项链去装饰它呢？'冯尼普松心里真想一脚把这个曾经长期装有财产而如今已经变得空无的人生笼子踢得远远的。冯尼普松不想对妻子采取任何行动。他在想，如果她愿意回来，那她就会回来的。

那位老婆罗门经理来了，并对他说：'你这样默默地待着怎么行呢！应当去打听一下夫人的消息。'老人说完就打发人到摩妮玛莉卡娘家去了。从那里带回来的消息说，摩妮玛莉卡和摩图舒顿直到现在都没有到过那里。

当时派人四处去寻找，又派人沿河两岸去打听。向警察局报了案，请他们去帮助寻找摩图舒顿，可是都毫无结果。他们乘坐的是什么船，船夫是何人，他们走的是哪条水路，去了何处——都没打听到一点儿消息。冯尼普松已经完全丧失了信心。一天黄昏，他走进那间被闲置的卧室。那一天正值生日节①，从早晨起就淅淅沥沥下起雨来。为了庆祝这个节日，在村边正举办庙会，巡回剧团正在此处大棚子里演出

_____

① 生日节，孟加拉人的一个节日，在孟加拉历的帕德拉月，这一天是孟加拉人崇拜的黑天神的生日。——译者注

节目。歌声伴着潇潇雨声，轻轻地传到冯尼普松的耳朵里。冯尼普松没有点灯，一个人坐在那扇因窗框膨胀而关不上的窗子下面——潮湿的空气吹进来，雨水斜溅进屋里，演员们的歌声也传入了房间，他不再抱有任何幻想。卧室的墙上悬挂着由著名画家绘制的两幅画，上边画的分别是拉克什米和文艺女神；挂衣杆上搭着一条毛巾和浴巾，一件短上衣和一条可以穿用的带条格的纱丽。在卧室一角的三脚桌上，摆放着一个铜盒，里面放着一些由摩妮玛莉卡亲手制作的业已干枯的蒟酱叶。在玻璃柜橱里，整齐地摆放着她从童年开始搜集来的一些中国玩具、香水瓶、长颈玻璃水瓶、一副漂亮的扑克牌、一个大海螺和几个空肥皂盒；那盏带玻璃罩的小巧玲珑的煤油灯，每天都是她自己准备好，并且亲手点燃后放在壁龛里。如今这盏灯，仍然放在原来的地方，但是却没有点燃，而且显得脏乎乎的。只有这一盏小煤油灯，才是摩妮玛莉卡在这间卧室中度过最后时刻的无声的见证。她走了，这里的一切都显得空荡荡的，可是她在所有这些物件上留下了多少痕迹，留下多少历史，留下了她自己那颗活生生心灵中的多少爱意啊！回来吧，摩妮玛莉卡！回来吧！你来点燃你的这盏灯吧！让你的这个房间亮起来吧！你站在穿衣镜前，穿上你那件熨好的纱丽吧！你的这些东西都在期待着你呐。谁也不会指望拿走你的什么东西，只要你回来就好，请用你那不朽的青春和永不褪色的娇艳，去复活周围这些被遗弃的无主的物件吧！就让它们处在你那颗心灵的统一主宰之中吧，所有这些无生命的聋哑物件的无声哭泣，仿佛把这座房子变成了一座焚尸场。深夜中不知何时雨停了，演员们的歌声也停了。冯尼普松仍然坐在窗子旁边。窗户外面一片漆黑，他仿佛觉得，在他面前耸立着死神宫殿的一扇高耸入云的狮子大门，只要站在这里哭着呼唤，那么，永远消逝的东西仿佛就会在瞬间闪现出来。在这漆黑的死亡天幕上，在这块坚硬的试金石上，那丢失的黄金宝物仿佛也会留下一道闪光。

就在这时候，传来了首饰碰撞的清脆声，并且伴随一种'嗒格''嗒格'的响声。他仿佛觉得，这响声正是从河边台阶上传来的。当时河水和黑夜已经融为一体。由于惊喜，冯尼普松全身有些颤抖。他用　双好奇的眼睛使劲地瞧着黑暗处——甚至他那颗激烈跳动的心和那双渴望的眼睛都感到有些疼痛了，可是他什么也没看见。他越是想瞧看，黑暗仿佛就变得越浓重，而世界就变得仿佛越像幽灵了。仿佛大自然在深夜中突然看见不速之客的造访，急匆匆在死亡之宫的门前又放下了一道更大的帷幕。这声音渐渐离开河边的最高台阶，开始向这栋楼房运动，来到楼房前就停了下来。看门人锁了大门，观看巡回剧团演出去了。当时从那扇上锁的门上传来了'咚咚'的敲门声，伴随着首饰的碰撞声，仿佛有一个坚硬的东西撞在了门上。冯尼普松再也坐不住了。他穿过几个没有点灯的房间，沿着漆黑的楼梯下了楼，来到上锁的大门前。大门从外面反锁上了，冯尼普松用双手拼命去推打这扇门。这一阵推打和随之发出的响声使他惊醒了，他发现自己是处在昏睡的状态下从楼上来到了楼下。他全身是汗，手脚冰凉，心脏犹如即将熄灭的灯火一样颤动着。他从梦中清醒过来之后发现，外面再也没有什么声音了，当时只有斯拉万月的大雨哗哗地下个不停，透过雨声还可以听到巡回剧团里的男歌手们凌晨练嗓子的声音。

虽然所发生的一切只是一场梦，可是它却近在咫尺并且如此逼真，甚至冯尼普松觉得，他那无法实现的幻想是很有希望获得成功的。透过哗哗的降雨声，从远处传来了派罗比曲调的歌声，这曲调仿佛在对他说：'清醒只不过是一场梦，这个世界也是虚幻的。'

第二天，巡回剧团还要演出。冯尼普松给看门人放了假，并且吩咐说，今天整个夜晚大门都不要上锁。

看门人说：'从各地来了形形色色赶庙会的人，我不敢开着大门不锁。'冯尼普松没有听他的意见。于是，看门人就说道：'那我就整夜留在这里看守大门。'

冯尼普松说：'这没必要。你应该去看巡回剧团的演出。'感到很惊讶的看门人最后还是去看演出了。

这天黄昏，冯尼普松吹灭了灯盏，仍然坐在卧室里那个窗子的旁边。天空布满了阴云，周围笼罩着一种莫名其妙的宁静。那不知疲倦的青蛙的叫声和巡回剧团的高亢歌声，也未能打破这种宁静，只是为它增添了一种不和谐的奇特的情趣。

夜深了，青蛙和知了一时间停止了鸣叫，巡回剧团的小伙子们也平静下来。在黑夜上面，仿佛又加盖了一层更漆黑的东西。冯尼普松意识到，现在那个时辰该到了。

同前一天一样，河边台阶上又响起了嗒格嗒格——歆啦歆啦的声音，但是冯尼普松没有转过脸去瞧看那个方向。他担心，急切的渴望和激动不安的举动会使他的一切希望和努力变成泡影，渴望的激情会迫使他本能地作出某些无法挽回的举动来。于是他竭尽全力控制着自己的感情，就如木雕像一样，一动不动地坐着。

今天这响声徐徐离开河边台阶，向前移动，然后进到敞开的大门里来。他随后听到，这响声沿着内厅里的螺旋形楼梯一圈一圈地上楼来了。冯尼普松再也控制不住自己了，他的胸脯一上一下地起伏着，就像遇到风暴上下颠簸的小艇一样，他努力屏住呼吸，这响声爬上楼梯之后，就开始顺着外廊慢慢地向房间移动，最后来到那间卧室的门边，嗒格——歆啦一声停了下来，只待跨进门槛了。

冯尼普松再也坐不住了。他那被压抑的激情瞬间猛烈地爆发出来，他从椅子上闪电般地一下子坐起来，哭泣着喊道：'摩妮！'他立即被惊醒了。这时，他发现，他这一声激动的呼喊令房间的玻璃窗子颤动不止。外面的青蛙仍在鸣叫，巡回剧团的小伙子们仍然哼唱着凄楚的歌谣。冯尼普松使劲儿击打一下自己的额头。

次日，庙会结束了，小商小贩和巡回剧团也都走了。冯尼普松吩咐说，这一天的黄昏过后，除了他自己之外，任何人都不要再待在这个家里了。仆人们都认为，先生要举行某种神秘的宗教仪式。冯尼普松全天都没有吃东西。

晚上，冯尼普松独自一人坐在这座楼房里一个房间的窗子旁边。这一天晚上，天空中的某些部位已经没有雨云，透过被雨水清洗过的一尘不染的大气层，可以看见一些闪闪发光的星星。在农历一月份的二十五日，月亮很晚才会升起来。庙会结束之后，在水位增高的河床里连一艘船都不见了，因忙于过节而疲惫的村庄，在经过两夜不眠之后，今天进入了沉睡的梦乡。

冯尼普松在一把椅子上坐下来，头靠在椅子背上，仰望着天上的星星，沉浸在遐想之中。他在 19 岁的时候，正在加尔各答的一所学院里读书。一天黄昏，他头枕双手倒在圆湖旁边的草地上，望着那些永恒的星辰。当时回忆起河边附近他岳父家里一个幽静的房间和他那位 14 岁的妻子摩妮那张熠熠闪光的娇嫩的小脸，甚至那时的离别也是很甜蜜的，当时天空中星光的闪烁和他内心里青春的波动，一起奏响了何等五彩缤纷的'春色和春韵的和谐乐曲啊'！今天，同样的星辰用火红的颜色在天空中写下了《驱魔棍》[①] 中的几行诗句，仿佛在说：'这个世界是何等虚幻啊!'

---

① 《驱魔棍》，印度中世纪著名学者商羯罗（788—820）的一部作品，实际是他的言论汇集。——译者注

所有星星眼看着渐渐消失了。一片黑暗从天上降落下来，另一片黑暗从地面上升起来，它们就像上眼皮和下眼皮一样，最后合拢在一起了。今天，冯尼普松的心情很平静。他确信，今天他的期望将会实现，死亡将会向期望者揭示出自己的奥秘。

同前一天夜里一样，那种声音从河水里出来，登上了河边的台阶。冯尼普松闭着双眼，沉浸在静谧的沉思之中。这声音进入了无门的前厅，顺着僻静无人的内室楼梯，一圈一圈地登上楼梯，穿过长长的外廊，来到卧室的门旁，立刻停了下来。

冯尼普松的心情十分激动，全身的毛发都竖起来了，但是，今天他还是没睁开眼睛。这声音穿过门槛，进入了漆黑的房间。在挂有纱丽的挂衣杆前，在放有煤油灯的壁龛前，在放有蒟酱叶盒子的三脚桌和装有各种衣物的柜橱的旁边——在每一处都伫立一会儿，最后，这声音游移到冯尼普松的身边，停了下来。

这时冯尼普松睁开眼睛并且看见，刚刚升起的那轮缺边的明月将它的银辉洒入了房间，一具骷髅立在他的坐椅前面。在这个骷髅的 8 个手指头上戴着戒指，手腕上戴着大手镯，颈上戴着项链，头上戴着冠状头饰，总之，从头到脚整个骷髅上都挂满了首饰，这些首饰在熠熠闪烁着金光和银光。虽然这些首饰丁零当啷地轻轻摇动着，但是，都没有滑落下来。最恐怖的是，她头骨上的那两只活灵活现的眼睛，那黑黑的眼珠，那长长的睫毛，那水灵灵的眼神，那凝视而沉静的目光。今天在斯拉万月午夜月光下，他又看见了这双眼睛。18年前的今天，即在拜堂相见时，冯尼普松在阳光明媚的大厅里第一次看见那双炯炯有神的黑黑的美丽的大眼睛。他周身的血液立即变得冰冷。他拼命地想闭上双眼，但是却做不到；他的眼睛犹如死人一样，一眨不眨地凝视着这具骷髅。

当时那具骷髅呆木地望着冯尼普松的脸，举起右手，仿佛在用手势呼唤。那四个手指骨上的宝石戒指在闪闪发光。

冯尼普松像着了魔一样站起来。骷髅朝着门的方向走去，各部位的骨骼所佩戴的首饰发出了铿锵的碰撞声。冯尼普松犹如一个上了弦的机械玩偶一样，紧跟在她的后面。这声音穿过外廊，沿着漆黑的螺旋式楼梯，一圈一圈地咯噔咯噔——哗哗下来了；它穿过楼下的外廊，走进没有点灯的无人的前厅；最后走出前厅，沿着用碎砖铺成的花园小路走了出去。路上的碎砖在骷髅脚骨的践踏下发出咯吱咯吱的响声。柔弱的月光受到浓密枝叶的阻拦，到处都找不到出路。他们沿着那条充满浓郁花香的昏黑的小路，穿过一群群飞舞的萤火虫，来到了河边台阶上。全身佩戴着首饰的这具骷髅迈着坚实的脚步，沿着原来从水中上来时所走过的河边台阶，一步一步地一直向下走去。一条长长的月华光带，在雨季涨满河床而又流速湍急的河水表面上熠熠地闪烁银光。

骷髅下到河里，紧随其后的冯尼普松也踏入河水中。冯尼普松的两只脚一接触到河水，他的睡意就立即消失了。在他面前的骷髅不见了，只有河对岸的树林在静静地伫立着，树林上面的那轮缺边的明月平静而默默地俯瞰着大地。冯尼普松全身从头到脚瑟瑟地颤抖起来，他两脚一滑跌入激流之中。尽管他会游泳，可是他手脚却不听使唤。在刚从梦幻中醒来的那一瞬间，他只是处在清醒的边缘，随后又沉入了永恒的梦幻深渊。"

这位小学教师讲完故事，停了好一会儿。他一停下来，我就立即感受到，除了他之外，世界上的一切万物都沉寂凝固了。好长时间我都没有讲一句话，而且在黑暗中他也看不到我的面部表情。

这位教师问我道："您不相信这个故事吧？"

我反问道："难道您相信吗？"

他回答说："不。我说几点我不相信的理由：第一，大自然母亲不是小说作家，她手里有大量的事情要做……"

我插话说道："第二，我的名字就叫冯尼普松·沙哈。"

这位小学老师大言不惭地说："这一点被我猜中了。你夫人叫什么名字？"

我回答道："娥里多迦莉。"

1898 年阿格拉哈扬月

（董友忱　译）

焦盖绍尔家的婚礼

从前某一个时期，焦盖绍尔的家境是殷实的。如今，他已把那座古老而破损的砖瓦房交给了蟒蛇、蝙蝠和蟾蜍，而自己则搬进了茅草屋，整天以诵读《薄伽梵歌》来打发时光。

11 年前，当他女儿出生的时候，他家的幸福之月还只是缺亏一点儿边缘。因此，他还是给女儿起了科莫拉①的名字。他曾想过，如果采取这种策略能把活跃的拉克什米骗到家里来，作为他的女儿，那该多好哇！然而，拉克什米并没落入他的圈套，不过，这位女神却让他的女儿再现了自己的容颜。因此，他女儿就出落得非常娇艳秀丽。

对于女儿的婚事，焦盖绍尔并没抱有太高的希望。如果能在附近找到一个好一点儿的对象，他就准备把女儿嫁出去。但是他的伯母却提出了这样的条件：不找到富有的大户人家，决不让她所疼爱的科莫拉出嫁。她自己手里积攒了一点钱，如果能找到一个好对象，她就把这点儿钱拿出来，给孙女做嫁妆。

---

① 科莫拉，拉克什米女神的别名，毗湿奴的妻子，是象征幸福富有的美丽女神。——译者注

最后，在伯母的鼓动下，焦盖绍尔离开自己那平静的家园，出去为女儿找对象了。他来到拉吉沙希，在一个做律师的亲戚家里住下来。地主高罗孙多尔·乔图里曾是他这位律师亲戚的委托人。地主唯一的儿子毕普迪普松，在这个律师执教的法律学院学习。只有天神大梵天知道，这个少年何时曾经见过焦盖绍尔的女儿。

但是，焦盖绍尔并不想了解大梵天的阴谋。因此，他心里对于毕普迪普松并没抱有任何不切实际的幻想。这位温顺的焦盖绍尔，既缺乏信心，又缺乏勇气。他觉得，像毕普迪这样的少年不可能成为他女婿。在律师的关照下，他终于找到了一个很一般的对象。此人虽然缺少才华，可是却很富有。的确，他连一门考试都没有通过，但是，每月却有3275卢比的收入。

有一天，男方家里的一些人来相看，他们看了姑娘后都很满意。来相亲的人喝了一些牛奶，吃了椰子果糖和新鲜水果就走了。此后不久，毕普迪来探听消息。焦盖绍尔满心欢喜，准备用新鲜水果招待他，但是毕普迪表示，他一点儿都不饿，所以，就什么也没吃。毕普迪没有和任何人认真地说句话，就回家去了。

就在那一天的傍晚，律师先生收到了毕普迪写来的一封信。信中所表达的思想就是，他很喜欢焦盖绍尔的女儿，并且希望和她结婚。律师在想："这使我陷入了极为尴尬的困境。高罗孙多尔先生一定会以为，是我在唆使他儿子和我亲戚的女儿结婚。"

这位律师亲戚非常不安，于是就打发焦盖绍尔回家乡去了，并且让他把女儿与上面提到的那个对象结婚的日子尽可能安排在近期。这位律师先生把毕普迪叫来，对他教诲说，除了读书学习，不要把精力用在其他方面。毕普迪听了之后很生气，他的固执成倍地增加了。

正当焦盖绍尔为女儿筹备婚礼的时候，有一天，突然毕普迪普松自己走进了他的茅屋。

焦盖绍尔激动不安地说："进来吧，孩子，进来吧。"可是，他实在不知道，应该请客人坐在什么地方，请他吃什么。因为这里根本没有新鲜水果。毕普迪普松在洗澡之前坐在凉台上往身上擦油的时候，焦盖绍尔的伯母看到了他那高大而白皙的健康身体，因此，心里非常喜欢。于是她就把焦盖绍尔叫来，并对他说："为什么不让我们的科莫拉和这个小伙子结婚呢？"

胆小而又怕事的焦盖绍尔睁大一双眼睛，说道："这怎么能行呢！"

他伯母说："为什么不行？只要努力就能行。"说完她就从村里牧民那里买来上等好奶油和浓缩牛奶，开始做起各种各样的乳制品来。洗完澡，吃过饭之后，毕普迪普松羞怯地提出了自己的求婚建议。焦盖绍尔怀着兴奋而激动的心情将这个喜讯告诉了伯母。

焦盖绍尔的伯母不动声色地对他说："这很好，孩子，但是你要冷静一点儿。"对她来说，这并非意料之外的事。即使是喀布尔的艾米尔和中国的皇帝来到她的门前向科莫拉求婚，她也不会感到惊奇。心里不踏实的焦盖绍尔，拉住毕普迪普松的手说道："你可要注意呀，孩子，不要毁了我的一切!"

毕普迪普松来到父亲面前，正式向他提出了这门婚事。

高罗孙多尔自己是个文盲，因此，心里对有文化的儿子就特别器重。他总担心，自己的某种不当的行为或意见会在儿子面前显得缺少文化教养——这种自卑的心态，他并没有克服掉。他总是努力做到，不要让自己唯一的一个比生命还珍贵的儿子在心里默默地责怪他这个父亲，不要使儿子因为他这个没有文化的父亲而感到羞愧。可是，当他听说毕普迪准备与一个穷人的女儿结婚的时候，他第一次生气了。毕普迪低着头，默默地站在父亲面前。

当时，高罗孙多尔稍稍平静下来，修正自己的意见说："难道我是因为贪图女方的陪嫁钱才让你结婚吗？你不要那样想。我不是那种用自己的儿子做筹码去与亲家讨价还价的小人。但是，我希望你娶一个有钱人家的女儿。"

毕普迪普松解释说，焦盖绍尔一家本来属于高贵的望族，不久前他家才败落下来。

高罗孙多尔进退维谷，只好表示同意，但是，他在心里很生焦盖绍尔的气。

双方开始商量操办喜事。一切都很顺利，只是在哪里举行婚礼的问题却定不下来。高罗孙多尔想把自己唯一的儿子的婚礼办得隆重热闹一些，但是，在破旧的茅屋里操办，再隆重热闹的场面都会失去意义。因此，他坚持在他家里举行婚礼。

听了对方的议论，这位早年丧母的姑娘的祖母哭了。她说："我们以前也曾经有过兴旺的岁月，如今能因为拉克什米女神背过脸去，就只献上一点儿清水吗？这样又怎么能维护父辈的荣誉呢？这绝不行！尽管我们家的房子是用茅草和别的材料盖成的，但也一定要在我们这里举行婚礼。"

性情温顺的焦盖绍尔处在犹豫不决的状态之中。由于毕普迪普松努力做工作，最后，才决定在女方家里举行婚礼。

高罗孙多尔和他那一方的亲戚，因此就对女方的家长更加不满。他们打算侮辱一下这个粗野的穷光蛋。于是，他决定请一个排的士兵陪伴新郎去迎亲。此事高罗孙多尔根本没有同儿子商量。

结婚的日期定在拜沙克月。焦盖绍尔把他仅有的一点儿积蓄都拿出来，为女儿办嫁妆。他搭起了一个八角大棚，从巴布纳买来了植物油、面粉、食糖、酸乳等食品。焦盖绍尔的伯母为了坚持在自己家里为孙女举行婚礼，几乎拿出自己全部的私房钱，直到最后一个拜萨①。就在这个时候，由于不幸命运的捉弄，在婚期的前两天，开始出现非常恶劣的天

----

① 拜萨，印度最小的货币单位，相当于中国的一分钱。——译者注

气——暴风夹杂着骤雨袭来了。即使暴风停止了，大雨仍然下个不停。有时暴风稍微减弱了一会儿，紧接着又以双倍的速度重新袭来。像这样的暴雨在最近 20 年到 25 年间都不曾见过。

高罗孙多尔提前把几头大象和轿子运到了火车站，焦盖绍尔从附近的村子里租了几辆带篷的牛车。但是，车夫们在这种恶劣的天气都不想出动，焦盖绍尔恳求他们并且许诺付给他们双倍的车费，他们才勉强同意出车。在陪伴新郎来娶亲的那些人中间，有些不得不乘坐牛车，因此他们非常恼火。

农村的土路上全是积水，大象的腿常常陷入污泥里；车轮一旦陷进去，就很难拉出来。当时大雨还是下个不停。新郎方面请来的客人全都被淋湿了，他们身上溅满了污泥，因此，他们就暗自下定决心，要把对命运之神嘲弄的报复加在女方家长的头上，倒霉的焦盖绍尔不得不对这场来得不是时候的大雨付出代价。

新郎带领娶亲队伍涌进了女方家的茅屋。看到这么多人的到来，女方的家长心情十分沉重。忐忑不安的焦盖绍尔简直不知道应该让这些人坐在何处，他一边击打着自己的额头，一边说道："实在委屈大家了，实在委屈大家了！"只好把来宾安置在八角大棚里，雨水从大棚的四面纷纷溅进来。焦盖绍尔就连做梦都没有想到，在拜沙克月竟然会下起斯拉万月才会下的瓢泼大雨。村里的所有人都来帮助焦盖绍尔，狭小的地方就显得更加狭小，人们的喧哗和雨声交杂在一起，就形成宛如翻江倒海般的轰鸣。村里的长辈们发现，没有向富贵的客人们表示欢迎的合适的方式，就双手合十地向宾客们一一鞠躬，表示歉意。

在新郎被迎入内室之后，愤怒的迎亲队伍喊叫说，他们饿了，想要吃东西。焦盖绍尔的脸色变得像死灰一样苍白，他十分尴尬地向大家解释说："我尽我的一切可能准备了一些东西，可是全都被雨水淋坏了。"食品都是从巴布纳买来的，有些食品在半路上就坏了一大半，拿到厨房后全都化成了稀汤，甚至把灶火都浇灭了，所有食品都成了一锅乱粥。在像古老的湿婆多拉村这样的小村庄里，是不可能一下子买到大量食品的。

高罗孙多尔看到焦盖绍尔的尴尬相，感到很开心。他说："不能让这么多人饿肚子，总该想点儿办法呀。"

男方的宾客们发疯似的大喊大叫起来。他们说："我们马上去车站乘火车回家去。"

焦盖绍尔双手合十地说："不能一点儿东西不吃呀。湿婆多拉村的乳酪是很有名的。已经准备了一定数量的乳酪和甜馍，老天爷是了解我的心思的。"

养牛场的牧主们，看到焦盖绍尔的尴尬处境后，对他说道："先生，你不必担心，他们能吃多少乳酪，我们全能供应。"外乡的娶亲客人如果不吃东西就回去，那就是对湿婆多拉村的侮辱。为了不蒙受这种侮辱，牧民们送来了大量的乳酪。

前来迎亲的男方客人商量一下，然后问道："无论需要多少乳酪，你们都能供应吗？"

焦盖绍尔满怀信心地说道："我们能供应。"

"好，那就拿来吧。"男方的客人们说完就坐了下来。高罗孙多尔没有坐，他默默地站在一边，看起笑话来。

就餐的地方四周围已成了一片汪洋，到处都是污泥浊水。焦盖绍尔把乳酪刚刚摆好，男方的客人们就立即把摆好的乳酪纷纷扔到身后面的泥水里。

束手无策的焦盖绍尔，两眼噙满泪水。他一次又一次地恳求大家不要这样做，他说："我是一个非常渺小的人，不值得你们欺侮。"一个人冷笑了一下，回答道："新娘的父亲的确是个小人，不晓得他的过错在何处。"

本村的老人们一再埋怨焦盖绍尔说："如果你把女儿许配给一个门当户对的人家，就不会发生这种不幸的事了。"

这时候，内室里的新娘祖母由于担心会发生不幸，也在不住地流眼泪。看到这种情况，新娘子的两眼也开始垂泪。焦盖绍尔的伯母走过来，对毕普迪普松说道："孩子，不管谁有什么过错，你现在都要原谅他们，你要把今天的喜事办好。"

看到如此无理地糟蹋乳酪的场面，牧民们都气鼓鼓地准备和他们打一架。焦盖绍尔担心牧民们与男方的客人们发生冲突，竭力劝说他们冷静下来。就在这时候，新郎走进了临时就餐的大棚。男方的宾客们都以为，新郎大概生气了，所以才从内室里走出来，因此，他们就闹得更凶了。

毕普迪用哽咽的声音说道："爸爸，我们这样做，算是一种什么行为！"他说完就亲手拿起一盘乳酪，摆放在桌子上。他对牧民们说："你们往后站一站，不管是谁，如果再把乳酪扔到污泥里，那他就必须重新把它捡起来！"

有一两个客人瞧着高罗孙多尔的脸色，有些犹豫不决，不知是否应该站起来。毕普迪说道："爸爸，你也坐下吧，天色已经很晚了。"

高罗孙多尔坐下来，乳酪开始摆上了餐桌。

（董友忱　译）

拜 堂 相 见

阁迪琼德罗还很年轻，但是在他妻子死后，他并没有急于续弦再娶，而是一门心思去打猎。他的身体细高、匀称、灵巧而有力，一双眼睛炯炯有神。他的枪法很准，穿着打扮均为西省省份的款式。跟随他的有武士希拉·辛赫·乔肯拉尔，还有汉先生、密纳先生等许多歌手乐师，在他身边聚集了一批无所事事的仆人和保镖。

在阿格拉哈扬月中旬，阁迪琼德罗带领三四个爱好狩猎的朋友，前往乃迪基湖沼泽地区去打猎。他们住在停泊在河中的两艘大船上，而他们的那一伙随从仆人则住在三四只小船上，这几只小船就停靠在村子附近的河边。这样一来，村里的女人们几乎就无法再来河里提水和洗澡了。整个白天，枪声不断，到了晚上，歌声和乐器声吵得全村人都无法入睡。一天早晨，阁迪琼德罗坐在船上聚精会神地擦拭枪管，就在这时候他听到附近有鸭子的叫声。他抬起头来一望，看见一个少女用双手抱着两只小雏鸭向河边走来。这条河不大，河里的水几乎不流动，里面长满了各种水草。姑娘把两只小鸭放到水里后并没有离开，而是警觉地注视着小鸭，她的那种神态像是在保护它们似的。往日里，她把自己的鸭子放在水里之后就走开了，但是今天她大概对猎人不放心，所以才静悄悄地留在这里，没有离去。

这位姑娘很年轻，而且非常美丽，简直就像造世主刚刚制造出来的一样。不过，确定她的年龄十分困难。她的身体已发育成熟，但是她的脸上仍然透露着这样一种幼稚的孩子气，仿佛家庭生活与她毫不相干似的。虽然她已经步入青春期的大门，可是她至今对此却一无所知。阚迪琼德罗一时间竟然忘了擦枪，感到十分惊奇。他万万没有料到，在这种地方会看到这样俊俏的姑娘。这位姑娘的容貌在富丽堂皇的王宫里可能会显得逊色，但是在这种地方却显得非常和谐好看。须知，鲜花长在树枝上要比插在金瓶里更受看。那一天，河边上那一片缀满秋露的丰茂的蒲草，在晨光的映照下熠熠闪烁着银光。处在这种环境之中，姑娘那张纯朴娇嫩的小脸在阚迪琼德罗那双被陶醉的眼睛里简直变成了一幅图画——雪山神女①在阿什温月满怀喜悦地返回娘家。迦梨陀娑忘了描写青春妙龄的雪山神女时常这样抱着雏鸭来曼达基尼河边的场面。就在这个时候，姑娘突然被吓得颤抖起来，她满脸是泪，急忙抱起两只小鸭，叽里呱啦叫了几声，就匆匆地走开了。为了弄清原因，阚迪琼德罗立即走下船来。他看见一个喜欢开玩笑的仆人正在用没有上子弹的猎枪瞄准她的鸭子，想故意吓唬她一下。阚迪琼德罗夺下仆人的枪，并

① 雪山神女，又名杜尔伽、乌玛，印度神话传说中的幸福女神，湿婆的妻子。——译者注

且狠狠打了他一个响亮的耳光。仆人扑通一声瘫坐在地上，开玩笑的心思也烟消云散了。阇迪重新回到船舱里，又开始擦起枪来。

那一天下午两三点钟的时候，这一伙猎人穿过村里的林荫道，向田野走去。他们之中有人开了一枪，停落在不远处竹林上的一只鸟被打伤了，眼看着它摇摇晃晃地落在了竹林里。

好奇心极盛的阇迪琼德罗，拨开荆棘，走进竹林去寻找那只鸟。没走多远，他就看见一户殷实人家的房子，院子里有一排粮仓、一间打扫得很干净的大牛棚，牛棚旁边有一棵大树，树下坐着早晨在河边见过的那个姑娘。她抱着一只受伤的鸽子，一边长吁短叹，一边哭泣，并且把纱丽的一角放在水桶里沾湿，往鸽子嘴里挤水。一只猫蹲在她的身边，并把两只前爪搭在她的膝盖上，抬着头亲昵地望着那只鸽子；姑娘不时地拍着它的鼻梁，想以此来压制这个贪婪的小畜生的过分热情。

在全村沉睡的中午，在一个农户院落十分静谧的环境中，这幅动人的画面立即印在了阇迪琼德罗的心上。嫩叶稀疏的树影和阳光一齐洒落在姑娘的身上，一头吃饱了的肥牛，懒洋洋地静卧在离她不远的地方，并且不时地摇着头、摇动着尾巴，在驱赶着苍蝇；清爽的北风拂弄着草木，发出沙沙的声响，好似竹林中有人在窃窃私语。那天早晨在河边竹林中所看到的那位宛如林中仙女似的姑娘，今天中午在静谧院落的树荫下，看上去简直就像是温柔的拉克什米一样。

阚迪琼德罗手持猎枪，突然出现在这位伤心落泪的姑娘面前，自己感到十分尴尬。他心里默默地想："我这就像偷了人家东西的小偷，被当场捉住了一样。""这只鸟不是我打伤的。"——他企图做一点这样的解释。正当他考虑如何开口的时候，从房子里传来了一声呼叫："苏塔!"①姑娘仿佛吃了一惊。接着又是一声呼唤。姑娘慌忙抱起鸽子，向屋里走去。阚迪琼德罗心想：苏塔! 这名字对她太合适了!

当时阚迪把猎枪交给一个仆人，自己沿着大路向这所房子正门走去。当他来到这家的门前时，他看见一位脸面刮得净光、表情安详的中年婆罗门，正坐在门旁的台阶上阅读《霍里钟爱欢娱经》。阚迪琼德罗觉得，此人这张深沉安详、焕发着钟爱之光的脸和姑娘那温柔善良的相貌有些相似。

阚迪向这位婆罗门施礼问安之后，说道："先生，我渴了。能给一点儿水喝吗?"

这位婆罗门急忙还礼并请客人坐下，然后从屋里端出一个盛有几块甜饼的铜盘和一个青铜水罐，亲手放在客人的面前。

阚迪喝过水后，婆罗门询问了他的姓名。阚迪做了自我介绍，随后说道："先生，您如果有什么事情需要我帮助，

① 苏塔，孟加拉语的意思是"玉液""仙酒"。——译者注

我一定效力。"

诺宾·般多帕泰说："孩子，我倒不需要什么帮助。现在只有一件操心的事：我有一个女儿，名叫苏塔，她已经长大了。要是能给她找一个好女婿，我这一辈子就算还清了尘世的债务。但是在附近没有找到合适的好小伙儿，我又没有力量到很远的地方去为她选女婿，家里供奉着黑天神的圣像，我不能抛下圣像到外地去。"

阇迪说："如果您能到我的船上来，我们就可以详细谈谈您女儿的婚事。"

阇迪打发一些仆人去了解般多帕泰女儿的情况。他们回来后在谈到苏塔时，都异口同声地说，像苏塔这样具有拉克什米品貌的姑娘，恐怕再也找不到了。

第二天，当诺宾来到船上的时候，阇迪跪在地上，向这位婆罗门行了大礼，然后表示说，他愿意娶婆罗门的女儿为妻。这位婆罗门被这个出乎意料的喜讯惊呆了，好一会儿都说不出话来。他以为是自己听错了，于是又问道："你要娶我女儿?"

阇迪回答说："如果您同意，我准备这样做。"

"是娶苏塔吗?"诺宾又一次问道。

"是的。"对方回答说。

诺宾平静下来，说道："那么，你们见见面吧——"

阇迪装作从没见过他女儿的样子，他说："在拜堂相见的时候再见面吧。"

诺宾含着眼泪，哽咽地说："我的女儿苏塔是个好姑娘，她在做饭做菜、操持家务方面是个能手。既然你不同她见面就想娶她，那么，我现在就为你们祝福吧！祝愿我的女儿苏塔成为忠于丈夫的拉克什米，愿她永远使你幸福！愿她无论在什么时候都不会给你带来烦恼。"

阇迪不想拖延婚期，于是就决定在玛克月举行婚礼。

他租用了本村莫久姆达尔家的一所旧瓦房，作为举行婚礼的地点。

迎亲队伍擎着火把，吹吹打打，簇拥着骑着大象的新郎，在指定的时刻到达了。

拜堂相见的时候，新郎看了一下新娘的脸。可是苏塔低着头，脸上蒙着盖头，而且涂着檀香膏，因此，他似乎没有看得很清楚。由于心情激动和过于兴奋，他的眼睛仿佛蒙上了一层薄雾。

进入新房之后，本村村长的祖母逼着新郎揭去了新娘头上的盖头，阇迪顿时大吃一惊。

原来新娘不是他要娶的那个姑娘啊！突然从他的胸膛里仿佛迸发出一道昏黑的闪电，他的大脑被击中了，刹那间新房里的所有灯火仿佛都变得昏黑了，在这种昏暗中，新娘的脸面也仿佛涂上了一层黑色。阇迪琼德罗曾经默默地发誓不再续弦；难道是命运为了跟他开一个不同寻常的玩笑，才使他如此迅速地违背了自己的誓言！有多少理想的提亲建议都被他拒绝了，又有多少亲朋好友善意恳求也不被他理睬；高贵门第，巨额财富，美丽容貌——所有这一切都没有使他动心，可是到头来，却在沼泽地附近一个无名小村的一户贫穷之家，竟然受到如此大的愚弄！这叫他怎么去见人呢！

他起先很生岳父的气："这个骗子让我看了一个姑娘，可是却又把另一个姑娘嫁给了我。"不过，他很快就想起来了，诺宾并没有在举行婚礼之前不让他去见新娘，而是他自己不愿意去见她。因此他觉得，最好还是不要向任何人透露由于自己的过失而受到欺骗这一件丢脸的事。这就好像是阇迪服了药丸，但是苦味仍然留在口里。新房里的嬉闹取笑无法使他开心。他既生自己的气，又生大家的气，因此他觉得全身都火辣辣的。

正在这个时候，坐在他身边的新娘突然惊叫了一声。一只小兔崽忽然从她的腿上跑过去。瞬息间，为追赶小兔闯进来一位少女——她就是那天阇迪在河边见过的那位姑娘。她一把抓住小兔，把它紧紧地贴在自己的脸上，爱抚地亲着它。

"啊，疯丫头来了。"在场的人都这样议论着，并且打着手势让她走开，可是这位姑娘根本不予理睬。她在新郎新娘的对面坐下来，宛如一个好奇的孩子似的，瞧着新婚夫妇的脸。家里的一个女仆拉住她的手，企图把她拖走，这时新郎急忙阻止说："不要这样，让她坐着吧。"

阇迪问这位姑娘道："你叫什么名字？"

姑娘没有回答，只是摇着头，新房里的女人们都笑起来。

阙迪又问道："你那两只鸭子长多大啦?"

腼腆的姑娘只是默默地望着他的脸。

困惑不解的阙迪鼓起勇气,再一次问道:"你那只受伤的鸽子好了没有?"他还是没有得到任何回答。女人们如此开怀地大笑起来,仿佛是在讥笑新郎受了一次大骗似的。

最后,在场的人告诉他,这位姑娘是一个聋哑人,她是村子周围各种禽兽的好朋友。那一天,她听见呼唤"苏塔"就站起来,走进屋去,纯属阙迪的猜测,其实根本没有任何联系。

阙迪心里暗暗吃惊。他本以为,自己失去那位姑娘,在尘世间就再也没有什么幸福了。但是命运却使他摆脱了那位姑娘,从而使他获得了幸福。他在设想:"假如我去向那位姑娘的父亲求婚,那么,那位父亲就会根据我的请求,设法把她的女儿嫁给我,以此来求得解脱。"

当这个年轻人的心灵为那个无拘无束的姑娘所占据的时候,他仿佛觉得自己的这位新娘一团漆黑,他甚至根本不想在自己的身边去寻找可以聊以自慰的缘由。可是当他听说那个姑娘是位聋哑人之后,那一幅笼罩在整个世界上面的黑色帷幕突然被撕下来,幽远的希冀破灭了,周围的事物都变得清晰可见了。阙迪深深地松了一口气,他抓住机会仔细瞧看了这位羞答答的新娘。此时此刻才是真正的拜堂相见呐!横在肉眼和心灵之窗上面的一切障碍都消失了,发自心灵和灯盏的一切光辉映照在新娘那张温柔娇嫩的脸上，阙迪从这张脸上看到了一种赏心悦目的美，那是一张安详俏丽的脸。他已经意识到，诺宾的祝福一定会应验的。

1900 年阿什温月

（董友忱　译）

总 策 划：于　青
统　　筹：王　萍
责任编辑：郭星儿
封面设计：肖　辉
版式设计：马月生

图书在版编目（CIP）数据

莫哈玛娅：泰戈尔短篇小说选/（印）泰戈尔著；董友忱，黄志坤译
　－北京：人民出版社，2016.4
ISBN 978－7－01－015921－8

Ⅰ.①莫…　Ⅱ.①泰…②董…③黄…　Ⅲ.①短篇小说-小说集
　－印度-现代　Ⅳ.①I351.45

中国版本图书馆 CIP 数据核字（2016）第 048867 号

莫 哈 玛 娅
MOHAMAYA
——泰戈尔短篇小说选

（印）罗宾德罗纳特·泰戈尔　著

董友忱　黄志坤　译

人民出版社 出版发行
（100706　北京市东城区隆福寺街 99 号）

北京墨阁印刷有限公司印刷　新华书店经销

2016 年 4 月第 1 版　2016 年 4 月北京第 1 次印刷
开本：787 毫米×1092 毫米 1/32　印张：10.625
字数：202 千字

ISBN 978－7－01－015921－8　定价：34.00 元

邮购地址 100706　北京市东城区隆福寺街 99 号
人民东方图书销售中心　电话（010）65250042　65289539